袁行霈文集 ⑧

蠡测集

山东人民出版社

图书在版编目（CIP）数据

蠡测集/袁行霈著.--济南：山东人民出版社，2020.11

（袁行霈文集；第八卷）

ISBN 978-7-209-12767-7

Ⅰ.①蠡… Ⅱ.①袁… Ⅲ.①中国文学－文学史研究－文集 ②中华文化－文集 Ⅳ.①I209-53 ②K203-53

中国版本图书馆CIP数据核字(2020)第096986号

蠡测集

LICE JI

袁行霈 著

主管单位 山东出版传媒股份有限公司
出版发行 山东人民出版社
出 版 人 胡长青
社　　址 济南市英雄山路165号
邮　　编 250002
电　　话 总编室（0531）82098914
　　　　 市场部（0531）82098027
网　　址 http://www.sd-book.com.cn
印　　装 北京图文天地制版印刷有限公司
经　　销 新华书店

规　　格 16开（165mm×235mm）
印　　张 16
字　　数 190千字
版　　次 2020年11月第1版
印　　次 2020年11月第1次
ISBN 978-7-209-12767-7
定　　价 88.00元

前　言

本书所收论文大都是关于中国文学和文化的大时段研究。或以为是宏观研究，或者用时髦的说法属于宏大叙事。但我避免用后两种说法，因为感觉上宏观研究似乎有摆脱微观研究的意味，二十世纪八十年代有学者提倡过，不久就式微了，脱离了微观研究的宏观研究做不好便会流于大而无当，反不如微观的实证的研究来得实在可信；而所谓宏大叙事（Grand Narrative），带有西方现代主义的色彩，容易将历史的发展简单化，这止是我尽可能避免的。我宁可用“大时段研究”来表明本书的架构和主旨。

其实，本书所收录的一些文章主要是由我主编的《中国文学史》和《中华文明史》全书的总绪论，或某一段文学史、文明史的分绪论而已。本没有什么高深的理论引导，甚至连预设的计划也不存在，只是根据一时之需要写来，谈不到什么系统性。既然是绪论，难免有提炼、有概括，涉及的时间也会长一些。绪论与各章节之间互相配合，就不至于落空了。从另一方面看，只有微观的实证研究，只有若干个案的研究，是难以构成文学史或文明史的，个案需要贯穿，绪论自有其不可替代的价值。犹如摄影机之有普通镜头、长焦镜头和广角镜头之别，各有其用途，也各有其长处，全看摄影的需要了。

中国文学和中国文化宛如浩瀚的大海，本书也不过是以蠡测海，岂能见其全貌？只是受好奇心的驱使，尝试为之，聊备一说而已！

袁行霈

2017年3月28日

目　录

我的中国文化时地观

一

面对悠久的中国文化，分期是研究和描述其历史发展的关键。学术界习惯按朝代划分时期，即将朝代的更替作为分期的界限，这自有其学理的根据。就学者个人而言，专攻一个朝代的历史文化，也是很自然的。然而，改朝换代乃是政权的转移，适合于政治史，是否适合作为文化史分期的依据呢？这是我长久以来不断思考的问题。我认为，理想的分期法是依据文化自身发展的实际情况灵活处理，可以按朝代分期，也可以不按朝代分期，不可一概而论。

例如，隋唐建立统一的王朝，这既是政治分期的标志，也给文化带来新的局面。经过两百多年南北的分裂，文化的地域差异十分明显，正如魏徵《隋书·文学传序》所云："江左宫商发越，贵于清绮；河朔词义贞刚，重乎气质。"①隋朝统一中国以后，特别是继之而建立的唐朝，在南北文化交融和中外文化交流这两方面实现了

① ［唐］魏徵等：《隋书》卷七六，中华书局1973年版，第1730页。

突破性的进展，从而使中国文化进入一个新的时期。这个时期的文化至少有两个最显著的特征：一是多元化，南方的与北方的，中国固有的与外来的，相互交融共同发展。无论在文学方面、艺术方面，还是思想方面、宗教方面、文献的整理方面，莫非如此。二是文化重心下移，从士族向庶族下移，进而开始向市民下移，这就为中国文化增添了活力。这些特征形成一种综合的效果，就是文化格外富于创造性，也格外绚丽多彩。因此，我们可以将隋唐的统一视为文化史分期的标志。

但是改朝换代又不一定能够成为文化新时期的开始，着眼于文化本身的阶段性，不必固守朝代分期的套路，这个观点在我倡议和主持编写的《中华文明史》已有所表述[①]。

例如唐宋之间文化的变迁，实际上是从中唐开始的。中唐是一个值得充分重视的转折时代，思想、宗教、文学、艺术等领域莫非如此。宋代在许多方面是上承中唐的：庶族士人代替士族文人开始居于文化主体的地位；城市的繁荣和城市经济的活跃，市民文化诉求的加强；理学的兴盛；词的繁荣等等，以上诸多方面的变化在中唐已经开其端倪。宋初士人如王禹偁、石介等每称“二百年来”如何如何，可见他们自己也重视本朝对中唐的延续。[②]

明朝建立之初，在文化上并没有出现崭新的局面，到了明中期嘉靖（1522）以后，才发生了划时代的变化，其重要的标志就是商业

① 袁行霈、严文明、张传玺、楼宇烈主编：《中华文明史》，北京大学出版社2006年版。

② 曾祥波博士云：“道统文统暨正统学说既然已经成为主流话语，这一学说进入诗歌，其背后隐含的那种‘（中）唐—宋’的政治、文化分期观念就以‘二百年’的形态表现出来……使得北宋前期诗歌能够从唐末五代诗风的自然延续中醒来，自觉地续接上中唐诗歌这一传统。”见曾祥波《从唐音到宋调：以北宋前期诗歌为中心》，昆仑出版社2006年版，第43页。

经济的繁荣，市民的壮大，印刷术的普及，以及由此带来的城市文化形态的形成，世俗化、商业化、个性化成为一时之风气。同时王学左派兴起，张扬个性，肯定人欲，向理学禁欲主义发起冲击，为思想解放开辟了一条道路。①以上两股潮流的合力为这个时期造成一种有别于传统的新的文明景观。一些文人带上了市民气息，文化也带上了商品色彩。而适应市民这一新的接受群体的需要，反映市民生活和思想趣味的文学占据了重要的地位，通俗的文体生机勃勃，其中又以戏曲和小说最富于生命力，它们借助日益廉价的印刷出版这个媒体，渗入社会的各个阶层，并产生了广泛的影响。《金瓶梅》的出现就是这种种现象的综合反映。文学创作主体的个性高扬，对人的情欲有了更多肯定的描述。汤显祖的《牡丹亭》所写的那种"生者可以死，死可以生"的爱情，便是一种新的呼声。晚明诗文中也透露出重视个人性情、追求生活趣味、模仿市井俗调的倾向。在绘画等领域里也有新变，如徐文长的泼墨大写意花卉，任意挥洒；陈老莲的变形人物，恣肆夸张，都开启了新的格局。书法家如徐渭、王铎、倪元璐等人，狂放奇崛，不拘于传统而另树新风。从以上各方面看来，明代中叶的确是一个文化新时代的开端，我们应当将明中叶视为断代的界限。

着眼于文化本身的发展来分期，只是一个新的视角，并不排斥独立考察某一朝代的文化。如果研究某一朝代的文化史，当然只能以这个朝代的起始和终结为限，仍然应当保持按朝代分期这一方法。

---

① 王艮说："百姓日用即道"（《王心斋先生遗集》卷一《语录》），李贽说："夫天生一人，自有一人之用，不待取给于孔子而后足也。"（《焚书》卷一《答耿中丞》）

不过，研究时间较长的朝代的文化史或文学史，还需要更细的分期，例如唐诗分初、盛、中、晚四期，也不一定按照本朝内政权的更迭划分。我在《百年徘徊——初唐诗歌的创作趋势》[①]一文中，将初唐的下限定在玄宗开元八年（720）；而盛唐的开始不是定在玄宗登基的先天元年（712），而是定在开元九年（721）。这时陈子昂、苏味道、杜审言、宋之问、沈佺期等已经去世；王维登进士第，李白二十一岁，即将崭露头角，随后崔颢、祖咏等相继及第，诗歌创作的新局面开始了。盛唐诗坛的结束，不是定在安史之乱爆发的天宝十四载（755），而定在代宗大历五年（770），此前762年李白已经去世，这一年杜甫也去世了，杜甫结束了诗歌的盛世。以大诗人登上诗坛和离开诗坛为标准来分期，也是立足于文学本身的阶段性，符合文学本位的宗旨。

二

至于横向的地域性考察，是亟待加强的。

著名考古学家苏秉琦先生把现今人口分布密集地区的考古学文化分为六大区系：以燕山南北长城地带为重心的北方，以山东为中心的东方，以关中（陕西）、晋南、豫西为中心的中原，以环太湖为中心的东南部，以环洞庭湖与四川盆地为中心的西南部，以鄱阳湖—珠江三角洲一线为中轴的南方。[②]

中国地域广阔，各地文化都有其独特之处，这些地域文化是统一

① 《北京大学学报》（哲学社会科学版）1994年第6期。在我和丁放合著的《盛唐诗坛研究》（北京大学出版社2012年版）中重申了这一点，并按照这种看法阐述盛唐诗歌。

② 见《中国文明起源新探》，生活·读书·新知三联书店1999年版，第35—36页。

的中国文化的各个分支，也都对中国文化的发展做出过各自的贡献。陕西、河南、山东、湖北、江西、江苏等地自不待言，兹举另外几处，略加说明。

以成都为中心的蜀地，因二十世纪八九十年代三星堆遗址的大规模发掘，证明了距今5000年至3000年，蜀地已有相当发达的文明，蜀地不仅是一个重要的文化中心，而且与中原文化已有联系。蜀地在文学方面对中国文化也有重要的贡献，古代一些著名的作家，如司马相如、王褒、扬雄、陈子昂、李白、苏洵、苏轼、苏辙等等，都出生在这里，并在这里成长，一旦出蜀便成为大家。蜀地作为他们的文化摇篮，特别值得注意。

再如，福建是中国刻书业的中心，从宋代一直到清代经久不衰。宋代建阳刻书业尤盛，所刻印的书籍世称“建本”，其麻沙、崇化两坊最负盛名，有牌号可考的就有30多家，明代建阳书堂达221家。南宋祝穆《方舆胜览》载，两地有“图书之府”之称。其中既有善本，如宋建安（建阳古称）黄善夫刻《史记集解索隐正义》；也有大量通俗读物，如戏曲、小说、日用类书。印刷术是中国的一大发明，对人类文化的进步起到重要作用，而福建刻书业的兴盛则是福建对中国文化的一大贡献。

又如，分布在辽宁、内蒙古辽河流域的红山文化距今已大约5000年，红山文化中龙的形象起源早、类型多，而且已经定型，对中国文化影响深远。这里还是史前玉文化的中心之一，与长江下游环太湖的良渚遗址出土的玉器南北辉映，显示了玉在中国文化中的特殊地位。据说玉可通神，玉制的礼器广泛用于祭祀，这对考察中国古代的礼乐文化是十分宝贵的。北方的游牧文化与中原的农耕文化相互碰撞，相互交融，对中原文化乃至整个中国文化的影响是不容低估的，苏秉琦先生在其《考古学论述选集》中有精辟的论述[1]。又如，藏传佛教不仅在西藏广泛传播，而且传播到青海、新疆、甘肃、内蒙古、四川、云南等地的少数民族中，即使在北京也有影响，雍和宫等多处寺庙就是证明。

三

将时间和地域结合起来，便会注意到文化中心的形成和转移。着眼于全国，每个时期都有一个或若干个文化中心，中心必定起着凝聚和辐射的作用，引领全国文化的进程。文化中心是转移的，而不是固定的。例如，河南原是商代都城所在，殷墟出土的甲骨文证明了那时河南一带居于文化中心的地位。到了唐代，著名诗人几乎一半出自河南，足见其文化之发达。北宋定都开封，更巩固了其文化中心的地位，张择端的《清明上河图》反映了汴梁的繁华。但在南宋以后，文化的中心地位转移到了别处。

再如，陕西西安及其附近本是周、秦、汉、唐的政治文化中心，这几个统一王朝的辉煌，在不胜枚举的文化遗址和出土文物中都得到证实，周原出土的青铜器，秦始皇陵的兵马俑，众多的汉家陵阙，以及唐代宫阙、墓葬的遗址，都是中国的骄傲。包括正史在内的各种文献资料，如诗歌、文章、书法、绘画，也都向世人诉说着曾经有过的辉煌。司马迁、班固等则是这片土地哺育出的文化巨人。但到了元代以后，特别是明清以来，这里的文化已经难以延续昔日的光彩。

---

① 见《苏秉琦考古学论述选集》，文物出版社1984年版。

又如，北京一带汉唐时称幽州，不过是边防重镇，文化相当落后，直到元代文化才繁盛起来，马可·波罗记载元大都之繁华，元杂剧在大都的繁荣，都是证明。明清两代，朝廷通过科举、授官等途径，一方面吸纳各地人才进京，另一方面又促使精英文化向全国各地辐射，北京毫无争议地成为全国文化的中心之一。又如，上海原是一个渔村，元代开始建城，十九世纪中叶已经成为国际和国内贸易的中心，随后又一跃而成为现代国际大都会。各种新兴的文化门类和文化产业日新月异地建立起来，并带动了全国文化的发展。又如，广东文化的发达程度原来远不及黄河与长江流域其他地方，但到了唐代，广州已成为一个大都会，到了近代，广东在思想文化方面呈现明显的优势，黄遵宪、康有为、梁启超、孙中山等人都出自这里。

由于中国的河流大体上是自西向东，所以文化的传播和中心的移动，沿着河流东西移动比较方便，而南北原属于两个差异较大的体系，文化中心的南北移动往往造成文化的突飞猛进。南北交流大体是沿着几条路线进行，例如洛阳（或开封）—南阳—襄阳—荆州（或武昌）；北京—扬州（或南京）—苏州—杭州；西安—汉中—成都。杜甫的诗句“即从巴峡穿巫峡，便下襄阳向洛阳”，即勾勒了其中一条路线图。这从一个侧面说明了南北交流对文学的发展起着多么重要的作用。中国历史上，政治的中心多半在北方，而经济的后盾却在南方（特别是唐代以后），大运河（津浦线就是沿着运河修筑的）作为国家的经济命脉只要畅通着，王朝就不难维持下去。围绕着黄河、长江和运河形成文化的若干中心，是很自然的。

四

总之，中国文化史有两个坐标：一个是时间的坐标，一个是地域的坐标。一方面，中国文化的主流沿着时间的长河移动，黄河和长江流域的文化显示出中国文化的基本特征，宛如乐曲的主旋律，构成中国文化的底色；另一方面，中国文化有多个发源地，各有地域的特点，其发祥与兴盛的时间也有先后之别。特色与时间不尽相同的文化板块之间互相交错、移动，呈现一幅幅色彩斑斓的文化地图，编织成中国文化的全景。

中国文化的发展，不是单线演进的，而是立体推进的。所以，不研究地域文化就难以全面阐述中国文化的历程。我希望学术界经过共同的努力，构建一个文化史的立体格局，描述时与地整体演进的图景，再现时与地相互的交叉与错位。交叉的意思是，同一个时期内，各个地域的文化之间互相浸润互相影响，同中有异，异中有同。错位的意思是，文化的进程在各个地域并非同步，而是呈现不平衡状态。在某个时期，某些地域的文化进展快一些，其他地域则显得缓慢甚至停滞；另一时期文化在另一些地域进展快一些，而原来进展快的地域反而慢了下来。

总之，对中国文化的研究需要探索一条新路，要将时与地综合起来加以考察，需要对文化史的分期重新界定，也需要补充地域文化的内容。文化的概念很宽泛，就单个学科而言，例如文学史、思想史、宗教史、艺术史等等，也莫非如此。

我的研究领域是中国文学史，1999年高等教育出版社出版了我主编的《中国文学史》四卷本；2006年北大出版社出版了我和严文明、张传玺、楼宇烈三位教授共同主编的四卷本《中华文明史》。这两部书都就分期问题作了新的尝试。从2008年开始，我又开始主编《中国地域文化通览》，一共三十四卷，这是由中央文史研究馆组织全国各地文史研究馆共同编撰的学术著作。我先后从纵、横两个方面考察了中国文化，如何将两方面有机地综合起来，还有待今后努力。

（《中国人民大学学报》2014年第4期）

关于中国文学史的理论思考

一

中国古代的史学家和文学家早已注意到文学的发展与变迁，并作了许多论述。这些论述散见于史书、目录学著作、诗文评、文学总集或选集的作家小传中；在一些序跋、题记及其他文章中也有所涉及。[①]

就现在所能看到的资料而言，史家的记述是比较早的。司马迁的《史记·屈原贾生列传》不但为屈原、贾谊这两位文学家立传，而且笔墨涉及宋玉、唐勒、景差等屈原之后贾谊之前的辞赋家，已经算是有了文学发展过程的初步描述。此后，东汉班固在《汉书·司马迁传赞》中对司马迁《史记》以前史官之文的发展过程有简单的追述；齐梁时的沈约在《宋书·谢灵运传论》中，回顾了南朝宋以前诗歌的发展历程，可以看成是关于诗歌史的比较详细的论述。南朝

① 黄霖《近代文学批评史》第九章“中国文学史学”将中国古代“具有文学史性质的作品”按体例分为六类：题辞体、传记体、时序体、品评体、派别体、选录体。此外，“还有一类侧重在论述文学史有关原理的论著，如《文心雕龙》中的《通变》及叶燮的《原诗》等”(《近代文学批评史》，上海古籍出版社1993年版，第754—755页)。

宋范晔撰《后汉书》，始创《文苑传》，将二十二位文学上有成就的人的传记合在一起，按时代先后排列，提供了文学发展的线索。此后，一些正史中的《文苑传》或《文艺传》，大都沿袭《后汉书》的体例。在目录学著作方面，班固在刘歆《七略》的基础上撰成《汉书·艺文志》，其中的《诗赋略论》对诗和赋的发展有初步的描述。此后，一些目录学著作，如《隋书·经籍志》《旧唐书·经籍志》《新唐书·艺文志》大都继承《汉书·艺文志》的传统，在著录书目的同时考辨源流。清纪昀《四库全书总目提要》可算是这类书中的集大成者。在诗文评方面，梁刘勰《文心雕龙》中《明诗》以下二十篇论及许多文体的形成过程，《时序》等篇也有关于文学发展的精彩论述。梁锺嵘的《诗品序》，对文学的发展作了相当详细的论述。此后，在一些诗话、词话，以及诗纪事、词纪事之类的书中，也有关于诗词发展的论述[①]。

此外，东汉郑玄《诗谱序》追述诗歌的起源，历数周文王、周武王、周成王以至懿王、夷王、厉王、幽王时政治的变迁与诗歌的关系，从政治的角度对诗歌的发展作了较细致的描述。西晋挚虞的《文章流别论》从文体流变这个新的角度，论述了文学的发展。唐白居易的《与元九书》对《诗》《骚》以来诗歌发展的历程作了总结。宋李清照的《词论》追述了词的发展概况。元辛文房的《唐才子传》为三百九十八位唐代诗人作传，间有评论，从中可以看出唐诗发展的因革流变。明张溥所辑《汉魏六朝百三名家集》的题辞，已经勾勒出汉魏六朝文学发展的脉络。清钱谦益的《列朝诗集小传》，对明代诗人

① 如［宋］严羽《沧浪诗话》、［宋］计有功《唐诗纪事》、［明］胡应麟《诗薮》、［清］叶燮《原诗》、［清］厉鹗《宋诗纪事》、［清］张宗橚《词林纪事》等。

一千六百余家作了评述。清代所修《全唐诗》，为唐代诗人逐一作了简介，从中可以看到唐代诗歌的发展线索。

毫无疑问，上述种种著述都是我们今天撰写文学史应当借鉴的。然而，这些还不能算是对文学发展过程的系统完整的论述，因而还不是专门的文学史著作，更不能说已经建立了独立的文学史学科。中国学者所写的文学史著作，是二十世纪初受了外国的影响才出现的，一般认为林传甲在京师大学堂编写的讲义《中国文学史》为滥觞之作[①]。谢无量的《中国大文学史》[②]、胡适的《白话文学史》上卷[③]、郑振铎的《插图本中国文学史》[④]、刘大杰的《中国文学发展史》[⑤]、中国科学院文学研究所的《中国文学史》[⑥]、游国恩等主编的《中国文学史》[⑦]，分别代表了二十年代、三十年代、四五十年代、六十年代文学史著作所能达到的成就。王国维的《宋元戏曲史》[⑧]、鲁迅的《中国小说史略》[⑨]，在分体文学史中是最早的、最有影响的著作。

由此我们可以说，进入二十世纪以后，特别是二三十年代以后，

---

① 本书是林传甲于光绪三十年（1904）在京师大学堂师范馆任国文教员时所编的讲义，有宣统二年（1910）6月武林谋新室排印本，书名前冠以“京师大学堂讲义”。全书分为16篇，其内容不限于文学，还包括文字学、音韵学、训诂学、修辞学、群经文体、诸史文体、诸子文体等。

② 谢无量:《中国大文学史》，上海中华书局1918年版。

③ 胡适:《白话文学史》（只有上卷），上海新月书店1928年版。

④ 郑振铎:《插图本中国文学史》，北平朴社出版部1932年版。

⑤ 刘大杰:《中国文学发展史》，中华书局于1941年出版上卷，1949年出版下卷。全书由古典文学出版社于1957年重版。1963年7月中华书局上海编辑所出版新1版。

⑥ 中国科学院文学研究所中国文学史编写组的《中国文学史》，是供高等学校文科有关专业使用的教材，人民文学出版社1962年版。

⑦ 游国恩、王起、萧涤非、季镇淮、费振刚主编的《中国文学史》，是高等学校文科教材，人民文学出版社1963年版。

⑧ 王国维:《宋元戏曲史》，上海商务印书馆1915年版。

⑨ 鲁迅的《中国小说史略》，是作者1920年至1924年在北京大学讲授中国小说史课程时的讲义，由北京新潮社于1923年印行上卷，1924年印行下卷。北京北新书局于1925年印行合订本。

文学史才成为一门独立的学科。然而，各家对这门学科的理解并不相同，因此文学史的写法也有很大差异。只要是严肃的学术研究，因不同的理解与不同的写法而形成各自的特色，都可以从不同的方面丰富和完善文学史这门学科。即使现在或将来，也不可能只有一种理解、一种模式、一种写法，而只能是百家争鸣、百花齐放。

那么，我们对文学史是怎样理解的呢？我们认为：文学史是人类文化成果之一的文学的历史。

这是一个最朴实无华的、直截了当的回答，意思是强调：文学史是文学的历史，文学史著作要在广阔的文化背景上描述文学本身演进的历程。它包括以下几方面的意思：

把文学当成文学来研究，文学史著作应立足于文学本位，重视文学之所以成为文学并具有艺术感染力的特点及其审美价值。当然，文学的价值在很大程度上取决于它反映现实的功能，这是没有问题的，但这方面的功能是怎样实现的呢？是借助语言这个工具以唤起接受者的美感而实现的。一些文学作品反映现实的广度与深度未必超过史书的记载，如果以有“诗史”之称的杜诗和两《唐书》(《旧唐书》和《新唐书》)、《资治通鉴》相比，以白居易的《卖炭翁》与《顺宗实录》里类似的记载相比[①]，对此就不难理解了。但后者不可能代替前者，因为前者是文学，具有审美的价值，更能感染读者。当然也可以以诗证史，将古代文学作品当成研究古代社会的资料，从而得出很有价值的

① 韩愈《顺宗实录》卷二：“旧事：宫中有要市外物，令官吏主之，与人为市，随给其直。贞元末，以宦者为使，抑买人物，稍不如本估。末年，不复行文书，置‘白望’数百人于两市并要闹坊，阅人所卖物，但称‘宫市’，即敛手付与，真伪不复可辨……名为‘宫市’，而实夺之。尝有农夫以驴负柴至城卖，遇宦者称‘宫市’取之，才与绢数尺。又就索‘门户’，仍邀以驴送至内。农夫涕泣，以所得绢付之，不肯受。……”(《昌黎先生外集》卷七，清同治己巳江苏书局重刊东雅堂本)

成果，但这并不是文学史研究，文学史著作必须注意文学自身的特性。

紧紧围绕文学创作来阐述文学的发展历程。文学史研究有几个层面，最外围是文学创作的社会政治、经济背景。背景研究很重要，这是深入阐释文学创作的一把必不可少的钥匙。但社会政治、经济背景的研究显然不能成为文学史著作的核心内容，不能将文学史写成社会发展史的图解。第二个层面是文学创作的主体即作家，包括作家的生平、思想、心态等。应当充分重视作家研究，但作家研究也不是文学史著作的核心内容，不能将文学史写成作家评传的集成。正史里的《文苑传》《文艺传》不是现代意义上的文学史。第三个层面是文学作品，这才是文学史的核心内容。因为文学创作最终体现为文学作品，没有作品就没有文学，更没有文学史。换句话说，文学史著作的核心内容就是阐释文学作品的演变历程，而前两个层面都是围绕着这个核心的。

与文学创作密切相关的是文学理论、文学批评和文学鉴赏。文学理论是指导文学创作的，文学批评和文学鉴赏是文学创作完成以后在读者中的反应。文学的发展史是文学创作和文学理论、文学批评、文学鉴赏共同推进的历史。这并不是说要在文学史著作里加进许多文学理论、文学批评和文学鉴赏的内容，在文学理论史和批评史已经成为一门独立学科的今天，撰写文学史更没有必要这样做了。我们只是强调撰写文学史应当关注文学思潮的发展演变，用文学思潮来解释文学创作，并注意文学的接受，引导读者正确地鉴赏文学作品。

与文学创作密切相关的还有文学传媒。古代的文学媒体远没有今天多，只有口头传说、书写传抄、印刷出版、说唱演出等几种，但已足以引起我们的注意。文学作品依靠媒体才能在读者中起作用，不同的媒体对文学创作有不同的要求，创作不得不适应甚至迁就这些要求，在一定程度上可以说文学创作的状况是取决于传媒的。从口头流传到书写传抄，再到印刷出版，由传媒的变化引起的创作的变化很值得注意。先秦两汉文学作品之简练跟书写的繁难不能说没有关系。唐宋词的演唱方式对创作的影响显而易见。印刷术发明以后大量文献得以广泛而长久地流传，这对宋代作家的学者化，进而对宋诗以才学为诗这个特点的形成有重要的影响。宋元说话艺术对小说创作的影响，宋元戏曲的演出方式对剧本创作的影响，更不容忽视。传媒对创作的影响以及传媒给创作所带来的变化，应当包括在文学史的内容之中。

总之，文学创作是文学史的主体，文学理论、文学批评、文学鉴赏是文学史的一翼，文学传媒是文学史的另一翼。所谓文学本位就是强调文学创作这个主体及其两翼。

从某种意义上说，文学史属于史学的范畴，撰写文学史应当具有史学的思维方式。文学史著作既然是“史”，就要突破过去那种按照时代顺序将一个个作家作品论简单地排列在一起的模式，应当注意“史”的脉络，清晰地描述出承传流变的过程。文学史著作既然是“史”，就要靠描述，要将过去惯用的评价式的语言，换成描述式的语言。评价式的语言重在定性，描述式的语言重在说明情况、现象、倾向、风格、流派、特点，并予以解释，说明创作的得失及其原因，说明文学发展变化的前因后果。描述和评价不仅是两种不同的语言习惯，而且是两种不同的思维方式。描述并不排斥评价，在描述中自然包含着评价。文学史著作既然是“史”，就要寻绎“史”的规律，而不满足于事实的罗列。但规律存在于文学事实的联系之中，是自然而然的结论，而不是从外面贴上去的标签。

我们不但不排斥而且十分注意文学史与其他相关学科的交叉研究，从广阔的文化学的角度考察文学。文学的演进本来就和整个文化的演进息息相关，古代的文学家往往兼而为史学家、哲学家、书家、画家，他们的作品里往往渗透着深刻的文化内涵。因此，借助哲学、考古学、社会学、宗教学、艺术学、心理学等邻近学科的成果，参考它们的方法，会给文学史研究带来新的面貌，在学科的交叉点上，取得突破性的进展。例如，先秦诗歌与原始巫术、歌舞密不可分；两汉文学与儒术独尊的地位有很大关系；研究魏晋南北朝文学不能不关注玄学、佛学；研究唐诗不能不关注唐朝的音乐和绘画；研究宋诗不能不关注理学和禅学；保存在山西的反映金元戏曲演出实况的戏台、戏俑、雕砖、壁画是研究金元文学的重要资料①；明代中叶社会经济的变化所带来的新的社会环境和文化气氛，是研究那时文学的发展决不可忽视的。凡此种种，都说明广阔的文化学视角对于文学史的研究是多么重要！有了文化学的视角，文学史的研究才有可能深入。

二

文学史的存在是客观的，描述文学史应当力求接近文学史的实际。但文学史著作能在多大程度上做到这一点呢？这实在是一个很大的问题。由于文学史的资料在当时记录的过程中已经有了记录者主观的色彩，在流传过程中又有佚失，现在写文学史的人不可能完全看到；再加上撰写者选用资料的角度不同，观点、方法和表述的语言都带有个性色彩，纯客观地描述文学史几乎是不可能的，总会多少带有一些主观性。如果这主观性是指作者的个性，这个性又是治学严谨而富有创新精神的，这样的主观性正是我们所需要的。如果这主观性是

① 如山西省侯马市金代董氏墓中后壁上端砖砌戏台与戏俑、山西省稷山县马村段氏金代墓葬群中的杂剧砖雕、山西省洪洞县明应王殿元代戏曲壁画、山西省新绛县吴岭庄元墓杂剧砖雕。

指一个时代大体相近的观点、方法，以及因掌握资料的多少有所不同而具有的某种时代性，那也没有什么不好。我们当代人写文学史，既是当代人写的，又是为当代人写的，必定具有当代性。这当代性表现为：当代的价值判断、当代的审美趣味以及对当代文学创作的关注。研究古代的文学史，如果眼光不局限于古代，而能够鉴古揆今，注意当代的文学创作，就会多一种研究的角度，这样写出的文学史也就对当代的文学创作多了一些借鉴意义。具有当代性的文学史著作，更有可能因为反映了当代人的思想观念而格外被后人注意。但是无论如何，决不能把主观性当作任意性、随意性的同义语。

撰写《中国文学史》应该借鉴外国的文学理论，但必须从中国文学的实际出发，不能将外国时髦的理论当成公式生搬硬套地用于解释中国文学。有志气的中国文学史研究者，应当融会中国的和外国的、传统的和现代的文学理论，从中国文学的实际出发，具体问题具体分析，以实事求是的态度阐述中国文学的历史，而不应先设定某种框架，然后往里填装与这框架相适应的资料。

文学史史料学是撰写文学史的基础性工作。[①]所谓文学史史料学，包括与文学有关的目录学、版本学、校勘学，作家生平的考订，作品的辨伪，史料的检索等等，是以资料的鉴定和整理为目的的资料考证学。这是撰写文学史必不可少的基础性工作，没有这个基础，文学史所依据的资料的可靠性就差多了。但严格地说，文学史史料学并不完全等于文学史学。着眼于学科的分工，为了促进学科的发展，应当在

---

① 近年来已有中国文学史史料学的著作出版，例如：潘树广主编《中国文学史料学》，黄山书社1992年版；徐有富主编、程千帆校阅《中国古典文学史料学》，南京大学出版社1992年版；傅璇琮主编《中国古典文学史料研究丛书》，其中穆克宏《魏晋南北朝文学史料述略》已由中华书局于1997年出版。

文学史学之外另立一个分支学科即文学史史料学；然而就学者而言，史的论述和史料的考证这两方面不但应该而且也可以兼顾，完全不懂得史料学是很难做好文学史研究的。

三

推动中国文学演进的因素，既有外部的，也有内部的。所谓外部因素是指社会经济、政治、文化的影响，民族矛盾的影响，以及地理环境的影响，等等。例如，春秋战国之际社会经济政治的大变革带来文化上的百家争鸣，与之相适应，文学也出现了繁荣局面。汉代大一统的政治背景以及汉武帝“罢黜百家，独尊儒术”的政策，对汉赋的出现和汉代散文的特点有直接的影响。汉末的黄巾起义及军阀混战，影响了建安时期一代人的思想观念，造就了建安文学的新局面。南北朝的对峙造成南北文风的不同，隋唐的统一以及唐代广泛的对外文化交流又推动了唐代文学的繁荣。宋代理学的兴起，士人入仕机会的增多，以及印刷术的发展，对宋代文学产生了重要的影响。元代士人地位低下，他们走向市井，直接推动了元杂剧的发展。明代中叶以后，商业经济繁荣，市民阶层壮大，反映和适应这种新的社会状况，文学发生了划时代的变化。清朝初年民族矛盾突出，在文学创作上也有反映。1840年鸦片战争之后，中国沦为半封建半殖民地社会，更引起文学的重大变化。凡此种种，都是很容易理解的。

关于中国文学演进的内部因素，是一个很复杂的问题。

首先，要考虑到文学发展的不平衡。由于中国历史悠久、幅员广阔，所以中国文学发展的不平衡性特别突出。这表现在以下几个方面：

（一）文体发展的不平衡。各种文体都有一个从萌生到形成再到成熟的过程，所谓文体发展不平衡，包含这样两方面的意思：一方面，各种文体形成和成熟的时代不同，有先有后。诗歌和散文是最早形成的两种文体，早在商周时代就有了用文字记载的诗文。在中国文学的各种文体中，诗和文是基础。到了魏晋南北朝才有了初具规模的小说，唐代中期才有了成熟的小说。而到了宋金两代，出现了宋杂剧和金院本，才标志着中国戏曲的形成。以上所说是文体的大概轮廓，如果细分，骈文是魏晋以后才形成的，词到唐代中叶才形成，白话短篇小说到宋代才形成，白话长篇小说到宋元之际才形成，散曲到元代才形成。中国文学的各种体裁形成的时间相差数百年甚至一两千年，可见不平衡的状况是多么突出。另一方面，各种文体从萌生到形成再到成熟，其过程的长短也不同。例如小说，从远古神话到唐传奇，历经了极其漫长的时间；而赋的形成过程就短得多了。

（二）朝代的不平衡。各个朝代文学的总体成就是不一样的，有的朝代相对繁荣些，有的朝代相对平庸些，这很容易理解。而且各个朝代各有其相对发达的文体，例如：汉代的赋、唐代的诗、宋代的词、元代的曲、明清两代的小说。这并不是说这些朝代的其他文体不值得注意，例如宋诗、清诗、清词也都很重要，但作为代表性文体还是上面所举的那些。其实在一个朝代之内文学的发展也是不平衡的，有些年代较长的朝代如汉、唐、宋、明，其初期的文学比较平庸，经过两代或三代人的努力，才达到高潮。有些小朝廷倒又可能在某种文体上异军突起，如梁、陈两代的诗，南唐和西蜀的词。

（三）地域的不平衡。[1]所谓地域的不平衡包含两方面的意思：一

① 参看袁行霈《中国文学概论》总论第三章“中国文学的地域性与文学家的地理分布”，高等教育出版社1990年版，第33—47页。

是在不同的朝代，各地文学的发展有盛衰的变化，呈现此盛彼衰、此衰彼盛的状况。例如：建安文学集中于邺都；梁陈文学集中于金陵；河南、山西两地在唐朝涌现的诗人比较多，而明清两朝则比较少；江西在宋朝涌现的诗人特别多，此前和此后都比较少；江苏、浙江两地在明清两朝文风最盛，作家最多；岭南文学在近代特别值得注意。二是不同的地域有不同的文体孕育生长，从而使一些文体带有不同的地方特色，至少在形成后相当长的一段时间内是如此。例如：《楚辞》带有明显的楚地特色，五代词带有鲜明的江南特色，杂剧带有强烈的北方特色，南戏带有突出的南方特色。中国文学发展中所表现出来的地域性，说明中国文学有不止一个发源地。

中国文学发展不平衡的状况是应该充分重视的，当说明文学的演进时，应当在突出主线的同时进行立体交叉式的描述。

其次，在中国文学的演进过程中，有一些相反相成的因素，它们的互动作用值得注意。例如，俗与雅之间相互的影响、转变和推动。《诗经》中的“国风”本是民歌，经过孔子整理，到汉代被儒家奉为经典并加以解释之后，就变雅了。南朝民歌产生于长江中下游的市井之间，本是俗而又俗的文学，却引起梁陈宫廷文人的兴趣，从一个方面促成了梁陈宫体诗的产生。[1]词在唐代本是民间通俗的曲子词，在发展过程中逐渐变得雅了起来。宋元时期当戏曲在市井的勾栏瓦舍中演唱时，本是适应市民口味的俗文学。后来的文人接过这种通俗的文学形式加以提高，遂有了《牡丹亭》《长生殿》《桃花扇》这类精致高雅的作品。在俗与雅之间，主要是俗对雅的影响和推动，以及由俗到雅的转变。由雅变俗的例子也是有的，宋代有些诗人有意地以俗为美，

① 参看商伟《论宫体诗》，《北京大学学报》（哲学社会科学版）1984年第4期。

表面上是化俗为雅，实际上是将本来高雅的诗变俗，在俗中求得新的趣味。

俗雅之间的互动，使文学的长河陆续得到新鲜活水的补充和激荡，而保持着它的长清。

再如，各种文体的相互渗透与融合。各种文体都有其独特的体制与功能，这构成了文体之间的界限。曹丕早在《典论·论文》里就说："奏议宜雅，书论宜理，铭诔尚实，诗赋欲丽。"后来新的文体越来越多，分类越来越细，对不同文体的体制和功能的认识也越来越精确。文体辨析是一个值得注意的问题，但文体之间的融合更是一个关系到文学发展的大问题。例如诗和赋的区别本来是很明显的：诗者缘情，赋者体物；诗不忌简，赋不厌繁；诗之妙在内敛，赋之妙在铺陈；诗之用在寄兴，赋之用在炫博。但魏晋以后赋吸取了诗的特点，抒情小赋兴盛起来，这是赋的诗化；而在初唐，诗又反过来吸取赋的特点，出现了诗的赋化现象[①]，例如卢照邻的《长安古意》等。再如，词和诗不但体制不同，早期的词和诗的功能、风格也不相同。"词之为体，要眇宜修。能言诗之所不能言，而不能尽言诗之所能言。诗之境阔，词之言长。"[②]词本是配合音乐以演唱娱人的，是十七八岁女孩儿在绮筵之上浅斟低唱、佐欢侑酒的娱乐品。有关政治教化、出处穷达的大题目自有诗去表达。词不过是发泄诗里不能也不便容纳的感情，诗和词的界限本是清楚的。可是从苏轼开始，以诗为词，赋予词以诗的功能，诗和词的界限就在相当大的程度上模糊了。周邦彦吸取

① 关于诗赋之间的关系，林庚在《略谈唐诗高潮中的一些标志》中已经提出，见《社会科学战线》1982年第4期，后收入其《唐诗综论》一书，人民文学出版社1987年版，第51—55页。

② 王国维：《人间词话删稿》，见徐调孚注、王幼安校订《人间词话》(与《蕙风词话》合订)，人民文学出版社1960年版，第226页。

赋的写法，以赋为词，在词所限定的篇幅内极尽铺张之能事，诗和赋的疆域又在一定程度上突破了。而辛弃疾以文为词，词和文的距离也在一定程度上缩小了。又如，宋人之所以能在唐诗之后另辟蹊径，打开一个新的局面，正是他们以文为诗的结果。又如，中国的小说吸取诗词的地方很多，唐人传奇中的佳作如《莺莺传》《李娃传》《长恨歌传》等，无不带有浓厚的诗意。宋元以后的白话小说，也和诗词有密切的关系。宋代说话一般都是有说有唱，那些唱词就是诗，有的小说就叫"诗话""词话"。在中国戏曲的各种因素中，唱词占了十分重要的地位，唱词也是一种诗，离开唱词就没有戏曲了。

一种文体与其他文体相互渗透与交融，吸取其他文体的艺术特点以求得新变，这是中国文学演进的一条重要途径。

又如，复古与革新之间的交替与碰撞。这是文学体裁内部的运动，主要表现在诗文的领域里。魏晋以后文学走上了自觉的道路，文学创作不断自觉或半自觉地进行着革新。在这种情况下，刘勰在《文心雕龙·通变》中专门就文学的通与变，也就是因与革、继承与创新的问题进行了论述，这已经涉及复古与革新的问题。齐梁以来诗歌过分追求声色，出现一些弊病，梁裴子野的《雕虫论》予以激烈的批评。初唐的诗人陈子昂又大声疾呼恢复汉魏风骨，成为中国文学史上第一次有影响的复古呼声。陈子昂的复古实际上是革新，促成了声色与性情的统一，是盛唐诗歌达到高峰的因素之一。到了唐代中叶，韩愈和柳宗元又在文的领域内举起复古的旗帜，反对六朝以来盛行的骈文，提倡三代两汉的古文。韩、柳的复古实际上也是革新，是在三代两汉古文的基础上建立一种与"道"合一的新的文学语言和文体。韩、柳之后古文一度衰落，骈文重新兴起，直到宋代欧阳修、苏轼等人再度提倡和写作古文，才确立了古文的不可动摇的地位。可见，复古与革新两者的互动也是中国文学演进的一条途径。

又如，文与道的离合。这主要是指文学与儒家伦理道德、儒家政治理想的关系。自从汉代确立了儒家思想的统治地位以后，文学和儒家思想的关系一直制约着文学本身的演进。文学或与道离，或与道合，离与合又有程度的不同。此外，道家思想、佛学思想以及反映市民要求的思想又先后不同程度地渗透进来，给文学以不同方向的外力，影响着文学的发展。文学适合儒家思想，出现过许多优秀的作家，如杜甫、韩愈、白居易、陆游等。文学部分离开儒家思想，也出现过许多优秀作家，如陶渊明、李白、苏轼、曹雪芹等。唐代以后围绕着文以“明道”“贯道”“载道”有不少论述①，“明道”“贯道”“载道”之类的说法，与强调独抒性灵、审美娱乐的要求，相互碰撞相互补充。当市民兴起之后，反抗封建伦理道德的思想抬头，在情与理的对立中发出一种新的呼声，从戏曲、小说里很容易听到。这些不同的因素及其互动推进了中国文学的演进。在文与道或离或合的过程中，中国文学得以演进。

四

如果将中国文学史比作一条长河，我们从下游向上追溯，它的源头是一片浑茫的云天，不可详辨。我们找不到一个起源的标志，也不能确定起源的年代。那口传时代的文学，应当是十分久远的，后来的文字记载不过是对那段美丽梦幻的追忆而已。最保守的说法，从公元

① ［唐］柳宗元《答韦中立论师道书》：“文者以明道。”［唐］李汉《昌黎先生集序》：“文者，贯道之器也。”［宋］周敦颐《通书·文辞》：“文所以载道也。”

前十一世纪，也就是《诗经》中的一些诗篇出现的时候起，这条长河的轮廓就已经明朗起来了，后来逐渐汇纳支流，变得越来越宽广。这中间有高潮也有低潮，但始终没有中断过。若论文学的悠久，只有古希腊文学、古印度文学可以与中国文学相比；若论文学传统的绵延不断，任何别的国家和民族的文学都是不能与中国文学相比的。

河流有上游、中游、下游，中国文学史也可以分成上游、中游、下游，这就是上古期、中古期、近古期。[①]三古之分，是中国文学史大的时代断限。在三古之内，又可以细分为七段。

三古、七段的具体划分如下：

上古期：先秦两汉（公元三世纪以前）

第一段：先秦

第二段：秦汉

中古期：魏晋至明中叶（公元三世纪至十六世纪）

第三段：魏晋至唐中叶（天宝末）

第四段：唐中叶至南宋末

第五段：元初至明中叶（正德末）

近古期：明中叶至五四运动（公元十六世纪至二十世纪初期）

第六段：明嘉靖初至鸦片战争（1840）

第七段：鸦片战争至五四运动（1919）

三古、七段说主要着眼于文学本身的发展变化，体现文学本身的发展变化所呈现的阶段性，而将其他的条件如社会制度的变化、

① 郑振铎《插图本中国文学史》也将中国文学分为三期：古代文学、中世文学、近代文学。其所谓中世文学“开始于晋的南渡，而终止于明正德的时代，其时间凡一千二百余年（公元317—1521）”。其所谓近代文学“开始于明世宗嘉靖元年（公元1522），而终止于五四运动之前（民国七年，公元1918年）。共历时三百八十余年”。

王朝的更替等视为文学发展变化的背景。将文学本身的发展变化视为断限的根据，而将其他的条件视为断限的参照。一种根据，多种参照，也许最适合于描述整个中国文学发展的历史过程。文学发展变化的阶段性可以和社会制度的变化以及王朝的更替相重合，但社会制度的变化或王朝的更替，只是导致文学变化的重要原因，而不是这变化的事实本身。

所谓文学本身的发展变化，可以分解为以下九个方面：第一，创作主体的发展变化；第二，作品思想内容的发展变化；第三，文学体裁的发展变化；第四，文学语言的发展变化；第五，艺术表现的发展变化；第六，文学流派的发展变化；第七，文学思潮的发展变化；第八，文学传媒的发展变化；第九，接受对象的发展变化。三古、七段就是综合考察了文学本身这九个方面的因素，并参照社会条件，而得出的结论。以往研究文学史，对文学传媒和接受对象这两方面很少注意，尚不足以对文学的发展变化作出全面的考察。文学传媒和接受对象深刻地影响着文学的创作，实在是不容忽视的。

（一）上古期

上古期包括先秦、秦汉。

我们首先注意到中国文学的各种体裁几乎都孕育于这个时期。散文可以追溯到甲骨卜辞；诗歌可以追溯到《诗经》《楚辞》和汉乐府；小说可以追溯到神话传说，《左传》《史记》等历史散文，以及诸子散文中的寓言故事；辞赋可以追溯到《楚辞》。骈文中对偶的修辞手法，在这个时期也已出现；就连戏曲的因素在《九歌》中也已有了萌芽。其次，中国文学的思想基础也是孕育于上古期的。特别是儒道两家的思想影响着此后几千年作家的世界观、人生观和价值观。第三，中国的文学思潮以儒道两家为主，儒家注重文学的社会功能，道家注重文学的审美价值，这在上古期也已经形成了。影响着整个中国文学的一些观念，如“诗言志”“法自然”“思无邪”“温柔敦厚”等等，都是在这个时期提出来的。第四，从文学的创作、传播、接受来看，士大夫作为创作的主体和接受对象，文字作为传播的主要媒介，中国文学的这个基本格局也是在上古期奠定的。直到宋代出现了市民文学，才使这个格局发生了变化。

上古期的第一段是先秦文学。在这个阶段，文学的创作主体经历了由群体到个体的演变，《诗经》里的诗歌大都是群体的歌唱，从那时到中国文学史上第一位诗人屈原出现，经过了数百年之久。上古巫史不分，史从巫中分化出来专门从事人、事的记录，这是一大进步。而士的兴起与活跃，对文学的发展又起了关键性的作用。先秦文学的形态，一方面是文史哲不分，另一方面是诗乐舞结合，这种混沌的状态成为先秦的一大“景观”。所谓文史哲不分，是就散文这个领域而言，在讲先秦散文时我们无法排除《尚书》《左传》《国语》《战国策》等历史著作，也无法排除《周易》《老子》《论语》《孟子》《庄子》等哲学著作，那时还没有纯文学的散文。至于诗歌，最初是和音乐、舞蹈结合在一起的，《吕氏春秋》里记载的葛天氏之乐[①]，以及《尚书·尧典》里记载的“击石拊石，百兽率舞”[②]，都是例证。《诗经》《楚辞》中的许多诗歌也和乐舞有很大关系。风、雅、颂的重要区别

① 《吕氏春秋·古乐》：“昔葛天氏之乐，三人操牛尾投足以歌八阕：一曰载民，二曰玄鸟，三曰遂草木，四曰奋五谷，五曰敬天常，六曰达帝功，七曰依地德，八曰总万物之极。”（陈奇猷：《吕氏春秋校释》，学林出版社1984年版，第284页）

② 《尚书·尧典》：“帝曰：‘夔！命汝典乐，教胄子……诗言志，歌永言，声依永，律和声，八音克谐，无相夺伦，神人以和。’夔曰：‘於！予击石拊石，百兽率舞。’”（见［清］皮锡瑞《今文尚书考证》，中华书局1989年版，第82—84页）

就是音乐的不同，据《史记·孔子世家》，《诗》三百五篇都可以和乐歌唱。《楚辞》中的《九歌》是用于祭祀的与乐舞配合的歌曲。

秦汉文学属于上古期的第二段，秦汉文学出现了不同于先秦文学的一些新的特点。首先是创作主体的处境有了变化，战国时代游说于列国之间的士，聚集到统一帝国的皇帝或诸侯王周围，形成若干作家群体，他们以歌功颂德或讽喻谲谏为己任。如武帝时的司马相如、东方朔，吴王刘濞门下的枚乘、邹阳。这些“言语侍从之臣”正好成为大赋这种汉代新兴文体的作者。与汉代大一统的政治局面相适应，汉代文学以大为美，铺张扬厉成为风尚。与“罢黜百家，独尊儒术”的政策相适应，汉代文学失去了先秦文学的生动活泼与多姿多彩，而形成格式化的、凝重板滞的风格。然而，对于中国诗歌来说，汉代是一个极其重要的朝代。《诗经》那种四言的躯壳到汉代已经僵化了，楚辞的形式转化为赋，汉代乐府民歌却以一种新的姿态、新的活力，先是在民间继而在文人中显示了不可抗拒的力量，并由此酝酿出中国诗歌的新节奏、新形式，这就是历久不衰的五七言体。

（二）中古期

中古期从魏晋开始，经过南北朝、隋唐五代、宋元，到明朝中叶为止。

为什么将魏晋作为一个新时期的开端，并将魏晋到明中叶这样长的时间划为一个中古期呢？这是考虑到以下事实：第一，这时开始了中国文学的自觉时代，并在南北朝完成了这个自觉的进程。第二，文学语言发生了划时代的变化，由古奥转向浅近。第三，这是诗、词、曲三种重要文学体裁的鼎盛期，它们分别在中古期内的唐、宋、元三朝达到了高峰。第四，文言小说在魏晋南北朝已初具规模，在唐代臻于成熟。白话短篇小说在宋元两代已经相当繁荣，白话长篇小说在元末明初也已出现了《三国志演义》《水浒传》等作品。第五，文学传媒出现了印刷出版、讲唱、舞台表演等各种新的形式。第六，文学创作的主体和对象，包括了宫廷、士林、乡村、市井等各个方面。总之，中国文学所有的各种因素都在这个时期具备了，而且成熟了。

中古期的第一段从魏晋到唐中叶。这是五七言古体诗繁荣发展并达到鼎盛的阶段，也是五七言近体诗兴起、定型并达到鼎盛的阶段。诗，占据着文坛的主导地位。文向诗靠拢，出现了诗化的骈文；赋向诗靠拢，出现了骈赋。从“三曹”“七子”，经过陶渊明、谢灵运、庾信、“四杰”、陈子昂，到王维、孟浩然、高适、岑参、李白、杜甫，诗歌发展的流程清楚而又完整。杜甫既是这个阶段最后的一位诗人，又是开启下一阶段的最早的一位诗人，像一个里程碑矗立在文学史上。“建安风骨”和“盛唐气象”这两个诗歌的范式，先后在这个阶段的头尾确立起来，作为一种优秀的传统，成为后代诗人追慕的极致。这又是一个文学创作趋于个性化的阶段，作家独特的人格与风格得以充分展现。陶渊明、李白、杜甫，他们的成就都带着鲜明的个性。此外，这个阶段的文学创作，宫廷起着核心的作用，以宫廷为中心形成若干文学集团，文学集团内部成员之间相互切磋，提高了文学的技巧。以曹操为首的邺下文人集团在发展五言古诗方面的作用，齐梁和初唐的宫廷诗人在建立近体诗格律方面的作用，都是有力的证据。在这个阶段，玄学和佛学渗入文学，使文学呈现多姿多彩的新面貌。在儒家提倡文学的政治教化作用之外，玄学家提倡的真和自然，已成为作家的美学追求；佛教关于真与空的观念、关于心性的观念、关于境界的观念，也促进了文学观念的多样化。

中古期的第二段是从唐中叶开始的，具体地说就是以天宝末年“安史之乱”爆发为起点，到南宋灭亡为止。唐中叶以后文学发生了一些值得注意的变化：韩、柳所提倡的古文引起文学语言和文体的改革，宋代的欧阳修等人继续韩、柳的道路，完成了这次改革。由唐宋八大家共同实现的改革，确定了此后的文学语言和文体模式，一直到“五四”才被打破。诗歌经过盛唐的高潮之后面临着盛极难继的局面，诗人们纷纷另辟蹊径，经过白居易、韩愈、李贺、李商隐等中晚唐诗人的努力，到了宋代终于寻到了另一条道路。就宋诗与唐中叶以后诗歌的延续性而言，有这样两点值得注意：由中晚唐诗人开始，注重日常生活的描写，与日常生活相关的人文意象明显增多，到了宋代这已成为一种普遍的风气；由杜甫、白居易开创的反映民生疾苦、积极参与政治的传统，以及深沉的忧患意识，在晚唐一度减弱，到了宋代又普遍地得到加强。就宋代出现的新趋势而言，诗人与学者身份合一，议论成分增加，以及化俗为雅的美学追求，也很值得注意。作为宋诗的代表人物，黄庭坚与江西诗派具有比较明确的创作主张与艺术特色。苏轼、杨万里、范成大、陆游等也各以其自身的特点，与江西诗派共同构成有别于唐音的宋调。唐中叶以后曲子词迅速兴盛起来，经过晚唐、五代词人温庭筠、李煜等人之手，到了宋代遂蔚为大观，并成为宋代文学的代表。柳永、苏轼、周邦彦、李清照、辛弃疾、姜夔等人的名字也就永远镌刻在词史上了。唐中叶以后传奇的兴盛，标志着中国小说进入成熟的阶段；而在城市文化背景下，唐代“市人小说”的兴起，宋代“说话”的兴盛，则是这个阶段内文学的新发展。

中古期的第三段从元代开始，延续到明代中叶。从元代开始叙事文学占据了文坛的主导地位，这是具有重大意义的。从此，文学的对象更多地从案头的读者转向勾栏瓦舍里的听众和观众。文学的传媒不仅有写在纸上或刻印在纸上的读物，还包括了说唱扮演的艺术形式。儒生社会地位降低，走向社会下层从事通俗文学的创作，先是适应群众喜闻乐见的文学形式，继而提高这些文学形式，于是出现了关汉卿、王实甫、马致远、高明等一大批不同于正统文人的作家。元代的文学以戏曲和散曲为代表，以大都为中心的杂剧与以温州为中心的南戏，共同创造了元代文学的辉煌，而明代流行的传奇又是对元曲的继承与发展。元末明初出现了《三国志演义》《水浒传》这两部长篇白话小说，成为这个阶段的另一标志，它们的出现预示着一个长篇小说的时代到来了。

（三）近古期

明嘉靖以后文学发生了划时代的变化。这变化主要表现在以下方面：1.随着商业经济的繁荣、市民的壮大、印刷术的普及，文人的市民化和文学创作的商品化成为一种新的趋势；适应市民这一新的接受群体的需要，文学作品的内容、题材、趣味，发生了一系列的变化。同时，在表现正统思想的士大夫文学之外，反映市民生活和思想趣味的文学占据了重要的地位。《金瓶梅》的出现就是这种种现象的综合反映。2.在王学左派的影响下，创作主体的个性高扬，并在作品中以更加强烈的色彩表现出来；在文学作品中对人的情欲有了更多肯定的描述；对理学禁欲主义进行了强烈的冲击，从而为禁锢的人生打开了一扇窗户。汤显祖的《牡丹亭》所写的那种“生者可以死，死可以生”的爱情，便是一种新的呼声。晚明诗文中所表现出来的重视个人性情、追求生活趣味、模仿市井俗调的倾向，也透露出一种新的气息。3.诗文等传统的文体虽然仍有发展，但已翻不出多少新的花样。而通俗的文体显得生机勃勃，其中又以小说最富于生命力。这些通俗文学借助日益廉价的印刷出版这个媒介，渗入社会的各个阶层，并产生了广泛的影响。从以上各方面看来，明代中叶的确是一个文学新时代的开端。

从明嘉靖初到鸦片战争是近古期的第一段。明清易代是一个巨大的变化，特别是对那些汉族士人的震动极其强烈，但清代初期和中期的文学创作基本上沿袭着明代中叶以来的趋势，并没有发生巨大变化。在近古期第一段，文学集团和派别的大量涌现以及它们之间的论争，是一种值得注意的现象。在诗文方面有公安派、竟陵派、神韵派、格调派、性灵派、桐城派的主张和创作实践，在词的方面有阳羡词派、浙西词派、常州词派的主张和创作实践，甚至在戏曲方面也有以“临川派”和“吴江派”为主的两大群体的论争。在不同流派的相互激荡中，涌现出一些杰出的作家，清诗、清词取得不可忽视的成就。值得特别注意的还是戏曲、小说方面的收获。汤显祖的《牡丹亭》、洪昇的《长生殿》、孔尚任的《桃花扇》，共同达到传奇的顶峰。近古期的第一段是白话长篇小说的丰收期，吴承恩的《西游记》、兰陵笑笑生的《金瓶梅》、吴敬梓的《儒林外史》、曹雪芹的《红楼梦》，是这个阶段的巅峰之作。蒲松龄的《聊斋志异》是中国文言小说的一座高峰。

近古期的第二段是从鸦片战争开始的。与明清易代相比，鸦片战争的炮声是更大的一次震动。鸦片战争带来千古未有之变局，从此中国由封建社会沦为半封建半殖民地社会。西方文化开始涌入中国这片古老的土地，而中国许多有识之士在向西方寻求新的富国强兵之路的同时，也寻求到新的文学灵感，成为一代新的作家，龚自珍、黄遵宪、梁启超便是这批新人的代表。与社会的变化相适应，文学创作也发生了变化。救亡图存的意识和求新变于异邦的观念，成为文学的基调。文学观念也发生了变化，文学被视为社会改良的工具，在国民中最易产生影响的小说的地位得到充分肯定。随着外国翻译作品的逐渐增多，文学的叙事技巧更新了。报刊这种新的媒体出现了，一批新的报人兼而具有作家的身份，他们以报刊传播其作品，写作方法也因适应报刊这种形式的需要而有所变化。在古文的领域内出现了通俗化的报刊文体，在诗歌领域里提出了“我手写我口”这样的口号。

近古期的终结，也就是中国古代文学的终结，我们仍然划定在五四运动爆发的1919年。这是因为“五四”作为一次新文化运动，不仅在社会史上开启了一个新的时期，也在文学史上开启了一个新的时期。在五四运动之前虽然出现了一些带有新思想与新风格的作家，但那仍然属于古典文学的范畴。五四运动中涌现出来的那批作家才有了质的变化。我们既注意十九世纪末以来文坛发生的渐变，更注重“五四”这个大的开阖。“五四”阖上了中国数千年古典文学的门，同时打开了文学的一片崭新天地。

最后要说明的是，三古、七段说虽然打破了朝代分期，但我们仍然认为，朝代分期在目前的文学史教学和研究中符合长期以来的习惯，更便于操作。而且，朝代的更换有时也确实给文学带来了兴衰变化，汉之盛在赋，唐之盛在诗，宋之盛在词，元之盛在曲，上文已经涉及。再以唐、宋两代诗文的创作而论，随着本朝之内时间的推移，都有一个从渐盛到极盛再到渐衰的发展过程。其中似乎存在着与朝代兴衰有关的某种原因，值得我们注意。因此，朝代分期自有其不可完全替代的理由。三古、七段是我们处理中国文学史分期问题的一种新的视角，我们仍然愿意保留朝代分期（如本书四卷、九编的划分）作为另一种视角，并将二者结合起来，使之互相补充相得益彰。这就是说，我们主张用双视角来处理中国文学史的分期问题。因此，三古、七段说更全面的表述是：三古、七段双视角。

（本文为《中国文学史》“总绪论”，高等教育出版社2005年第2版）

关于中华文明史的理论思考

人类的出现，特别是人类文明的出现，是宇宙间的一大奇迹。

人类既是文明的创造者，又是文明成果的体现者。人类在创造文明的过程中，不断改变着自己的生存方式；同时文明成果的积累也推动了人类的演进。人类自身和人类所创造的文明形成互动的关系。文明史既是人类的创造史，也是人类的演进史。编纂文明史，就是用文字把这创造和演进的过程记录下来。

文明可以分解为物质文明、政治文明、精神文明三个方面，这三方面对应着人类和自然的关系、人类的社会组织方式，以及人类的心灵世界（思想的、道德的、美感的）。前两个方面是具体可感的人类生存方式，是文明的外部现实。第三个方面是文明的另一种现实，即无涯无涘的思维的想象的空间。当然，精神文明也常常外化为物质的或政治的现实。人类正是在处理与自然的关系中，在处理自己和自己的关系中，在发挥自由想象的过程中，创造了文明。这三方面是紧密联系在一起的，物质文明是政治文明和精神文明赖以建立的基础，政治文明和精神文明又反过来推动或阻碍着物质文明的进步。文明的进步有时是这三方面同时推进，有时是某一方面或两方面领先，而其他方面相对滞后。

研究中华文明史，要注重中华文明演进的过程，特别注意文明发展过程中的亮点，以及对文明发展作出重大贡献的人物。如果说，人和人的创造是中心，那么物质文明、政治文明、精神文明则是三根支柱。在研究文明发展的过程时，要注意这三方面参差错落的情形。要注重那些反映总体面貌的标志性成果，也就是那些对中华民族甚至全人类的进步产生过重大影响的成就。分门别类地考察科技、制度、思想、文艺等等方面的成就是必要的，但更需要把这些方面综合起来说明各个时期文明的进程和特点。文明史不同于科技史、制度史、思想史、文学史、艺术史等等的简单拼合，更不是一部百科知识全书，既不能脱离各门专史，又要力求多学科的交叉与综合，力求作出总体性的描述。

研究文明史必须重视文献资料，也必须重视文物考古资料，并且努力将这两方面的资料结合起来，进行互证。

研究中华文明史，不能脱离世界文明的大格局。要描述中华文明各个时期的特点及其在世界文明进程中所处的地位，中华文明对世界的贡献，以及中华文明对世界其他各种文明的吸收和借鉴。

研究中华文明史必须从事实出发，力求对事实作出准确的描述、考证与概括，概括就体现为理论。中华文明史属于史学著作，史笔、议论、才情三者的结合，应是追求的目标。

回顾过去是为了瞻望未来。中华文明史应当在总结文明发展历史的基础上，启发读者思考未来文明的发展方向。

一

与具有大约46亿年历史的地球相比，人类的历史是短暂的，从早期猿人算起，至今大约有350万到200万年，大约占地球历史的万分之四至万分之七。与人类的历史相比，人类的文明史也是短暂的，从新石器时代算起，大约只相当于人类历史的千分之三。据考古学和人类学目前研究的结果，人类文明的起源是多元的。早期文明的发展是一个缓慢的过程，直立人相当于旧石器时代早期，其出现大约在公元前二三百万年；早期智人相当于旧石器时代中期，其出现大约在公元前30万年；晚期智人相当于旧石器时代晚期，其出现大约在公元前5万年。现代人相当于新石器时代，出现在公元前1万年到4000年之间，“这一时代的基本特征是农业、畜牧业的产生，磨制石器、陶器、纺织的出现。严格地讲，这时已从依赖天然赏赐过渡到生产经济阶段”①。

新石器的使用是人类步入文明的标志。

人类古老的文明有四种，都是沿着江河发祥的。这就是尼罗河流域的古埃及文明、幼发拉底和底格里斯两河之间的巴比伦文明、印度河流域的古印度文明，黄河和长江流域的中华文明。②

古埃及文明可以追溯到公元前4000年左右。大约公元前3100年美尼斯统一了上埃及和下埃及，建立了第一王朝，此后数百年间文明趋于成熟，开始使用象形文字，组织了国家，开创了法老专制政治。公元前2686年至公元前1650年，是第三王朝至第十六王朝时期。这期间，第三王朝建造了层级金字塔，第四王朝建造了吉萨的大金字塔和斯芬克斯狮身人面像；第五王朝建造了太阳神庙。从公元前1570

① 《中国大百科全书·考古学》“新石器时代”条，中国大百科全书出版社1986年版，第477页。

② 有的学者将古希腊文明（或称爱琴文明）与这四种文明并列，如马世力主编《世界史纲》。这里采用的是比较传统的说法。

年开始的第十八王朝，到公元前332年第三十一王朝结束，这一千多年间外族屡屡入侵，战乱频仍。公元前332年，马其顿的亚历山大大帝接管了埃及，开始了希腊和罗马文明与埃及文明交融的时期。到四世纪中叶，埃及成为主要的基督教国家。公元639年阿拉伯人入侵以后，经过缓慢的过程，埃及逐渐阿拉伯化。古埃及文明对现代西方文明的形成和非洲文明的发展都产生过很大的影响。

巴比伦文明起源于公元前4000年左右，那时巴比伦城还没有崛起，居住在两河流域的是苏美尔人和阿卡德人，他们创造了楔形文字，制定了最早的法典，建立了城邦，发明了陶轮、帆船、耕犁。大约公元前1900年，从西方来的阿莫里特人征服了这个地区，继承苏美尔人和阿卡德人的文明，并使巴比伦成为两河流域的政治和商业中心。公元前1595年喀西特人掌握政权，建立了一个延续400年的王朝。此后，亚述人、阿拉米人和迦勒底人展开多年的斗争。从公元前九世纪到公元前七世纪下半叶，统治这个地区的主要是亚述帝国。最后一位亚述国王逝世后，迦勒底人的领袖那波帕拉萨尔在公元前626年建立了新巴比伦王国，他的儿子尼布甲尼撒二世在巴比伦修筑了空中花园，改建了马尔杜克神庙和通天塔。这个地区在公元前539年被波斯人占领，公元前331年又被亚历山大大帝占领，巴比伦遂纳入希腊文明的轨道之中。

印度河文明又称哈拉帕文明，其时间大约相当于公元前2300年至公元前1750年，分布在印度河流域大约50万平方英里的土地上，至今已发现70处遗址，包括两大城市和100多个较小的城镇和村庄。当时已有比较发达的农业和畜牧业，铜器和陶器的制造以及纺织业也有所发展，已有车船等运输工具。但是这一文明不知何故竟销声匿迹了。公元前1500年至公元前500年是吠陀时代，《吠陀》是印度一雅利安人的历史文献，这个时代就是以它所记载的那段时间命名的。印度一雅利安人在吠陀前期活动在印度西北部，到吠陀后期他们进入恒河中下游地区，并开始使用铁器，奴隶制国家开始形成。公元前600年，摩揭陀国控制了恒河谷地，佛教和耆那教开始占有重要的地位。公元前325年，旃陀罗·笈多建立了孔雀王朝，几乎在整个印度次大陆建立了中央集权的统治。公元前150年到公元300年，印度陷入混乱，月氏人、贵霜人相继侵入北印度，潘地亚、哲罗、朱罗三国在南印度对峙。这种列国争雄的局面持续了一千多年，一直到印度沦为英国的殖民地。①

如果追溯这四大古文明起源的年代，中华文明不能算是最早的，但中华文明是唯一的从未中断过的文明。今天生活在这片土地上的人就是那创造古老文明的先民之后裔，在这片土地上是同一种文明按照自身的逻辑演进、发展，并一直延续下来。同时，中华文明在发展过程中显示了巨大的凝聚力，不仅没有中断，也没有分裂；只有新的文明因素增加进来，而没有什么文明的因素分离出去成为另一种独立的

---

① 以上关于埃及文明、巴比伦文明、印度文明的论述，参考《简明不列颠百科全书》中文版有关内容，中国大百科全书出版社1986年版。[古罗马]希罗多德《历史》，王以涛译，商务印书馆1959年版，1978年修订版。吴于廑、齐世荣主编《世界史》，高等教育出版社1994年版。马世力主编《世界史纲》，上海人民出版社1999年版。刘家和、廖学盛主编《世界古代文明史研究导论》，高等教育出版社2001年版。刘文鹏《古代埃及史》，商务印书馆2000年版。刘文鹏主编《古代西亚北非文明》，“世界文明大系”，中国社会科学出版社1999年版。G.莫赫塔尔主编《非洲通史》第二卷，中国对外翻译出版公司1984年版。[美]菲利普·李·拉尔夫等《世界文明史》，赵丰等译，商务印书馆2001年版。The Cambridge History of Africa, VolumeI, “From the Ear liest Time stoc. 500BC”, General Editors: J. D. Fage and Roland Oliver, Cambridge University Press1982. The Cambridge History of India, VolumeI, “Ancient India”, Edited by E. J. Rapson, M. A., Cambridgeat the University Press 1922. The Oxford History of India, by the late Vincent A. Smith, C. I. E., Fourth Edition, edited by Percival Spear, Oxford University Press 1958.关于古代文明，各家说法不一的地方，我们采用比较通行的说法。

文明。[①]

这是一个很值得探讨的现象，但作出全面解释并非易事。我们可以从地理环境中找到一些答案，前三种文明都是在相对集中的一个较小范围内展开的，回旋的余地不大，一旦遭到强悍的外族入侵和战争的破坏或严重的自然灾害，就难以延续和恢复。而中华文明则是在一个很大的范围内展开的，回旋的余地很大，便于将不同民族的势力和文化加以吸纳与整合，也不致因地区性的自然灾害而全体毁灭，所以能够传承数千年而绵亘不绝。[②]探讨中华文明延续不断的原因，还应当考虑中华文明本身的规模，中华文明在遭到周围其他文明威胁时，其总体规模已经十分巨大，在经济、政治、哲学、科技、文学、艺术等许许多多的领域内，已经形成完整的相互关联的文化整体。对中华文明构成威胁的其他文明虽然可以用武力部分地或全部地占领这块土地，但是无论如何最终还是不能不被这规模巨大的文明整体所吸收同化。地域的广大和整体规模的巨大，形成一种难以征服的力量。[③]探讨中华文明延续不断的原因，还可以深入到中华文明内部来考察，其中有一些因素有利于文明的延续，例如祖先崇拜所起的作用。祖先崇拜由来已久，其表现之一就是神化祖先的能力和功绩，把他们奉为神灵

① 正如苏秉琦在《中国文明起源新探》中说："世界上没有哪一个像中国如此之大的国家有始自百万年前至今不衰不断的文化发展大系。"生活·读书·新知三联书店1999年版，第176页。

② 钱穆《中国文化史导论》："埃及、巴比仑、印度诸邦，有的只藉一个河流，和一个水系，如埃及的尼罗河。有的是两条小水合成一流，如巴比仑之底格里斯与阿付腊底河，但其实仍只好算一个水系，而且又都是很小的。只有印度算有印度河与恒河两流域，但两河均不算甚大，其水系亦甚简单，没有许多支流。只有中国，同时有许多河流与许多水系，而且都是极大和极复杂的。"商务印书馆1994年修订版，第4—5页。

③ 阮炜《文明的表现》一书，提出"文明规模"和"文明能量"的概念，认为中华文明的独特性在于其规模和能量巨大，因此，"中华文明即便暂时衰落了，最终也能走向复兴，甚至进一步成长壮大，将其影响所及伸延至前所未有的范围"。北京大学出版社2001年版，第340页。

进行祭祀，祈求护佑。小到一个家庭，大到一个家族、宗族，更大到一个民族，都崇拜自己的祖先，祖先就是神。这种以血缘为纽带的关系，发挥着维系文明的巨大作用。各部族的祖先不同，所崇拜的对象也不同，《礼记·祭法》："有虞氏禘黄帝而郊喾，祖颛顼而宗尧。夏后氏亦禘黄帝而郊鲧，祖颛顼而宗禹。殷人禘喾而郊冥，祖契而宗汤。周人禘喾而郊稷，祖文王而宗武王。"[①]这种状况本来隐含着文化传承断裂或分裂的危险，所幸这个危险由炎帝和黄帝消解了。关于他们的事迹虽然带有很大的传说成分，但是影响深远深入人心，炎黄二帝被推为中华民族共同的始祖[②]，《史记》即以黄帝纪为中国历史的开篇。古人对他们的祭祀很早而且延续不断，战国时的秦国祭四帝：白帝、青帝、黄帝、赤帝，其中的赤帝就是炎帝[③]。历代祭祀黄帝之举史不绝书，而且一直流传至今。中古以降，当少数民族入主中原时，往往托黄帝以明正朔，如北魏即自称是黄帝之子昌意之后[④]。对中华民族共同祖先炎黄二帝的崇拜，使中华文明在多元发展的同时，一以贯之地保持了连续性。祖先崇拜的底蕴是强烈的本根意识，就是对自身本源之探究、认同、尊重与返归。《老子》十六章："夫物芸芸，各复归其根。"《淮南子·原道训》："万物有所生，而独知守其根。"归根、

① 《礼记正义·祭法》，中华书局1980年影印清阮元校刻《十三经注疏》本，第1587页。

② 参看顾颉刚《汉代学术史略》，东方出版社1996年《民国学术经典文库》本。

③ 见《史记·秦本纪》正义引《括地志》。

④ 《魏书》卷一《帝纪第一·序纪》："昔黄帝有子二十五人，或内列诸华，或外分荒服。昌意少子，受封北土，国有大鲜卑山，因以为号。其后，世为君长，统幽都之北，广漠之野。畜牧迁徙，射猎为业，淳朴为俗，简易为化，不为文字，刻木纪契而已。世事远近，人相传授，如史官之纪录焉。黄帝以土德王，北俗谓土为托，谓后为跋，故以为氏。其裔始均，入仕尧世，逐女魃于弱水之北，民赖其勤，帝舜嘉之，命为田祖。爰历三代，以及秦汉，獯鬻、猃狁、山戎、匈奴之属，累代残暴，作害中州，而始均之裔，不交南夏，是以载籍无闻焉。"中华书局1974年版，第1页。

守根与现在常说的寻根，都体现了同一种本根意识，这是维系中华文明使之延绵不断的一个重要原因。与祖先崇拜相关，以家庭和宗族为基本单位的社会模式，家庭、宗族与国家的同构性，以及宗族作为国与家的中介，都发挥着协调关系、维系国家、延续历史的作用。中华文明中强烈的爱国精神、高尚的民族气节，使中华儿女在国家和民族的危难关头，能够迸发出巨大的力量，维护国家民族的生存，并延续了自己的文明。探讨中华文明延续不断的原因，我们还注意到，中华文明中“自强不息”和“厚德载物”的精神，使这个文明既有刚性又有韧性，能够适应内外条件的变化，兼容各种不同的文明，不断丰富自己，顽强地生存发展。古代的哲人看到大自然运行的一条重要规律，并由此引申出人生的重要准则：“天行健，君子以自强不息。”（《易·乾卦·象传》）人的“自强不息”乃是植根于天道的，是合于自然规律的。刚健自强，奋发有为，才能生存和发展。自强不息的精神对中华民族的生存发展和延续不断具有重大的意义。古代的哲人又看到大自然运行的另一条重要规律，并由此引申出人生的重要准则：“地势坤，君子以厚德载物。”（《易·坤卦·象传》）君子应当像大地一样，以厚德载物，兼容纷纷总总各不相同之物。厚德载物的精神，使中华民族能够容纳百川，不断丰富发展自己。探讨中华文明延续不断的原因，不能忘记这文明的一个重要载体和标志即汉字所发挥的作用。汉字独特的象形、表意等功能，使它可以成为各方言区的人群用来交际的共同工具，也可以成为各民族用来交际的共同工具。汉字把广大地域内的居民拉近，从而增强了中华民族的凝聚力，并使中华文明延绵不断直到今天。

二

一种延绵不断的古老文明，必有其丰富而又深刻的思想内涵贯穿其中，并成为支撑其生命的坚强支柱。中华文明的思想内涵可以概括为以下几个方面：

阴阳观念。阴阳的本意是阳光的向背，向日为阳，背日为阴。所以山的南面称阳，山的北面称阴。引申开来，物体的正面、前面称阳，背面、后面称阴。古代思想家看到一切事物都有正反两方面，就用阴阳来概括两种互相对立的或互相消长的方面，从而形成阴阳观念。这种观念起源相当早，《诗经》《老子》《周易》中就已出现，如《诗·大雅·公刘》："相其阴阳，观其流泉。"《老子》四十二章："万物负阴而抱阳。"《易·系辞上》："一阴一阳之谓道。"诸如天地、日月、昼夜、寒暑、君臣、男女、夫妇、律吕、刚柔、奇偶、开合、依违等等，莫不可以阴阳概括之。就连人本身也是阴阳二气之精华汇合而成，《大戴礼记·曾子天圆》："唯人为倮匈而后生也，阴阳之精也。"①

阴阳的交替变化，有序而调和就是治，就吉祥；无序而不调和就是乱，就有难。《易·系辞下》："子曰：'乾坤，其易之门邪？'乾，阳物也；坤，阴物也。阴阳合德而刚柔有体，以体天地之撰，以通神明之德。"《国语·周语上》记载西周幽王时的大夫伯阳父说："阳伏而不能出，阴遁而不能烝，于是有地震。"②《韩诗外传》中的一段话

① ［汉］戴德：《大戴礼记》卷五，《四部丛刊》本。
② ［战国］左丘明：《国语》卷一，《四部丛刊》本。

将包括阴阳在内的自然界的状况和政治的得失联系起来，很有代表性：“国无道，则飘风厉疾，暴雨折木，阴阳错氛，夏寒冬温，春热秋荣，日月无光，星辰错行，民多疾病，国多不祥，群生不寿，而五谷不登。”[①]如果能够调和阴阳，就可以达到人和自然的和谐，也就可以治理好国家。所以《韩诗外传》接着又说：“当成周之时，阴阳调，寒暑平，群生遂，万物宁。”所以古人特别强调阴阳的调和，《荀子·天论篇》：“列星随旋，日月递照，四时代御，阴阳大化，风雨博施，万物各得其和以生，各得其养以成。”[②]《潜夫论·本政》：“凡人君之治，莫大于和阴阳。阴阳者，以天为本。天心顺则阴阳和，天心逆则阴阳乖。天以民为心，民安乐则天心顺，民愁苦则天心逆。”[③]总之：阴阳二分乃是对于宇宙间万事万物的概括，阴阳调和乃是对宇宙秩序的认识和追求。正如张岱年先生所说：“古时人见万物万象都有正反两方面，此种两极的现象普遍于一切，于是成立阴阳二观念。所谓阴阳，其实即表示正负。更发现一切变化皆起于正反之对立，正反乃变化之所以起，于是认为阴阳乃生物之本，万物未有之前，阴阳先有。更进而认为阴阳有未分之时，此阴阳未分之体，方是宇宙之究竟根本。”[④]英国学者阿诺德·约瑟夫·汤因比在《历史研究》一书中说：“在不同社会、不同的观察者用来表示静止状态和活动状态这一宇宙韵律的各种符号当中，阴阳是最贴切的，因为它们不是通过心理学、机械学或数学的某些暗喻方式，而是直接表现出了交替的韵律。”[⑤]

① ［汉］韩婴：《韩诗外传》卷二，《四部丛刊》本。

② 《荀子》卷一一，《四部丛刊》本。

③ ［明］王夫之：《潜夫论》卷二，《四部丛刊》本。

④ 张岱年：《中国哲学大纲》，中国社会科学出版社1982年版，第29页。

⑤ ［英］阿诺德·约瑟夫·汤因比：《历史研究》（修订插图本）第十章“关于各文明起源的性质”，刘北成、郭小陵译，上海人民出版社2000年版，第62页。

人文精神。人文一词起源很早，《易·贲卦·彖辞》：“刚柔交错，天文也；文明以止，人文也。观乎天文，以察时变；观乎人文，以化成天下。”所谓“文明以止”，意思是：止物不以威武，而以礼乐教化。“观乎天文，以察时变；观乎人文，以化成天下”，是将人文与天文放到对等的地位，从中可以看出对人文的重视程度。如果把天理解为宇宙自然，那么这段话又包含着人和自然相通的哲理。人文精神的核心是对人的尊崇，《尚书·泰誓上》：“惟天地，万物父母；惟人，万物之灵。”意思是说：天地是万物之父母，人是万物之灵。《老子》二十五章：“故道大，天大，地大，人亦大。域中有四大，而人居其一焉。人法地，地法天，天法道，道法自然。”把人和道、天、地并列，称之为四大之一。《礼记·礼运》：“故人者，其天地之德，阴阳之交，鬼神之会，五行之秀气也。”从天地、阴阳、鬼神、五行等角度，肯定了人的崇高地位。《说文解字》解释“人”这个字的时候说：“人，天地之性最贵者也。”关于人和天的关系、人和神的关系，古人也有精辟的论述，《尚书·泰誓上》说：“天矜于民，民之所欲，天必从之。”《尚书·泰誓中》又说：“天视自我民视，天听自我民听。”《左传·桓公六年》里有这样的话：“夫民，神之主也，是以圣王先成民，而后致力于神。”孔子也说：“敬鬼神而远之。”中国虽然也有宗教，也有神学，但宗教和神学没有取得像欧洲那样至高无上的地位。中国没有国教，没有教皇，没有宗教裁判所。中国的文学艺术虽然也和宗教发生关系，但宗教的题材远不如欧洲那样盛行和重要。中华文化所崇拜的是祖先，注重的是祭祖，或者崇拜和祭祀那些为民族的生存和发展做出过突出贡献的人。中华文明是以人为中心的文明，以人为主体的文明，人和人的关系远比人和神的关系重要。

崇德尚群。重视人的节操和修养，注重人之所以成为人的道德素质，进而追求人格的完美，这可以称之为道德意识或人格意识，这是中华文明的又一个重要特点。崇德的意识出现很早，《尚书·武成》："惇信明义，崇德报功，垂拱而天下治。"①这段话指出统治者欲求天下大治，必须崇德。《周易·系辞上》："子曰：'夫易，圣人所以崇德而广业也。'"②意思是说：易是圣人用以崇德广业的。就个人而言，崇德和修身联系在一起，《论语·颜渊》："子张问崇德、辨惑。子曰：'主忠信，徙义，崇德也。'"孔子又说："朝闻道，夕死可矣。"（《论语·里仁》）又说："杀身以成仁。"（《论语·卫灵公》）孟子说："舍生以取义。"（《孟子·告子上》）孟子还有一句名言："富贵不能淫，贫贱不能移，威武不能屈。"（《孟子·滕文公下》）在他们看来，道德和节操比生命还重要。在古代，道德和智能完善的人就是圣贤。中华文明以人为中心，在众人之中又以圣贤为中心，而且认为只要认真修养，"人皆可以为尧舜"（《孟子·告子下》）。圣贤并不是天生的，是通过自身的刻苦修养达到的，修身离不开社会实践，甚至需要各种苦难和逆境的磨练。孟子说："天将降大任于是人也，必先苦其心志，劳其筋骨，饿其体肤，空乏其身，行拂乱其所为，所以动心忍性，曾益其所不能。"（《孟子·告子下》）修身也离不开自我反省，孔子说："见贤思齐焉，见不贤而内自省也。"（《论语·里仁》）孔子的学生曾子说："吾日三省吾身。"他们都强调了自我修养的重要。修身注重从我做起，孟子说："有大人者，正己而物正者也。"（《孟子·尽心上》）正己不仅是修养自身，也是对社会负责，如果人人都能正己，社会的道德环境就改善了。儒家的这些古训

① 《四部丛刊》影印刘氏嘉业堂藏宋本，卷六。

② 《四部丛刊》影印宋刊本，卷七。

发展为宋明理学，则成为以“天理”为核心的伦理世界观和修养论，特别注重立身处世的道德自励，并以德治兴邦为社会使命。宋代张载所谓“为天地立心，为生民立命，为往圣继绝学，为万世开太平”①，遂成为个人修养最高的境界。

尚群即崇尚群体利益，群体利益高于个人利益，群体的发展先于个体的发展，这是中华民族的价值观。小到家庭，大到国家、民族，都是群。个体是小我，群体是大我，群就是公。天下为公的理想作为中华文明核心的一部分，显得十分辉煌。《礼记·礼运》：“大道之行也，天下为公。选贤与能，讲信修睦。故人不独亲其亲，不独子其子。使老有所终，壮有所用，幼有所长，矜寡、孤独、废疾者，皆有所养。男有分，女有归。货恶其弃于地也，不必藏于己。力恶其不出于身也，不必为己。是故谋闭而不兴，盗窃乱贼而不作，故外户而不闭，是谓大同。”落到个人的修养上，公和私，应以公为先；人和己，应以人为先。孔子说：“君子贵人而贱己，先人而后己”，便是这个意思。尚群还有一层意思就是以众人群居为乐事，以合群为美德。荀子发展了孔子的学说，提出群居和一之道作为人类生活的基本准则，他认为有秩序的伦理生活，才符合天地之道，《荀子·礼论》：“上取象于天，下取象于地，中取则于人，人所以群居和一之理尽矣。”这就是说，群体的力量超过个人的力量，众人只有和成群体才能生存并得到充分的发展。

中和之境。中的本意是中间、中央，引申有正、均、恰当等意义。《尚书·大禹谟》：“人心惟危，道心惟微。惟精惟一，允执厥中。”《论语·尧曰》：“尧曰：‘咨！尔舜！天之历数在尔躬，允执

① [宋]张载著，章锡琛点校：《张载集》，中华书局1978年版，第387页。

其中。四海困穷，天禄永终。’”何晏集解引苞氏曰：“言为政信执其中，则能穷极四海，天禄所以长终。”执中也就是中庸，不走极端，这样就可以平正通达，无往而不利。和的本义是声音相应，也就是声音的和，引申为和谐、和顺、和协、和衷、和畅、中和、融和、祥和、调和、温和、平和等意义。《老子》四十二章说：“万物负阴而抱阳，冲气以为和。”认为万物都包含着阴阳二气，它们在冲虚的气中达到统一，所以和是万物演化的目标。《韩诗外传》卷三：“天施地化，阴阳和合。……万民育生，各得其所。”和合又是万民育生的过程。在中国传统观念中，“和”与“同”是两个不同的概念。《论语·子路》：“子曰：‘君子和而不同，小人同而不和。’”何晏集解：“君子心和，然其所见各异，故曰不同。小人所嗜好者同，然各争其利，故曰不和。”①《国语·郑语》：“今王弃高明昭显，而好谗慝暗昧；恶角犀丰盈，而近顽童穷固，去和而取同。夫和实生物，同则不继。以它平它谓之和，故能丰长而物生之。若以同裨同，尽乃弃矣。”韦昭注：“和，谓可否以相济。同，同欲也。”又注：“谓阴阳相生，异味相和也。”“同者，谓若以水益水，尽乃弃之，无所成也。”②朱熹《论语精义》卷一引尹氏曰：“君子尚义，故有不同；小人尚利，安得而和？”这样一来“和”又成了一种道德标准。《论语·学而》：“有子曰：‘礼之用，和为贵，先王之道斯为美。’”则从“和”与“礼”的关系这个角度，说明先王之道所推崇的原则③。中和是中华

① 《四部丛刊》影印长沙叶氏观古堂藏日本正平刊本。

② 《四部丛刊》影印杭州叶氏藏明金李刊本。

③ 张立文提倡和合学，著有《和合学概论——二十一世纪文化战略的构想》，首都师范大学出版社1996年版。他所谓和合的“和”是和谐、和平、祥和，“合”是结合、融合、合作，和合是指自然、社会、人际、心灵、文明中诸多元素、要素的相互冲突、融合，与在冲突、融合的动态过程中各元素、要素和合为新生命、新事物的总和。

文明的精髓，《礼记·中庸》以“中和”为天地得以安置、万物得以发育的根本：“喜怒哀乐之未发，谓之中；发而皆中节，谓之和。中也者，天下之大本也；和也者，天下之达道也。致中和，天地位焉，万物育焉。”中和又是执政的准绳，《荀子·王制篇》：“故公平者，职之衡也；中和者，听之绳也。”杨倞注：“君子用公平中和之道，故能百事无过。中和，谓宽猛得中也。”中和还是为人的标准，为人要兼顾文和质两方面，使这两方面达到和谐。质朴超过文采就粗野了，文采超过质朴就浮华了，“文质彬彬”（《论语·雍也》），才称得上君子。中和还是审美的追求，所谓“乐而不淫”“哀而不伤”（《论语·八佾》）就达到了中和之境。《潜夫论·本训》：“是故天本诸阳，地本诸阴，人本中和，三才异务，相待而成，各循其道，和气乃臻，玑衡乃平。”这就把中和提升到与阴阳同等的地位，而称之为人之本了。中和既然如此重要，所以《扬子法言·孝至》说：“动化天下，莫尚于中和。”中和之境也体现在对外关系上，和平共处五项原则作为睦邻友好的准则，正是这种精神在当代的体现。

整体思维。《易传》提出“三才之道”[1]，视天地人为一整体，认为天、地、人存在着普遍的联系。这种思维的集中体现就是“天人合一”，“天人合一”对当代世界文明的启示意义已经引起广泛的注意。整体思维注意从整体上把握事物的性质、事物之间的关系及其发展规律。部分是整体中的一部分，任何一个部分都反映整体。整体思维在中华文明中有种种具体的表现，例如中医就是把人的身体看作一个有机的整体。虽然是局部的病症，却往往着眼于全身进行治疗。中

[1] 《周易·说卦》：“是以立天之道曰阴与阳，立地之道曰柔与刚，立人之道曰仁与义。兼三才而两之，故易六画而成卦。分阴分阳，迭用柔刚，故易六位而成章。”

国的艺术创作、艺术鉴赏也是注重整体的把握。在画竹之前先要成竹在胸，就是这个道理。而所谓“气象”“神韵”“格调”等等，都是文艺作品给予欣赏者的整体感受。中国的文学家、艺术家一向注重“雄浑”和“自然”，因为雄浑、自然都是整体的美感。随着近代自然科学的兴起，分析的方法在西方发展起来了。分析的方法要求把事物分割成尽可能小的部分，分别加以考察。分析方法的发展以及学科分工的细密，曾经促使科学长足发展，是人类文明史上的一大进步。但分工过细，以致互相割裂，只见树木，不见森林，未必能发现事物的普遍规律，有时候倒需要从总体上把握，这样才更准确。随着科学的进一步发展，边缘学科、交叉学科越来越受到重视，西方的科学家和哲学家们也越来越感到整体思维的重要。而中华文明注重整体思维的特点，就更引人瞩目了。中国古代科学技术灿烂辉煌，曾经居于世界领先地位，这已经是人所共知的事实了。中国古代科学技术的发展与中国人的勤劳智慧有很大关系，同时与这种思维方式也是密不可分的。中国古代的科学家以阴阳五行观为其自然哲学的基础，以相感相通和相生相克的整体思维考察自然现象的性能及其变化过程，从而在天文学、气象学、医学、化学、地学、物理学和生物学等领域作出了自己的贡献。英国学者李约瑟是研究中国科技史的权威，他十分推崇中国古代哲学所使用的“通体相关的思维”方法，特别强调从战国时代的庄子到宋代的周敦颐、朱熹等人的贡献，他说：“也许，最现代化的‘欧洲的’自然科学理论基础应归功于庄周、周敦颐、朱熹等人的，要比世人至今所认识到的更多。”①我们既要积极学习近代西方文明善

① ［英］李约瑟：《中国科学技术史》第二卷，何兆武等译，科学出版社、上海古籍出版社1990年版，第538页。

于分析的长处，以及与此相关的先进的科学技术，又要从原有的整体思维的思想方法中得到应有的启示和借鉴，以弥补其缺陷，并克服种种现代文明的病症，诸如对自然的过度开发所带来的环境污染等等。中西思维方式的贯通融合，必定能使中华文明更迅速地发展，并为世界文明掀开新的一页。

三

越来越多的考古资料证明，中华文明的发祥地，不只是黄河流域，还包括长江流域。正是黄河和长江这两条横贯中华大地的河流，哺育了古老的中华文明。[①]越来越多的考古资料又证明，除了黄河流域和长江流域这两个主要的发源地之外，还有许多文明的遗存散布在各地。中华文明的组成，既包括定居于黄河、长江流域的较早以农耕为主要生活来源的华夏文明，也包括若干以游牧为主要生活来源的少数民族文明。中华文明是多元的，但中华文明的演进过程，不是多元文明互相灭绝，而是互相整合。中华文明的演进过程，在很大程度上可以视为不同地域的文明以及不同民族的文明，在交往过程中整合为一体的过程。整合的模式是以中原华夏文明为核心，核心向周围扩散，周围向核心趋同，核心与周围互相补充、互相吸收、互相融合。多元一体的格局最晚在西周就建立起来了。此后虽然历经战乱与分裂，不断有新的文明元素加入进来，但没有任何一种文明的分支分裂出去，

① 苏秉琦认为："从全国范围来看，我们可以将现今人口分布密集地区的考古学文化分为六大区系，它们分别是：1.以燕山南北长城地带为重心的北方；2.以山东为中心的东方；3.以关中（陕西）、晋南、豫西为中心的中原；4.以环太湖为中心的东南部；5.以环洞庭湖与四川盆地为中心的西南部；6.以鄱阳湖—珠江三角洲一线为中轴的南方。"见《中国文明起源新探》，生活·读书·新知三联书店1999年版，第35—36页。

所以这个大格局始终保持着它的完整性而没有打破。

在中华文明演进的过程中，有两个方个面值得特别注意：

首先是民族的融合。在长期的交往中，以汉族为主体，形成56个民族多元一体的格局。距今大约5000年至7000年，在黄河流域就出现了仰韶文化、龙山文化，在长江下游出现了河姆渡文化、马家浜文化等多处文化遗存。同时在北方草原地带也出现了以游牧和狩猎为特点的文化。进入传说时代，黄帝居住在中原一带，炎帝本是羌姓部落的首领。居住在北方的人统称为狄，居住在东方的人统称为夷，居住在南方的人统称为蛮，居住在西方的人统称为戎。传说尧时推举舜为继承人的便是四方部落的首领，而在禹之后的皋陶、伯益都是夷族。可见在远古时代就开始了民族融合的过程。到了夏商周三代，黄河流域的居民不断吸收周围的东夷、南蛮、西戎、北狄等族的成分，逐渐形成华夏民族。远在黑龙江流域的肃慎也成为周朝的属国。相传周文王的伯父太伯、仲雍与当地的民族结合，形成兼有商、周和当地特点的吴文化，吴和越开发了东南地区。秦人和西戎诸族共同开发了西北地区。楚地的华夏族和许多少数民族相融合，共同开发了长江中游地区。最后秦灭六国，统一了中国，这个统一的过程也可以视为多民族融合的过程。到了汉朝，华夏族进一步吸收其他民族的成分，扩大成为人口近6000万（公元2年）的民族，后来遂称为汉族。魏晋南北朝是民族大融合的时期，一方面，西部和北部的一些少数民族如匈奴、鲜卑、羯、氐、羌与汉族在纷争中交往融合，逐渐同化；另一方面，大量汉族人南下，在长江流域和珠江流域与南方各民族融合。唐代各民族之间的联系更加密切，如北方和西北的东、西突厥、东北的契丹、西南的彝族和白族都与汉族有进一步的融合。文成公主和亲于吐蕃松赞干布，加强了西藏与中原地区的联系，尤其值得注意。在宋辽金时期，契丹、女真、党项等族人民和汉族人民一起，进一步开发了北部的广大地区。而由蒙古族建立的元朝，结束了分裂的局面，建立起规模空前的统一国家，汉族和蒙古族的交融得到空前的发展。清朝以后，大量满族人迁居山海关内，汉族人迁居关外，形成满汉杂居的状况，促进了两族的融合过程。同时，清朝与西藏的关系更加巩固，在新疆设立了行省，使中国这个多民族统一国家得到进一步的发展。①

如上所述，中华民族从一开始就是多元的，在漫长的发展过程中，汉族不断与周围的民族相融合，形成由56个民族组成的大家庭。在这过程中，只有加入进来的，没有分裂出去的。因此，中华文明的发展史从一个侧面看来就是民族融合的历史，中华民族的灿烂文明是56个民族共同的创造。

其次是外来文化的吸收。中华文明和域外异质文明的接触，无论是与印度佛教文明的接触，还是对西方近代文明的引进，都促进了中华文明的发展。印度佛教对中华文明的影响表现在思想观念和生活习俗等等许多方面，而佛教与中华传统文化相融合便出现了禅宗，禅宗成为中华文化的一个重要组成部分。仅就佛教对中国文学的影响这个局部而言，至少表现为五点：(一)从此有了三世的观念和三界的观念，从而丰富了中国文学的想象世界，扩大了思维的时间和空间；(二)加强了中国文学的故事性；(三)促进了反切的产生和四声的发现；(四)扩大了汉语的词汇；(五)使文学观念更加多样化，例如真

① 以上关于民族融合的论述参考王钟翰主编《中华民族史》，中国社会科学出版社1994年版。《中华民族凝聚力的形成与发展》编写组所编《中华民族凝聚力的形成与发展》，民族出版社2000年版。《中国大百科全书·民族卷》翁独健撰“中国民族史”，中国大百科全书出版社1986年版。

与空的观念、心性的观念、境界的观念、象和象外的观念等等，都与佛教有关[①]。明代中叶西方文明开始传入中国，但那还只是对中国传统文明的局部补充。鸦片战争之后，在救亡的呼声中，中国的知识分子纷纷介绍和学习西方先进的文明，魏源编纂《海国图志》，提出“师夷长技”的主张，便是一个带有标志性的变化。此后，向西方学习经历了从科学技术的层面到政治、人文层面的深化过程。废科举、兴学校，留学、办报，种种新的事物迅速出现，形成一种新的时代潮流，促使中华文明继续前进。

中华文明演进的过程中有一些值得注意的规律。物质文明的发展，特别是生产力的发展起着基础性的、决定性的作用。例如铁器的使用，推动了农业的发展，进而带来整个文明的进步。印刷术的发明和普及，便利了文明的传播，进而带动了文明的进步。一个具有进步性的制度对社会发展起着巨大的作用，例如郡县制的建立，科举制的建立，比较完善的文官制度的建立，都推动了社会的发展和文明的进步。精神文明的发展对整个文明也会起到推动作用，例如对德治的重视、百家争鸣的局面、唐诗的繁荣，都具有带动整个社会和文明前进的意义。

此外，还有一些值得注意的方面，例如雅与俗的互动。所谓雅，是指社会上层的或见诸经典的部分；所谓俗，是指社会下层的或见诸非经典记载的部分。雅与俗是相对而言的，例如魏晋南北朝的世族与宋元以来的市民，前者的文化可以归之为雅，后者的文化可以归之为俗。见诸“四书”“五经”的文化可以归之为雅，见诸戏曲、小说的文化可以归之为俗。朝廷的礼制可以归之为雅，民间的习俗可以归

① 参见袁行霈主编《中国文学史》第二卷“绪论”，高等教育出版社1999年版，第18—19页。

之为俗。就一个侧面而言，中华文明就是由雅化俗、由俗化雅，在雅与俗的互相转化中得以发展的。道教在汉末起源于民间，到了东晋、南朝得到不少世族的信奉，其地位逐渐提升。到了唐朝皇帝大力提倡，使之具有与儒家和佛教等同的地位。这就是一个由俗化雅的过程，当然上层的道教和民间的道教仍然有所不同，这又当别论。孔子招收弟子讲学，本是一种私学，是百家争鸣中的一家。汉武帝罢黜百家，独尊儒术，儒家遂得到官方的权威地位。与此同时，儒家思想不断向民间普及，三纲五常、忠孝节义等等思想在人民生活中起着重要的作用，并贯穿在民间习俗、乡约、家规以及大量的戏曲、小说作品之中。这又是一个由雅到俗的过程。每一次的雅化或俗化都可以视为文明的一次演进，雅与俗的互动促进了中华文明的发展。又如，以复古为革新也是中华文明实现变革的一种常见方式。由于尧舜禹甚至更早的大同时代被视为理想的社会，所以变法维新的势力为了顺利地推行其革新的措施，有时以复古为旗帜，借复古之名行革新之实。例如清代龚自珍、魏源、康有为等人复兴今文经学，借《公羊传》微言大义，议论时政。康有为更是借以推进维新变法，在当时影响颇大。在文学发展的过程中，以复古为革新更加普遍，唐代的陈子昂反对齐梁诗风，高倡汉魏风骨，促进了唐诗的健康发展，为盛唐诗坛的繁荣做了准备；韩愈、柳宗元倡导古文运动，反对六朝以来盛行的骈文，提倡三代两汉的古文，建立了一种新的文学语言和文体，也是以复古为革新的明显例证。

四

一般通史的写法偏重于政治史，但文明包括物质文明、政治文明和精神文明。文明史的写法自然应当有别于通史，必须总体考察文明各个方面的状况，找到文明发展总体的阶段性。因为文明所包括的范围很广，文明的各种要素的发展不平衡，在综合考察的同时还必须有重点，重点就是不同时期不同的标志性文明成果。我们可以将总体性和标志性两者结合起来，以确定文明史的分期。

依据这个原则，可以将中华文明分为四期，四期之中还可以细分为八个阶段：

第一期：先秦（公元前二世纪以前）

第一阶段：先夏

第二阶段：夏商周

第二期：秦汉魏晋南北朝（公元前二世纪至七世纪）

第一阶段：秦汉

第二阶段：魏晋南北朝

第三期：隋唐至明中叶（公元七世纪至十六世纪）

第一阶段：隋唐五代

第二阶段：宋元至明中叶（正德末）

第四期：明中叶至辛亥革命（公元十六世纪至二十世纪）

第一阶段：明中叶（嘉靖初）至鸦片战争

第二阶段：鸦片战争至辛亥革命

中华文明很可能应当上溯至龙山时代，即公元前第三千年。[①]根据考古资料和文献资料综合考察，分布于河南西部和山西南部的二里

① 李学勤说："现在看来，中国文明很可能应上溯相当长的一段时间。最近很多学者撰文，提出中国古代文明形成于公元前第三千年，即考古学上的龙山时代，这就和《史记》始于《五帝本纪》差不多。"见李学勤、郭志坤《中国古史寻证》第九章，上海科技教育出版社2002年版，第335页。

头文化，很可能就是目前已经发现的具有标志性的夏代文化遗存[1]。在夏代以前漫长的岁月里，有丰富的考古资料证明，在广阔的中华大地上繁衍着远古的生民，并有许多文明的创造，但总的看来还只能算是中华文明的曙光期，或者说是中华文明的序幕。夏文化有一个重要标志，就是青铜冶铸技术的产生和青铜器的应用。与此相关的是礼制的形成，宫殿和宗庙的出现。

夏朝与其后的商朝、周朝合称三代，三代有密切的文化传承关系，正如孔子所说："殷因于夏礼，所损益可知也。周因于殷礼，所损益可知也。"（《论语·为政》）商朝的勃兴，以及商朝青铜器冶炼术和青铜器艺术的臻于高峰；农业和商业的发展；特别是完整的文字体系殷墟甲骨文的出现，标志着中华文明的巨大进步。周朝确立的封建制和宗法制；作为中华文明中思维源头的《周易》；铁器的使用；百家争鸣局面的出现，老子、孔子、孙子、墨子、庄子、孟子、韩非子等众多思想家的涌现；《尚书》《春秋》等书的编纂和史学传统的建立；《诗经》《楚辞》的出现以及中国文学传统的建立，都证明春秋战国时期是中华文明的一个高峰。

秦汉是中华文明史上一个新时期的开始，具有标志性的发展有以下几点：多民族大一统国家的形成；分封制的废除和郡县制的建立；文字的统一。秦朝奠定了中国此后两千年中央集权的政治制度的基础，对于国家的统一、文明的延续起到了重要的作用。但是与秦朝在制度上革新所取得的成果相伴而来的，是思想上的禁锢，与战国时期百家争鸣的局面相比，不能不说是一个退步。汉承秦制，土地私有制

---

① 此用邹衡、郑杰祥说，分别见《夏商周考古学论文集》，文物出版社1980年版；《夏史初探》，中州古籍出版社1988年版。至于夏朝的年代，据夏商周断代工程课题组公布的《夏商周年表》，相当于公元前2070年至前1600年，这个说法可供参考。

和地主经济得以确立，经学的兴起，史学的兴盛，造纸术的发明，佛教的传入和道教的兴起，西域的开通也都是重要的进展。魏晋南北朝是这个时期的第二阶段，北方和西方众多少数民族进入中原，接受了汉族的文明，从而促成了历史上第一次民族的大融合。同时由于大量中原移民进入长江流域，也促成了南方经济文化的迅速发展。一种异域文明即佛教与佛学，深入到社会生活和思想、文学、艺术等多个领域，汉语的词汇也丰富了，佛教和佛学促使中华文明发生了不可低估的变化。一种新的富有思辨色彩的玄学迅速兴起，改变了人们的宇宙观、人生观和美学观。魏晋南北朝时期，文学进入自觉的时代，艺术更加精致。

隋唐是第三期的开始，具有标志性的发展有以下几个方面：国家再一次由分裂走向统一，南北文化在统一的国家中互相补充，中外文化在开放的局面下广泛交流。于是，中华文明史上的另一个高峰迅速崛起，在这座高峰上，展现着一批富有开拓精神的政治家，一批意气轩昂的诗人，一批垂范后世的艺术家，他们的名字后人永志不忘。走向高峰的过程，可以归结为在整合中创新，这也成为一条很重要的历史经验。唐诗的辉煌成就，反映出唐代文明的整体水平和那个时代的浪漫气息，是中国这个诗的国度永远的骄傲。此外，中下层庶族地主阶级的兴起，以及科举制的实行，促使文化的重心下移，即从门阀士族垄断的状态转向庶族文化人的活跃；中唐以后城市经济与城市文化的繁荣，又促使市民文化人出现，他们以崭新的姿态开拓了文明的新面貌。一种中土化的佛学即禅宗的兴盛，是这个时期值得注意的现象，它为本土思想和异域思想的交融提供了一个范例。禅对士大夫的生活，进而对文学艺术的创作都产生了深刻的影响。

宋代是中华文明史上的另一座高峰。宋代的军事力量虽然不强，因而显得国势较弱，但宋代的经济、政治和文化却有突飞猛进：城市经济的繁荣，文官制度的完善，社会整体教育水平的提高，都超过了唐代。宋代兴起的理学，在中国思想史上有里程碑的意义，宋儒也以其新的风貌在历史上留下浓重的一笔。宋代的文学特别是宋词创作的高度成就及其广泛传唱，至今仍然能够让人感受到宋代文明所达到的高度。宋代艺术，包括书画、陶瓷等等，也有令世界瞩目的成就。尤其值得强调的是，宋代科学技术迅猛发展，居于当时世界领先的地位。仅就印刷术而言，这方面所达到的高度及其普及的程度，是文明史上一件具有世界意义的大事，这在传播文化、造就人才、延续传统等方面所起的作用，无论怎样估计都不会过分。从唐到宋的过渡过程中，中唐是一个转折期。宋代的不少新的文明成果，都可以追溯到中唐。为了突出宋代在文明史上的成就，我们虽然把宋代作为第三期第二阶段的开始，但丝毫也不低估中唐文明转型的意义。

元代蒙古族入主中原，又成为一个民族大融合的朝代。元代在边疆的开拓与建设方面，有显著的贡献。在元朝的统治下，文明中有些部分的发展受到一些影响，如儒家文化受到冲击；但另一些部分却异军突起，杂剧和南戏便是十分鲜艳的奇葩，元代的白话小说也得到迅速的成长，元代的书画也有惊人的成就，中西文明的交流再度活跃起来。明代前期由于政治上的专制和思想上的禁锢，文明的发展相对停滞，除了不多的几个领域有所进展（如白话长篇小说）之外，整体看来比较平庸。但是在平庸中孕育着新的突破。永乐三年（1405）郑和下西洋，是人类航海史和中外交通史上的壮举，比哥伦布在1492年率领的那次著名的航行时间更早。

明嘉靖初开始了文明史的第四期，其重要的标志就是商业经济的繁荣，市民的壮大，以及由此带来的城市文化形态的形成，世俗化、商业化、个性化成为一时之风气。同时王学左派兴起，张扬个性，肯定人欲，向理学禁欲主义发起冲击，为思想解放开辟了一条道路。以上两股潮流互为因果，它们的合力为这个时期造成一种有别于传统的新的文明景观，整个社会呈现出个性解放的气息。另一个值得注意的现象就是对外贸易的迅速增长，中国经济整体水平居于世界领先地位[①]。文学艺术中出现新的世俗化商品化倾向，借助日益廉价的印刷出版这个媒体，在社会下层广泛传播。

清代康熙、雍正、乾隆年间，中国达到了在原有体制下经济社会发展的极致，史称“康乾盛世”。盛世延续了130多年，经济总量居于当时世界的首位，对外贸易长期顺差，整个学术文化呈现集大成的态势，编纂了各种大型的总集、类书、丛书。但正是这个时期，在欧洲科学技术突飞猛进，工业革命带动西方的经济全面迅速地发展，政治和文化也发生了巨大的变化。而中国的帝王却安于现状，闭关自守；官僚腐败无能，固步自封，以致在不长的时间内中国就明显地落后了。

1840年爆发的鸦片战争，带来千古未有之变局。中西文明的大碰撞是鸦片战争到辛亥革命这个阶段的主要景观：一方面是西方文明大量涌入中国，中国的有识之士向西方寻求富国强兵之路，救亡图存和求新变于异邦成为社会的主调；另一方面，国力的衰弱也充分暴露了传统文明固有的缺陷，对传统的反思与批判成为强烈的时代呼声。中国历史的车轮从未如此迅速地前进。终于，孙中山领导的辛亥革命结

① ［德］贡德·弗兰克在《白银资本》一书中说：中国“在整个世界经济中即使不是中心，也占据支配地位。……它吸引和吞噬了大约世界生产的白银货币的一半”。“自16世纪中期起，白银注入中国经济所造成的经济扩张更为壮观。明代经济越来越在银本位的基础上货币化，并且至少到17世纪20年代一直在飞速扩张。”刘北成译，中央编译出版社2000年版，第19—20、150页。

束了几千年的封建王朝统治，中华文明也开始迈上了新的征程。

中华文明是在一个相对封闭的地理环境中发育成长起来的，周围的天然屏障，一方面保护着中华文明较少受到外族的入侵而能够独立地连续地发展；另一方面也限制了中华文明与其他文明的交流。当中华文明发展到鼎盛期后，特别是当世界上其他地区的文明实现了近代化的转变之后，中华文明急需吸取其他文明的优秀成果以丰富发展自己。可是在这个历史的关头，清朝统治者却采取了闭关锁国的政策，固步自封，不图进取，丧失了历史机遇，遂使中华文明逐渐被排斥到世界文明发展的主流之外，并处于落后的地位，甚至沦落到任人宰割的地步。

近代以来，中华文明发展的趋势可以简单地概括为打开大门与走向世界，一切有识之士的种种呼号与努力，无非以此为中心。直到今天，打开大门与走向世界，仍然是尚未完成的历史任务。打开大门，是在保持自己民族优良传统的同时，吸取世界上其他民族创造的优秀文明成果；走向世界，是带着自己民族的优秀传统，融入世界文明的主流之中。我们要欢迎伴随着经济全球化而来的、更加广泛和深刻的文化交往。无论是引进世界文明的优秀成果，还是走向世界，都是我们自主的意识和行为。中华民族必能抓住这个历史的机遇，实现伟大的复兴！

（本文为《中华文明史》第一卷“总绪论”，北京大学出版社2006年版）

关于中国地域文化的理论思考

早在《尚书·禹贡》和《山海经》中已有关于中国地域的描述，包括九州的划分，各地的土地、山川、动物、植物、农产、矿产，还记载了一些神话，这两部书可以视为地域文化的发轫之作。此后出现了许多地理书籍，其中以东汉班固的《汉书·地理志》和北魏郦道元的《水经注》影响最为深远。前者记载了西汉的区划、户口、物产、风俗等，后者通过对《水经》的注解，记录了许多河流及沿岸的风物，保存了丰富的地理和人文信息。

本书对中国地域文化的研究，重视古代的传统，但就观念、方法、论述的范围、传世文献和考古资料的运用诸方面而言，都跟古代的舆地之学有很大区别。本书注重中国文化的空间分布和地域差异，将历时性的考察置于地域之中，而重点在于各地文化的特点和亮点，以及各地文化资源的开发利用。

近二十年来国内学术界出现了不少新的学术生长点和热点，地域研究便是其中之一。本书仅从“地域”这个特定的角度切入，至于中国文化的一般问题则不在本书探讨的范围之内。本书限于传统文化的范围，然而希望以古鉴今，面向未来，有助于当前和今后的文化建设。

一　多源同归与多元互补

中国文化的多个发源地　多源同归　以汉族为主体的各民族文化　多元互补

中国文化明显地呈现出地域的差异，这些差异乃是统一的中国内部的地域差异[①]，是中国文化多样性的表现。

中国文化具有多个发源地：

黄河流域。黄河发源于青海巴颜喀拉山脉西端卡日扎穷山的北麓，其干流流经四川、甘肃、宁夏、内蒙古、陕西、山西、河南、山东，全长5464公里，流域面积75.24万平方公里。[②]黄河有众多的支流，这些支流为中华民族的先民提供了优越的生存环境，特别重要的有渭河、汾河、伊洛河、湟水、无定河，在这些支流的两侧分布着数量众多的古文化遗址，例如黄河上游的马家窑文化，黄河中游的仰韶文化一中原龙山文化，黄河下游的大汶口一龙山文化，证明黄河是中国文化最重要的发祥地[③]。标志着中国文化肇始的夏代[④]，文化已相当发达的商代和周代，这三个王朝的疆域均位于黄河流域，可见黄河在中国文化史上的重要地位。

---

① 参见范毅、周敏主编《世界地图集》中华人民共和国概况，中国地图出版社2004年版，第228页。

② 刘明光主编：《中国自然地理图集》，中国地图出版社2010年版，第221页。

③ 参见侯仁之主编《黄河文化》第一编第一章第四节，华艺出版社1994年版，第29页。袁行霈、严文明、张传玺、楼宇烈主编《中华文明史》第一卷第一章“中华文明的曙光”，北京大学出版社2006年版，第67—73页。

④ 二十世纪的考古发现，特别是二里头文化的发现，证实了夏朝的存在。参见袁行霈、严文明、张传玺、楼宇烈主编《中华文明史》第一卷第二章“中华文明的肇始”，北京大学出版社2006年版，第95—127页。

长江流域。长江发源于青海唐古拉山脉最高峰各拉丹冬峰的西南麓，其干流流经四川、西藏、云南、重庆、湖北、湖南、江西、安徽、江苏、上海，全长6397余公里，流域面积达180.85万平方公里①。其间分布着许许多多古文化遗址。二十世纪以来新的考古资料证明，长江上游的三星堆文化，长江中游的屈家岭文化，长江下游的河姆渡文化和良渚文化，在陶器、青铜器、玉器的制作，以及城市的建筑等方面都已达到相当发达的程度②。老子、庄子、屈原的出现，以及近年来在湖北、湖南出土的大量秦汉简帛和其他文物，证明了当时的楚文化已达到可以与黄河流域的文化并驾齐驱的辉煌程度。毫无疑问，长江跟黄河一样，是中国文化的摇篮。

此外，辽河流域文化、珠江流域文化，都可以追溯到很早，而且特点鲜明，对中国文化的发展起了重要的作用，这两大流域也应视为中国文化的发祥地。

总之，黄河、长江是中国文化的主要发祥地，在历史长河中，又广泛地吸取了其他地区的文化因素，逐渐交融，深度汇合，就像“江汉朝宗于海”一样，随着中国大一统局面的建立、巩固和发展，发源于不同地区的文化先后汇为中国文化的大海，我们称之为多源③。

---

① 刘明光主编：《中国自然地理图集》，中国地图出版社2010年版，第222页。

② 关于长江流域旧石器和新石器时期的遗址，考古学界有许多发掘报告和研究成果。季羡林主编《长江文化研究文库》中《长江文化议论集》收有陈连开、潘守永《长江流域是中华文明的重要发源地》一文，对此有简明的综合介绍，湖北教育出版社2005年版，第21—41页。另外，此文库中严文明《长江文明的曙光》，李天元、冯小波《长江古人类》，赵殿增、李明斌《长江上游的巴蜀文化》，张之恒《长江下游新石器时代文化》均有综合性的介绍，本文均有参考。关于这些文化的年代，考古界的说法不尽一致，大致距今都在三千年以上，早的可达五六千年以上或更早。

③ 苏秉琦有“多源一统”的说法，见苏秉琦《关于重建中国史前史的思考》，《考古》1991年第12期。此所谓“多源同归”的提出受其启发，又与之不尽相同，更强调各个源头的文化之间动态的交融、汇合。

中国文化又是多元互补的文化，以汉族为主体，自周、秦到明、清，在各个历史阶段随着民族间的交往、融合，吸取了少数民族的文化因素，56个民族共同创造出中华民族灿烂辉煌的文化。中国的疆域是各族共同开拓的，少数民族对东北、北部、西北、西南边疆的开发做出了重要的贡献。①

汉族的先民主要生活在黄河中下游地区，一般说来仰韶文化和龙山文化是汉族先民的文化遗存。传说黄帝之后的尧禅让于舜，舜或出自东夷②；舜禅让于禹，禹或出自西羌③，这表明了上古时期民族融合的趋势。汉朝以后，“汉”遂成为民族的名称，汉族的文化也成为中华民族文化的主体。

汉族在发展过程中，吸取了各少数民族的文化成分以丰富自己。赵武灵王推行胡服骑射，唐代吸取今新疆一带少数民族的音乐歌舞，都是很好的例证。中国古代的政治家、作家、书法家、画家中，出身少数民族的可以举出不少。例如唐代的宰相长孙无忌其先出自鲜卑拓跋部，元代著名作家萨都剌是回回人，元代著名书法家康里巎巎是色目康里部人，清代的著名词人纳兰成德是满族人，他们为中国文化的发展做出了重要贡献。另一方面汉族又对各少数民族文化产生重大的影响，有的少数民族入主中原时托黄帝以明正朔，如鲜卑拓跋部建立北魏，自称是黄帝之子昌意之后④。北魏孝文帝推行的改革，促进了鲜

① 参见《中国大百科全书·民族》“中华民族”条，中国大百科全书出版社1986年版，第573—574页。

② 《孟子·离娄下》：“孟子曰：舜生于诸冯，迁于负夏，卒于鸣条，东夷之人也。”杨伯峻：《孟子译注》，中华书局1960年版，第184页。

③ ［汉］陆贾：《新语·术事第二》：“大禹出于西羌。”中华书局《诸子集成》本1954年版，第4页。《史记·六国年表》：“禹兴于西羌。”中华书局1962年版，第686页。

④ 《魏书》卷一《帝纪第一·序纪》：“昔黄帝有子二十五人，或内列诸华，或外分荒服。昌意少子，受封北土，国有大鲜卑山，因以为号。……黄帝以土德王，北俗谓土为托，谓后为跋，故以为氏。”中华书局1974年版，第1页。

卑人与汉人的融合[①]。一些曾经入主中原的少数民族，如蒙古人在很大的程度上自觉学习汉人的文化。元朝至元四年（1267）正月，世祖下令修建曲阜孔庙，五月又在上都（今属内蒙古自治区）新建孔子庙[②]。元朝开国功臣耶律楚材，为保存汉族典章制度与农耕文化做出卓越的贡献[③]。满人入主中原前，努尔哈赤、皇太极在政权建设、社会发展等方面就已注意吸收汉文化，学习儒家典籍[④]，入关以后对汉族文化的吸取就更多、更自觉了，《全唐诗》和《四库全书》的编纂就是最好的证明。

各民族的文化互补，是中华文化不断发展的重要动力，也是形成中华民族凝聚力的重要因素。例如，内蒙古等北方草原的游牧文化雄浑粗犷，与汉族的农耕文化可以互补[⑤]。新疆各族的文化，以及新疆在丝绸之路上对中外文化交流所起的作用十分重要。藏传佛教影响广泛，藏族文化丰富多彩，在中华民族文化中的地位值得充分重视。壮族在少数民族中人数最多，其文化品格和文化成就同样值得充分重视。

总之，各地的文化交融，以及汉族与少数民族的文化交融，使中国文化既具有多样性又具有统一性。多元互补，乃是中国文化的一大特点，也是中国文化进一步发展繁荣的坚实基础。

---

① 参见田余庆《北魏孝文帝》，《中华文明之光》上，北京大学出版社2004年第2版，第338—344页。

② 《元史》卷六《世祖本纪》：至元四年正月“癸卯，敕修曲阜宣圣庙”，“五月丁亥朔，日有食之。敕上都重建孔子庙”。中华书局1976年版，第113、114页。

③ 见［明］宋濂《元史》卷一四六《耶律楚材传》，中华书局1976年版，第3455—3464页。

④ 参见史革新《略论清朝入关前对汉文化的吸收》，《炎黄文化研究》第2辑，大象出版社2006年版，第158—169页。

⑤ 参见苏秉琦《苏秉琦考古学论述选集》，文物出版社1984年版。

二　文化中心的形成与转移

地域文化发展的不平衡　中心形成与转移的若干条件：经济的水平　社会的安定　教育、藏书与科技　文化贤哲的引领作用

某一地区在某一时期内文化发展较快，甚至居于中心地位，对全国起着辐射作用。而在另一时期，则发展迟缓，其中心地位被其他地区所取代。地域文化发展的不平衡，文化中心的转移，是常见的现象。下面举例加以说明：

陕西西安及其附近本是周、秦、汉、唐的政治文化中心，这几个统一王朝的辉煌，在不胜枚举的文化遗址和出土文物中都得到证实，周原出土的青铜器，秦始皇陵的兵马俑，众多的汉家陵阙和唐代宫阙、墓葬遗址，都是中国的骄傲。包括正史在内的各种文献资料，如诗歌、文章、书法、绘画，也都向世人诉说着曾经有过的辉煌。司马迁、班固等则是这片土地哺育出的文化巨人。但到了元代以后，特别是明清以来，这里的文化已经难以延续昔日的光彩。

河南原是商代都城所在，殷墟出土的甲骨文，证明了那时文化的兴盛。东周、东汉、曹魏、西晋等朝定都洛阳，河南成为全国文化的中心。到了唐代，河南则是文学家集中涌现的地方，唐代著名诗人几乎一半出自河南，杜甫、韩愈、岑参、元稹、李贺、李商隐等人，为唐诗的繁荣发展做出了重大贡献。北宋定都开封，更巩固了其文化中心的地位，张择端的《清明上河图》反映了汴梁的繁华。但在南宋以后，河南的文化中心地位显然转移了。

由上述陕西与河南的变化，可以看出政治中心与文化中心之间

的关系。政治中心的迁移，特别是那些维持时间较长的政治中心的迁移，往往造成文化中心的迁移。

山东在先秦是中国文化的中心。曲阜是孔子的故乡，邹城是孟子的故乡，对中国文化影响至深至巨的儒家即植根于此。虽然经过秦始皇焚书坑儒，山东在两汉仍然是儒家思想文化的中心之一，伏生、郑玄这两位经学家都是山东人。但魏晋以后，山东的文化影响力逐渐衰落，儒学的中心也逐渐转移到别的地方。唐代高倡儒学复兴建立儒家道统的韩愈，北宋五位著名的理学家周敦颐、张载、邵雍、程颢、程颐，南宋将理学推向高峰的朱熹、心学家陆九渊，以及明代的心学家王阳明，均非出自山东。

北京一带在春秋战国时期是燕国都城所在，汉唐时称幽州，是边防重镇，与陕西、河南相比，文化显然落后。后来成为辽、金、元、明、清的首都，马可波罗记载元大都之繁华，令人赞叹。元杂剧前期便是以元大都为中心的，元杂剧的杰出代表关汉卿、王实甫，以及其他著名剧作家马致远、杨显之、纪君祥、秦简夫都是大都人。明清两代建都北京，美轮美奂的紫禁城、天坛、圆明园、颐和园，标志着中国古代建筑的辉煌成就。朝廷通过科举、授官等途径，一方面吸纳各地人才进京，另一方面又促使精英文化向全国各地辐射，北京毫无争议地成为全国文化的中心。

上海原是一个渔村，元代开始建城，到了近代才得到迅猛的发展，十九世纪中叶已经成为国际和国内贸易的中心，随后又一跃而成为现代国际大都会。各种新兴的文化门类和文化产业日新月异地建立起来，并带动了全国文化的发展。

广东文化的发达程度原来远不及黄河与长江流域其他地方，但到了唐代，广州已成为一个大都会，到了近代，广东在思想文化方面呈现明显的优势，黄遵宪、康有为、梁启超、孙中山等人都出自广东。

文化中心形成和转移的原因十分复杂，需要从多方面探讨。

首先，是由经济发展的水平所决定的。

经济的发达虽然不一定直接带来文化的繁荣，但经济发达的地区文化水平往往比较高。最突出的例证便是江苏和浙江。这两个地区在南朝已经开发，宋代以后以太湖为中心的地区，乃至浙江东部的宁波、绍兴，成为重要的粮食产区。到明清两代，随着精耕细作的农业技术广泛应用，粮食产量大幅增加。在松江、太仓、嘉定、嘉兴等地，棉花耕种面积扩大，棉纺织业迅速发展；植桑养蚕缫丝成为新兴的副业，湖州成为丝织品最发达的地区。[①]农副业的发展带动了商业和市镇的繁荣，以及新兴市民的壮大。经济的发展与经济中新因素的成长，促成了江苏和浙江文化的繁荣，以及文化中新气象的出现。明代王阳明后学中的泰州学派开启了早期启蒙思想的潮流，明末以“公”“正”为诉求的东林党具有代表江南地区士人和民众利益的倾向，其领袖顾宪成、高攀龙都是江苏无锡人。明中叶文人结社之风颇盛，如翟纯仁等人在苏州的拂水山房社，汪道昆、屠隆等人在杭州的西泠社，以及张溥在常熟、南京的复社，都在政治文化领域开启了新的风气，社会影响很大。至于文学方面，明清两代江苏和浙江文风之盛更是人所熟知的。著名的文人，明代有文徵明、徐渭、冯梦龙、施耐庵、吴承恩，清代有钱谦益、顾炎武、朱彝尊、沈德潜、郑燮、袁枚、龚自珍、李渔、洪昇等。江浙也是明清以来出状元最多的地方。

然而，文化的发展与经济的发展不一定同步，文化的发展除了受

① 参见袁行霈、严文明、张传玺、楼宇烈主编《中华文明史》第四卷，北京大学出版社2006年版，第26—33页。

经济的制约外，还有其自身的规律。例如，在清代，晋商特别活跃，金融业发展迅猛。但是在这期间山西文化的发展却相对迟缓，如果与唐代的辉煌相比，已大为逊色。又如，北宋时期，关中的经济已经远不如唐代，但张载却在这里教授生徒，传播儒学，“为关中士人宗师”①，关中成为儒学的中心之一。

其次，与社会稳定的程度有很大关系。

东汉首都洛阳，经过一百六十多年的经营，是当时的文化中心。中平六年（189），东汉灵帝病死，并州牧董卓借机率军进入洛阳，废黜少帝刘辩，立九岁的陈留王刘协为帝，是为汉献帝。献帝初平元年（190），在东方诸侯的军事压力下，董卓迁天子于西都。迁都之时，图书文献遭到了极大破坏②，东汉王朝在首都积累的文化成果毁于一旦③。

南朝齐梁二代文学本来相当繁荣，分别以齐竟陵王萧子良、梁武帝萧衍和昭明太子萧统、梁简文帝萧纲为首的三个文学集团，对文化的发展起了很大的推动作用。齐永明年间周颙发现汉语有平上去入四种声调，“竟陵八友”中的沈约等人根据四声以及双声叠韵，研究诗句中声、韵、调的配合，创制了“永明体”，进而为近体诗的建立打下基础。成书于齐代末年的刘勰所著《文心雕龙》则是中国文学批评史上最系统的著作。由于萧衍、萧统、萧纲父子召聚文学之士，创作

① ［元］脱脱等：《宋史》卷四二七《张载传》，中华书局1977年版，第12724页。

② 《后汉书》卷七二《董卓传》云：董卓“尽徙洛阳人数百万口于长安，步骑驱蹙，更相蹈藉，饥饿寇掠，积尸盈路。卓自屯留毕圭苑中，悉烧宫庙官府居家，二百里内无复孑遗。又使吕布发诸帝陵，及公卿已下冢墓，收其珍宝”。［宋］范晔撰，［唐］李贤等注：《后汉书》，中华书局1965年版，第2327—2328页。

③ 《后汉书》卷七九上《儒林列传》云：“初，光武迁还洛阳，其经牒秘书载之二千余两，自此以后，参倍于前。及董卓移都之际，吏民扰乱，自辟雍、东观、兰台、石室、宣明、鸿都诸藏典策文章，竞共剖散，其缣帛图书，大则连为帷盖，小乃制为縢囊。及王允所收而西者，裁七十余乘，道路艰远，复弃其半矣。后长安之乱，一时焚荡，莫不泯尽焉。”［宋］范晔撰，［唐］李贤等注：《后汉书》，中华书局1965年版，第2548页。

诗歌，研究学术，遂使建康成为文化中心。萧统所编《文选》影响尤为深远。可是经过侯景之乱，建康沦陷，士人凋零，江左承平五十年所带来的文化繁荣局面遂亦消失[①]。

与此类似的还有唐朝末年中原一带的战乱对文化的破坏。唐代的首都长安是当时最大的国际都会，居住着许多外国的留学生、商贾、艺术家。在宗教方面，除了道教和佛教，祆教、景教和摩尼教也都得以传播，长安显然是当时的文化中心。到了五代，长安的文化中心地位消失了，而四川因为相对安定，士人们相携入蜀，文化也随之发达起来，俨然成为一个新的文化中心。后蜀主孟昶时镌刻石经[②]，后蜀宰相毋昭裔在成都刻印《九经》《文选》《初学记》《白氏六帖》，对四川文化的发展影响很大[③]。尤其值得注意的是词的繁荣，后蜀赵崇祚所编《花间集》，选录十八家“诗客曲子词”，凡五百首，其中十四位作者皆仕于蜀。《花间集》是最早的文人词总集，奠定了以后词体发展的基础[④]。

我们也要看到，社会变革期往往伴随着社会的不稳定，以及各种思想和主张的激荡，这反而会促进文化的发展，并形成若干文化的中

① 关于侯景之乱，参见［唐］姚思廉撰《梁书》卷五六《侯景传》，中华书局1973年版，第841—861页。

② 宋范成大《石经始末记》引《石经考异序》云：“按：赵清献公《成都记》，伪蜀相母（毋）昭裔捐俸金，取九经琢石于学宫……依太和旧本，令张德钊书。国朝皇祐中，田元均补刻公羊高、穀梁赤二传，然后十二经始全。至宣和间，席开献又刻孟轲书，参焉。”见孔凡礼辑《范成大佚著辑存》，中华书局1983年版，第159—160页。

③ 参见张秀民著，韩琦增订《中国印刷史》上，浙江古籍出版社2006年版，第32页。

④ 参见袁行霈主编《中国文学史》第二卷，高等教育出版社1999年版，第450页。“诗客曲子词”之说见于欧阳炯《花间集叙》。又，《四部丛刊》影宋抄本《禅月集》昙域《后序》曰：“众请昙域编集前后所制歌、诗、文、赞，日有见问，不暇枝梧。遂寻检稿草及暗记忆者约一千首，乃雕刻成部，题号《禅月集》。”《四库全书总目提要》卷一五一《禅月集》曰：“昙域《后序》作于王衍乾德五年，称‘检寻稿草及暗记忆者约一千首，雕刻成部’。则自刻专集自是集始。”（中华书局1965年版，第1304页）亦可见蜀地文化的发展状况。

心，如在春秋战国时期，鲁国是儒家的中心，楚国是道家的中心。这从另一个方面提醒我们文化发展的复杂性。

复次，文化中心的形成与教育水平、藏书状况、科技推动有很大关系。

书院较多的地区，私人讲学之风兴盛的地区，蒙学发达的地区，往往也成为文化中心，突出的例子是明代的江西、浙江。据统计，明代江西有书院五十一所，浙江有书院三十六所，这些地方也就成为文化中心①。

文化的发达离不开书籍，书籍印刷和图书收藏较多的地区，往往会形成文化中心。例如四川成都是雕版印刷最早流行的地区之一，唐代大中年间已有雕版书籍和书肆②。唐末成都印书铺有西川过家、龙池坊卞家等③。此后，一直到五代、宋代，成都都是印刷业的中心之一，这对成都文化的发展起了重要作用。又如浙江、福建也是印刷业的中心，到了五代、宋代，达到繁盛的地步。这两个地区在宋代人才辈出，显然与此有关。明清两代私家藏书以江浙一带为最盛，诸如范钦天一阁、毛晋汲古阁、黄虞稷千顷堂、钱谦益绛云楼、徐乾学传是楼、朱彝尊曝书亭、瞿绍基铁琴铜剑楼、陆心源皕宋楼、丁丙八千卷楼都在江浙，这对明清时期江浙文化的发展无疑起了巨大作用。

科技带动地域文化发展的例子，可以举李冰父子在四川修建都江

① 参见曹松叶《宋元明清书院概况》(续)，《国立中山大学语言历史学研究所周刊》第10集第113期，1930年1月。

② 柳玭《柳氏家训序》："中和三年癸卯夏，銮舆在蜀之三年也，余为中书舍人，旬休，阅书于重城之东南，其书多阴阳杂记、占梦相宅、九宫五纬之流。又有字书小学，率雕板，印纸浸染，不可尽晓。"见［宋］薛居正等撰《旧五代史》卷四三《唐书》一九《明宗纪》附《旧五代史考异》引，中华书局1976年版，第589页。

③ 参见张秀民著，韩琦增订《中国印刷史》上，浙江古籍出版社2006年版，第22页。

堰为例。这项工程创造性地运用了治水的技术，将蜀地造就为“天府之国”，文化也随之发达起来①。

最后，要提到文化贤哲或学术大师的引领作用。

山东曲阜一带，如果没有孔子就难以形成文化中心，这是显而易见的。北宋思想家邵雍之于洛中，也是一个显著的例子，《宋史·邵雍传》曰：“人无贵贱少长，一接以诚，故贤者悦其德，不贤者服其化。一时洛中人才特盛，而忠厚之风闻天下。”②南宋思想家朱熹长期在福建、江西讲学，“诸生之自远而至者，豆饭藜羹，率与之共”③。此外，宗教史上如慧能之于广东；思想史上如王阳明之于贵州，王艮之于泰州，都有重大的影响。文学史上也是如此，黄庭坚之于江西，杨慎之于云南，也都有重大影响。明代吴中出现了文徵明等一批兼通诗文、书画的著名文人，形成文化中心④。

三　地域文化的差异、交流与融合

南北之间的差异　东西之间的差异　沿海与内地之间的差异　文化交流融合的途径：移民、交通与商贸、科举与仕宦

《诗经》与《楚辞》代表了先秦北方与南方两种不同的文化风格，

① ［汉］司马迁《史记》卷二九《河渠书》曰：“蜀守冰凿离碓，辟沫水之害，穿二江成都之中。……至于所过，往往引其水益用溉田畴之渠，以万亿计，然莫足数也。”中华书局1962年版，第1407页。

② ［元］脱脱等：《宋史》卷四二七《邵雍传》，中华书局1977年版，第12727页。

③ ［元］脱脱等：《宋史》卷四二九《朱熹传》，中华书局1977年版，第12767页。

④ ［清］张廷玉等：《明史》卷二八七《文徵明传》云：“吴中自吴宽、王鏊以文章领袖馆阁，一时名士沈周、祝允明辈与并驰骋，文风极盛。徵明及蔡羽、黄省曾、袁袠、皇甫冲兄弟稍后出。而徵明主风雅数十年，与之游者王宠、陆师道、陈道复、王穀祥、彭年、周天球、钱穀之属，亦皆以词翰名于世。”中华书局1974年版，第7363页。

《诗经》质朴淳厚，《楚辞》浪漫热烈。关于先秦南北思想文化的差异，王国维的论述具有启发性：“我国春秋以前，道德政治上之思想，可分之为二派……前者大成于孔子、墨子，而后者大成于老子。故前者北方派，后者南方派也。”[①]关于南北朝文风的差异，《隋书·文学传序》已经给我们重要的提示：“江左宫商发越，贵于清绮；河朔词义贞刚，重乎气质。”[②]这种差异在南朝民歌和北朝民歌之间表现得十分清楚。唐代禅宗有“北渐”“南顿”二派。中唐时期第一批学习民间词的作家，他们的作品往往有一种南方的情调。晚唐五代，词的两个中心都在南方。宋代理学的四个主要学派：以周敦颐为首的濂学，以程颢、程颐为首的洛学，以张载为首的关学，以朱熹为首的闽学，都带有地域性。在元代盛行的戏曲，无论就音乐而论还是就文学风格而论，都显然存在着地域的差异。四折一楔子的杂剧是在北方兴起的一种文艺形式，杂剧创作与演出的中心在大都。稍晚，南方有一新的剧种兴盛起来，这就是南戏。它在两宋之际产生于浙江温州一带，先流传到杭州，并在这里发展为成熟的戏曲艺术，至元末大为兴盛。由宋元南戏发展出来的明代传奇，有所谓四大腔：海盐腔、余姚腔、弋阳腔、昆山腔，都是南方的唱腔。由苏州地区兴起的昆曲，在明末清初达到成熟阶段，成为全国最大的剧种。清中叶至鸦片战争前后，形成五大声腔，除原有的昆腔外，还有高腔（由弋阳腔演变而成，湘剧、川剧、赣剧、潮剧中都有此腔）、梆子腔（即秦腔，源于陕西和山西交界处，流行于北方各地）、弦索腔（源于河南、山东）、皮黄腔（西皮、二黄的合流，西皮是秦腔传入湖北后与当地民间曲调结合

---

① ［清］王国维：《屈子文学之精神》，见《王国维遗书》第五册《静安文集续编》，商务印书馆1940年版，第31—32页。

② ［唐］魏徵等：《隋书》卷七六，中华书局1973年版，第1730页。

而成，二黄是由吹腔、高拨子在徽班中演变而成），这些声腔都具有明显的地方特色。乾隆年间四大徽班入京，与来自湖北的汉调艺人合作，同时吸收昆曲、秦腔的因素，又部分地吸取京白，遂孕育出风靡全国的京剧①，这是地域文化交融的绝佳例证。

东北三省与关内相比，也有自己的特色：粗犷、雄健、富于开拓性。内蒙古的草原文化自然、粗犷，在狩猎、畜牧中形成的与马有关的种种文化很有特色。宁夏回族的宗教、建筑、瓷器等等，都具有独特的民族风情。

东西之间文化的差异首先表现为民族的差异，西部多有少数民族聚居，这些民族的文化各有自己的特色，为中华民族文化增添了亮丽的色彩。其质朴、自然的风格，其文化与大自然的融合，都令人向往。在歌曲和舞蹈方面，更是多姿多彩，显示出少数民族独特的天赋。一些大型的民族史诗，如藏族的《格萨尔王传》、蒙古族的《江格尔》、壮族的《布罗陀经诗》、柯尔克孜族的《玛纳斯》等；还有一些创世纪神话叙事诗，如彝族的《阿细的先基》、瑶族的《密洛陀》、侗族的《侗族祖先从哪里来》、苗族的《苗族史诗》、拉祜族的《牡帕密帕》、阿昌族的《遮帕麻与遮米麻》、哈尼族的《奥色密色》、佤族的《西冈里》等等②，都是非常珍贵的文化遗产。

沿海与内地的文化差异也值得注意。早在秦汉时期，齐地多方士，他们讲神仙方术、海外三山；徐福被秦始皇派遣，率领童男童女数千人出海求仙，是颇有象征性的事件。东南沿海与国外的交往较

---

① 参见袁行霈主编《中国文学史》第四卷，高等教育出版社1999年版，第342—343页。

② 参见《中国大百科全书·中国文学》，中国大百科全书出版社1986年版，第697页。

早，南朝、隋唐时期这一地区与印度洋的商旅往来已相当频繁。宋元时期，江苏、浙江、福建、广东都有对外口岸，经这一带出口的瓷器，远销南亚、西亚，直到东非。而明代以后成为中国重要粮食的玉米、马铃薯、番薯等美洲作物，以及在中国广泛种植的烟草，一般认为都是经由东南沿海传入的。明万历年间意大利的耶稣会传教士利玛窦首先到达澳门，再进入内地传教，同时带来西方的科学技术。近代以来，广州、上海、天津等对外口岸在中外文化交流中发挥了重要作用。和内地相比，沿海地区的文化更具开放性和创新性。

文化交流融合有几种途径。

首先是移民，特别是大规模的移民潮。西晋末年、唐末五代以及北宋末年，大批中原的汉族迁徙到江南，对江南经济、文化产生了巨大的作用，移民所带来的文化与当地原有的文化交流融合，使当地文化出现新的特色。闽西和广东梅州客家人聚族而居的土楼（围龙屋），成为当地文化的独特景观。河北、山东一带人民闯关东，推动了东北原住民文化的发展。清代初年“湖广填四川”，促进了西南文化的发展，巴渝会馆的发达，川剧的形成都与移民有关。广西的文化与来自外地的移民和文化名人如柳宗元有关。台湾的文化与闽、粤的移民有极其密切的关系，这表现在民间信仰、建筑风格、生活习惯等许多方面。明末清初是移民台湾的高潮。香港的文化与广东移民有密切的关系，考古发掘证明了香港、澳门与珠江下游地区古代居民之间的关系和交往[①]。

① 香港特别行政区民政事务局与中国社会科学院考古研究所联合，在新界与大屿山岛之间的马湾岛东湾仔北，发现新石器时代中晚期至青铜时代早期的居址、墓葬和大批文物。被评为1997年全国十大考古新发现之一。见邹兴华、吴耀利、李浪林《香港马湾岛东湾仔北史前遗址发掘简报》，《考古》1999年第6期。关于澳门的考古发现，参见邓聪、郑炜明《澳门黑沙》，香港中文大学出版社1996年版。

交通与商贸也是各地文化交流融合的重要渠道。汉代以后丝绸之路的开通，对于所经中国内地之间的文化往来，以及中国与中亚、南亚、西亚，乃至欧洲、北非的文化往来，所起的作用显而易见。仅就甘肃河西走廊而言，那是丝绸之路上十分繁忙的一段，在汉唐时的地位类似近代的珠江三角洲和长江三角洲。隋代开通了纵贯南北的大运河，对沟通南北经济、文化起到巨大的作用。唐朝的政治中心在长安，但其经济却在很大程度上依赖江南，运河就成为其经济命脉。沿着运河出现了诸如杭州、苏州、扬州等经济与文化的中心。至于长江航道在交通运输上的作用，及其在文化传播方面的作用更是明显。李白离开家乡四川，沿长江而下，在一生中几乎走遍大江上下，留下许多诗篇。长江沿岸的重庆、武汉、九江、南京、扬州之所以文化发达，得益于这条大江者实在不少。长江流域的洞庭湖与鄱阳湖，以及湖边的黄鹤楼、岳阳楼，还有长江支流赣江边上的滕王阁，成为凝聚着浓厚诗意的地方。明清时期，随着徽商、晋商、粤商、宁波帮等几个活跃的商帮的足迹，文化也得以交流、传播。

科举与仕宦是文化融合的另一条重要渠道。各地的举子进京赶考，考中的或留京任官，或外放任职，考不中的则返回家乡，大批的举子往来于京城和各地之间，成为传播文化的使者。清代钱塘人洪昇，在北京做了约二十年太学生，与京中名流王士禛、朱彝尊、赵执信等人相互唱和。康熙二十七年（1688），其《长生殿》在京城盛演，轰动一时。清代北京的宣南成为进京举子汇聚之地，举子的来来往往，形成文化凝聚与辐射的局面，造就了独特的宣南文化。官员的升迁和贬黜也是文化交流融合的渠道，最突出的例子便是韩愈和王阳明。韩愈贬官潮阳，给当时文化尚不发达的潮州带来了中原文化。王阳明贬官贵州龙场驿，创办龙冈书院，开创了贵州一代学风，他的“知行合一”

学说便是在贵州提出来的。此外，李德裕、苏轼等人贬官海南，对当地的文化教育影响巨大。再如清代黑龙江、新疆有许多被流放的官员，其中不乏高级文化人士，他们对当地文化的发展起了重要作用。

四　研究地域文化的意义与本书的宗旨

保护地域文化的多样性　地域文化与区域经济　按行政区划分卷　文献考订与田野调查　与地方志的区别　学术性、现实性与可读性的统一　本书的宗旨与体例

地域文化是按地域区分的中国文化的若干分支。研究地域文化，实际上就是研究文化的空间分布及其特征。研究中国文化如果忽视对其地域性的研究，就难以全面和深入。地域性是中国这个幅员辽阔的大国的特点，是中国文化丰富多彩的重要表现。热爱祖国不是空泛的，首先要热爱生于斯长于斯的家乡。如果对自己家乡的历史文化都不清楚，那么热爱祖国就会落空。有些地区的传统文化正在逐渐削弱甚至濒临消亡，亟待政府采取切实措施加以保护。在文化建设的过程中切忌抹杀地域的特点，避免千城一面、万村一形。如果不论走到哪里看到的是同一种建筑，听到的是同一种戏曲，品尝的是同一种口味，体验的是同一种民俗，既没有关西大汉的铜琶铁板，也没有江南水乡的晓风残月，我们的生活将多么单调，中国展现给世界的形象将多么苍白！在坚定维护国家政治上统一的同时，必须保护各地文化的多样性，保护地域文化的特点，尊重人民群众多种多样的文化需求。这可以视为中国文化发展的战略性举措。地域文化又是港、澳、台人民以及海外华侨、华人寻根的热点，弘扬传统的地域文化有助于祖国

的和平统一。从全球的眼光看来，中国这样幅员广阔的大国，如果失去了文化多样性，必然会减弱中国对世界的吸引力。

我们提倡文化的大局观，要站在全国看各地。只有将各地文化放到全国之中，才能更清楚地认识各地文化的特点；只有清楚地看到各地文化的特点，才能更深刻地认识中国文化的面貌。在弘扬地域文化特点的同时，要促进地域之间的文化交流，以推动各地文化共同繁荣。各地文化是互相联系互相渗透的，是在互动中发展的。如果画一幅中国地域文化地图，其中每一板块的变化都会造成整幅地图的变化。没有孤立的安徽文化，没有孤立的河北文化，没有孤立的云南文化，也没有孤立的西藏文化。某一地域文化的发展，都要依靠其他地域，并牵动其他地域。政府在致力于地域经济均衡发展的同时，也要致力于地域文化的均衡发展。再放大一点，在经济全球化的趋势下，国内某一地域文化的发展，也会受到国际因素的影响，上海、天津、福建、广东等沿海地区文化的发展，足以证明这一点。

地域文化的发展对地域经济的依赖和促进是十分明显的，但文化与经济不是搭台与唱戏的关系，应当互相搭台，一起唱戏。发展文化不仅是发展经济的手段，其本身就是目的，因为人民群众的需求以及社会的进步，不仅表现为经济的发展，也表现为文化的繁荣。文化长期滞后于经济快速发展的现状必须改变。发展经济与推动文化，要双管齐下，相互促进。小康社会的指标不仅是经济的，也是文化的。保护地域文化不可追求形式，不可急功近利，要吸取精华剔除糟粕。那种不管好坏，盲目炒作地方名人（包括小说中的人物），简单地打文化牌以拉动经济的风气不可助长。

区域经济的发展已经引起各级领导和全社会的注意，地域文化的发展也应提到日程上来。各地还存在大量文化资源有待开发、研究、利用。《中国地域文化通览》的编撰，就是对我国文化资源的一次普查。我们考察的重点在于各地文化的历史进程、特点、亮点及其形成的原因，各地文化发展的有利条件和制约因素，并力图说明各地文化在整个中国文化发展中的地位、作用，其与邻近地区相互交流相互影响的关系，并着重描述那些对本地和整个中华民族的进步产生过重大影响的标志性成果，彰显那些对本地和中国文化的发展做出重大贡献的人物。我们希望本书能为各地文化建设确立更明确、更自觉的目标提供一点帮助。

关于地域文化，目前已有许多研究成果，但大多是将全国分为几个区域，以先秦的诸侯国名或古代的地名来命名，如河洛文化、燕赵文化、吴越文化、齐鲁文化、荆楚文化、关陇文化、岭南文化等等；也有从考古学的角度，将中国文化分为几个大文化区系的[①]。以上的研究都有学术的根据，也都取得了可观的成就，是我们重要的参考。

本书拟从另一个角度切入，即立足于当前的行政区划，每一个省、自治区、直辖市各立一卷，港、澳、台也各立一卷。本书可以说是中国分省的文化地图。按照行政区划来写《中国地域文化通览》，也是有学理根据的。中国从秦代开始实行郡县制，大致确立了此后两千多年行政建置的基本框架。这既有利于维护大一统的局面，也因为一个行政区划内部的交流比较频繁，从而强化了各行政区划的文化特点。按行政区划分卷，对各地更清楚地认识本地的文化更为方便。其实，今日的行政区划是历史沿革的结果，这种分卷的体

① 苏秉琦把现今人口分布密集地区的考古学文化分为六大区系：1.以燕山南北长城地带为重心的北方；2.以山东为中心的东方；3.以关中（陕西）、晋南、豫西为中心的中原；4.以环太湖为中心的东南部；5.以环洞庭湖与四川盆地为中心的西南部；6.以鄱阳湖—珠江三角洲一线为中轴的南方。见《中国文明起源新探》，生活·读书·新知三联书店1999年版，第35—36页。

例与上述体例可以相互补充，相得益彰。大体说来，所谓齐鲁文化就是山东文化，燕赵文化就是河北文化，三秦文化就是陕西文化，蜀文化就是四川文化，徽文化就是安徽文化，晋文化就是山西文化，吴文化就是江苏文化，越文化就是浙江文化，仍然是与行政区划吻合的，只不过用了一个古代的称呼而已。如果从考古学的角度，研究文化的起源，当然不必顾及目前的行政区划；然而要对包括全国各地的文化分别加以描述，并且从古代一直讲下来，则按照当前的行政区划更为便利。何况，内蒙古、新疆、西藏是中国领土不可分割的一部分，研究中国的地域文化必须包括在内，按照当前的行政区划就不会将这些地区忽略了。

按行政区划编纂当地的文献早已有之，这属于乡邦文献。有的文献所包括的区域比省还小，如汉晋时期的《陈留耆旧传》《汝南先贤传》《襄阳耆旧传》等，记录了一郡之内的耆旧先贤。唐人殷璠所编《丹阳集》只收丹阳人的作品，属于地域文学集的编纂。宋人董弅所编《严陵集》，是他任严州（今浙江建德、淳安一带）知州时所编与当地有关的文集。宋人孔延之所编《会稽掇英总集》也属于这一类。近人金毓黻所编《辽海丛书》，张寿镛所编《四明丛书》都是如此。

研究地域文化，必须重视文献资料，特别是乡邦文献，包括各地的方志、族谱、舆图等。文献的搜集、考订和分析，是必不可少的基础性工作。编撰地域文化通览的过程，也就是搜集和整理有关文献的过程。然而文化绝不仅仅体现在文献中，还体现在人们的日常生活中，那是活生生的、每日每时都显现着的。文化除了思想、学术、文学、艺术等内容之外，还包括风俗习惯、衣食住行的方式等等，这乃是社会的各个阶层，尤其是广大民众所创造的。研究地域文化不仅要重视宫廷文化、士大夫文化、精英文化，还要重视平民文化、民间文化、民俗文化。研究地域文化在重视文献的同时，必须注重实地考察，从日常生活中寻找资料。只有将文献资料和实地考察结合起来，并利用新的考古资料，才能见其全貌。

本书跟地方志不同，地方志虽有历史的回顾，但详今略古，偏重于现状的介绍，包括本地当前的自然环境、资源、物产、社会、政治、经济、文化等方面的情况和数据，是资料性的著述。《中国地域文化通览》则是专就传统文化进行论述，下限在1911年辛亥革命，个别卷延伸到1919年五四运动。地方志偏重于情况的介绍，注重资料性、实用性、检索性，《中国地域文化通览》则是研究性著作，强调在大量可信资料的基础上，纵横交错地展开论述，要体现历史观、文化观，总结文化发展的历史经验和规律，史论结合。

《中国地域文化通览》以学术性、现实性、可读性三者的统一为目标。

所谓学术性，简单地说就是符合学术规范，立足学术前沿，注重多学科的交叉融合。本书是一部学术著作，而不是通俗读物，更不是旅游手册。要以实事求是的态度，在认真钻研资料的基础上，力求对事实做出准确的描述、分析与概括。概括就体现为理论。

所谓现实性，就是立足现实，回顾历史，面向未来，希望能对本地文化的发展提供启发。立足现实，是从实际出发，关注当前经济社会文化的发展；回顾历史，是总结经验，以史为鉴；面向未来，是注意文化的发展方向，促进文化建设，促使中国文化以丰富多彩的姿态走向世界。地域文化是国情的重要部分，希望这套书能够成为中央和地方各级政府了解各地历史文化、风土人情的参考，成为因地制宜发展文化的参考。文化的主体是人，以人为本离不开对文化的深入理解。为政一方，既要了解当地的经济资源，也要了解当地的文化资源；既要了解现状，也要了解历史，这样才能最大限度地发挥地域的优势。

所谓可读性，就是要吸引广大读者，让一般读者看了长知识，专家学者看了有收获，行政领导看了受启发。在文字表达上，力求准确、鲜明、生动。

本书各卷都分为上下两编，上编对本地文化作纵向的考察，下编则对本地文化分门别类重点地作横向的论述，纵横结合，以期更深入细致地阐明各地文化的状况。各卷还有绪论，对本地文化从理论上加以探讨。本书随文附有大量插图，图文并茂，以增加直观的感受。

本书的编撰带有开拓性和探索性，我们自知远未达到成熟的地步，倘能对中国地域文化的研究，对中国文化的健康发展，起一点促进作用，参加编撰的大约500位学者将会深感欣慰。

（本文为《中国地域文化通览》“总绪论”，中华书局2012年版）

乱世的文学

——三世纪至六世纪

从魏晋开始，历经南北朝，包括唐代前期，是中国文学中古期的第一段。综观这段文学，是以五七言古近体诗的兴盛为标志的。五古在魏晋南北朝进入高潮，七古和五七言近体在唐代前期臻于鼎盛。

魏晋南北朝期间，文学发生了巨大的变化，文学的自觉和文学创作的个性化，在这些变化中是最有意义的，正是由此引发了一系列其他的变化和发展。这期间宫廷起着核心的作用，以宫廷为中心形成文学集团。集团内部的趋同性，使文学在一段时间内呈现出一种群体性的风格，另一段时间又呈现为另一种风格，从而使文学发展的阶段性相当明显。文学集团内出现了一些杰出的作家，如曹植、阮籍、庾信，但成就最高的陶渊明却不属于任何集团，他以超然不群的面貌高踞于众人之上。魏晋南北朝文学对两汉文学的继承与演化，在五言古诗和辞赋方面痕迹最明显。文人在学习汉乐府的过程中将五言古诗推向高峰；抒情小赋的发展及其所采取的骈俪形式，使汉赋在新的条件下得到发展。

一

文学自觉的标志　从人物品评到文学品评　从文体辨析到总集的编纂　文学理论体系的建立　新的文学思潮

魏晋南北朝的文学理论和文学批评，相对于文学创作异常地繁荣，魏曹丕《典论·论文》、西晋陆机《文赋》、梁刘勰《文心雕龙》、梁锺嵘《诗品》等论著，以及梁萧统《文选》、陈徐陵《玉台新咏》等文学总集的出现，形成了文学理论和文学批评的高峰。

文学理论与批评的兴盛是与文学的自觉联系在一起的。文学的自觉是一个相当漫长的过程，它贯穿于整个魏晋南北朝，是经过大约三百年才实现的[①]。所谓文学的自觉有三个标志：第一，文学从广义的学术中分化出来，成为独立的一个门类。汉朝人所谓文学指的是学术，特别是儒学，《史记·孝武本纪》："而上向儒术，招贤良，赵绾、王臧等以文学为公卿，欲议古立明堂城南，以朝诸侯。"这里所说的文学显然是指学术。到了南朝，文学有了新的独立于学术的地位，宋文帝立四学，文学与儒学、玄学、史学并立；宋范晔《后汉书》单列《文苑列传》，与《儒林列传》等并立，都是重要的标志。

① 鲁迅：《魏晋风度及文章与药及酒之关系》："他（案：指曹丕）说诗赋不必寓教训，反对当时那些寓训勉于诗赋的见解，用近代的文学眼光看来，曹丕的一个时代可以说是'文学的自觉时代'，或如近代所说是为艺术而艺术（Art for Art's Sake）的一派。"见《而已集》，《鲁迅全集》第三卷，人民文学出版社1956年版，第382页。此后凡论及魏晋文学辄征引此说。诚如鲁迅所说，建安是文学自觉的时代，但曹丕的一篇《典论·论文》毕竟不足以构成一个文学自觉时代的所有条件。详细探讨起来，构成文学的自觉，须有许多条件，不是一个人或者短短的一段时间能够完成的。本书分析了文学自觉的三个标志，认为这是在整个魏晋南北朝时期才得以实现的。

此外又有文笔之分，《文心雕龙·总术》：“今之常言，有文有笔，以为无韵者笔也，有韵者文也。”这代表了一般的认识。梁元帝萧绎《金楼子·立言篇》对文笔之分有进一步的说明：“至如不便为诗如阎纂，善为章奏如伯松，若此之流，泛谓之笔。吟咏风谣，流连哀思者，谓之文。……至如文者，惟须绮縠纷披，宫徵靡曼，唇吻遒会，情灵摇荡。”萧绎所说的文笔之别已不限于有韵无韵，而强调了文之抒发感情以情动人的特点，并且更广泛地注重语言的形式美。他所说的“文”已接近我们今天所说的文学了。第二，对文学的各种体裁有了比较细致的区分，更重要的是对各种体裁的体制和风格特点有了比较明确的认识。文体辨析可以上溯至《汉书·艺文志》，至于《东观汉记》以及蔡邕的《独断》、刘熙的《释名》等反映了早期的文体辨析的意识[①]。更为明晰而自觉的文体辨析则始自曹丕的《典论·论文》，他将文体分为四科，并指出它们各自的特点：“奏议宜雅”，“书论宜理”，“铭诔尚实”，“诗赋欲丽”。《文赋》进一步将文体分为十类，对每一类的特点也有所论述。特别值得注意的是，他将诗和赋分成两类，并指出“诗缘情而绮靡，赋体物而浏亮”的特点。西晋挚虞的《文章流别论》，就现存佚文看来，论及十二种文体，对各种文体追溯其起源，考察其演变，并举出一些作品加以讨论，比曹丕和陆机又进了一步。东晋李充《翰林论》联系风格来辨析文体，是对文体风格的进一步探讨。到了南朝，文体辨析更加深入系统了，梁任昉的《文章缘起》分为八十四题，虽不免琐碎，但由此可见文体辨析的细致程度。至于《文心雕龙》和《文选》对文体的区分既系统，对文体的讨论也很深入。《文心雕龙》的上篇主要的篇幅就是讨论文体，

① 参见傅刚《论汉魏六朝文体辨析观念的产生与发展》，《文学遗产》1996年第6期。

共分三十三大类。其《序志》说："原始以表末，释名以章义，选文以定篇，敷理以举统。"对每种文体都追溯其起源，叙述其演变，说明其名称的意义，并举例加以评论。《文选》是按文体编成的一部文学总集，当然对文体有详细的辨析，这在下文还要讲到。如果对文学只有一种混沌的概念而不能加以区分，还不能算是对文学有了自觉的认识，所以文体辨析是文学自觉的重要标志。第三，对文学的审美特性有了自觉的追求。文学之所以成为文学，离不开审美的特性。所谓文学的自觉，最重要的或者说最终还是表现在对审美特性的自觉追求上。上面提到过，"诗赋欲丽"的"丽"，"诗缘情而绮靡"的"绮靡"，"赋体物而浏亮"的"浏亮"，便已经是审美的追求了。到了南朝，四声的发现及其在诗歌中的运用，再加上对用事和对偶的讲究，证明他们对语言的形式美有了更自觉的追求，这对中国文学包括诗歌、骈文、词和曲的发展具有极其重要的影响。而《文心雕龙》以大量篇幅论述文学作品的艺术特征，涉及情采、声律、丽辞、比兴、夸饰、练字等许多方面，更是文学自觉的标志。

汉代末年在察举制度下，士族中已经流行乡党评议的风气，如许劭与从兄许靖"俱有高名，好共核论乡党人物，每月辄更其品题，故汝南俗有'月旦评'焉"[①]。此外，郭太也以善于鉴人而名闻天下[②]。魏文帝曹丕实行九品中正制以后，人物品评的风气更加兴盛。魏刘卲的《人物志》总结了鉴察人物的理论和方法，特别重视人的材质，形成才性之学。宋刘义庆《世说新语》的《识鉴》《赏誉》《品藻》《容

① [宋]范晔撰，[唐]李贤等注：《后汉书》卷六八《郭符许列传》，中华书局点校本1965年版，第2235页。

② [宋]范晔撰，[唐]李贤等注：《后汉书》卷六八《郭符许列传》，中华书局点校本1965年版，第2225—2232页。

止》等门，记载了许多品评人物的生动事例。人物品评在汉末多带有预言成败的意味，偏重在识鉴人才、拔擢俊彦，所以品评的重点在政治、道德方面。魏晋以后的人物品评有一个新的趋势，就是在预言性和政治、道德的评议外，增加了许多审美的成分，为已享有盛名的人物用形象的语言、比喻象征的手法加以品题。如《世说新语》中的这些品题："公孙度目邴原：'所谓云中白鹤，非燕雀之网所能罗也。'"（《赏誉》）"王戎云：'太尉神姿高彻，如瑶林琼树，自然是风尘外物。'"（《赏誉》）"时人道阮思旷：'骨气不及右军，简秀不如真长，韶润不如仲祖，思致不如渊源，而兼有诸人之美。'"（《品藻》）"有人叹王恭形茂者，云：'濯濯如春月柳。'"（《容止》）《世说新语》中品题人物常见的审美概念有：清、神、朗、率、达、雅、通、简、真、畅、俊、旷、远、高、深、虚、逸、超等，其中最常见的是：真、深、朗三者。而用作比喻的又不乏自然物象，如：千丈松、松下风、玉树、玉山、云中白鹤、龙跃云津、凤鸣朝阳。人物审美的兴盛，对文艺审美起了催化的作用。有的文学审美范畴来自人物审美，如"风骨""骨气""风神""清虚""清通""高远""情致""才情"等。而人物流品的划分，也直接影响着文艺批评，锺嵘《诗品》、庾肩吾《书品》、谢赫《古画品录》，就是明证[①]。

刘勰《文心雕龙》的出现标志着中国文学理论和文学批评建立了完整的体系。《文心雕龙》共50篇，包括总论5篇，文体论20篇，创作论19篇，批评论5篇，最后一篇《序志》是全书的自序。它的内容博大精深，主要的贡献在以下两个方面：一、论述了文学发展的外

① 参见王能宪《世说新语研究》第三章"《世说新语》与魏晋风流"，江苏古籍出版社1992年版，第113—173页。

部原因和内部规律。关于外部原因，它认为："文变染乎世情，兴废系乎时序。"(《时序》)将文学的变化与社会的风俗、政治的兴衰联系起来。关于内部规律，它总结为"通"和"变"(《通变》)，也就是继承和创新两方面的交互作用。刘勰在《明诗》等篇中论述了一些文体在历代的演变过程，《才略》则评论了历代的作家，这些论述已成为后人研究文学史的重要参考，至今仍有不可替代的参考价值。二、总结了许多宝贵的文学创作经验，揭示了创作活动的奥秘，从而形成具有中国特色的创作论。关于创作论，陆机在《文赋》里就有深入的探讨了，特别是对驰骋想象，捕捉形象，发挥独创性，以达到"意称于物"这个过程，描述得相当精彩。在《文心雕龙》中创作论这一部分是全书的精粹，书中有许多精辟的概括，如"神思""体性""风骨""定势""情采""隐秀"等，涉及形象思维、艺术想象、艺术风格、艺术构思等许多重要的问题，具有很高的理论价值。

总集的编纂是文体辨析的自然结果。萧统的《文选》是现存最早的文学总集，李善注《文选》六十卷，选录了先秦到梁代共一百三十人的作品，另有古乐府三首和《古诗十九首》，共七百余篇。此书的编排方法是先将文体分为赋、诗、骚、七、诏、册、令、教、文等三十七大类[①]，然后在一些大类之下再按题材分为若干小类，如赋又分为"京都"等许多小类。其中诗占了将近十三卷的篇幅，共三百三十四首，是各类中数量最多的。从萧统所选诗歌可以看出，他

① 《文选》分类向有三说：一、37类说，据尤袤刻本和《四部丛刊》影宋本目录，缺"移""难"二类；二、38类说，据胡克家《文选考异》引陈景云说，黄侃《文选平点》从之，骆鸿凯《文选学》亦明标；三、39类说，据唐写本《文选集注》、南宋陈八郎本五臣注《文选》、朝鲜刻本(元正德年间)五臣注《文选》《郡斋读书志》《山堂考索》。关于这个问题，参见游志诚《〈昭明文选〉学术论考·论〈文选〉之难体》，台湾学生书局1996年版，第141—149页；傅刚《论〈文选〉"难"体》，《浙江学刊》1996年第6期。

带有较大的宽容性，他选诗最多的三位诗人是：陆机五十二首、谢灵运四十首、江淹三十二首，以今天的眼光看来他们不一定是最优秀的。在标举第一流的诗人这方面，萧统的眼光并不是第一流的；但在推崇被忽视的优秀诗人（如陶渊明、鲍照）这方面，他却有极高的眼光。陶渊明入选八首，鲍照入选十八首，他们在《文选》中得到这样高的地位，说明萧统是一位很有文学眼光的选家。《文选》自唐代以来赢得文人的广泛重视，并逐渐形成“文选学”，它在文学史和文献学上的地位是值得重视的。

从魏晋南北朝时期的文学理论和文学批评的论著中，可以看到一种新的文学思潮，这就是努力将文学从学术中区分出来，进而探寻文学的特点、文学本身的分类、文学创作的规律，以及文学的价值。在汉代，儒家诗教占统治地位，强调诗歌与政治教化的关系，诗歌被视为“经夫妇、成孝敬、厚人伦、美教化、移风俗”（《诗大序》）的工具。至于诗歌本身的特点和规律并没有引起应有的重视。魏晋以后，诗学摆脱了经学的束缚，整个文学思潮的方向也是脱离儒家所强调的政治教化的需要，寻找文学自身独立存在的意义。这时提出了一些崭新的概念和理论，如风骨、风韵、形象，以及言意关系、形神关系等，并且形成了重意象、重风骨、重气韵的审美思想。诗歌求言外之意，音乐求弦外之音，绘画求象外之趣，各类文艺形式之间互相沟通的这种自觉的美学追求，标志着一个新的文学时代的到来[①]。

魏晋南北朝的文学创作，就是在这种新的文艺思潮的影响下展开的，同时它也为这种文艺思潮提供了赖以产生的实践依据。这个时

① 此处论点及文字均取自袁行霈《中国文学史纲要》（二），北京大学出版社1986年版，第4—5页。

期文学创作的一个显著特点是：服务于政治教化的要求减弱了，文学变成个人的行为，抒发个人的生活体验和情感。赋，从汉代的大赋演化为魏晋南北朝的抒情小赋，便是很有代表性的一个转变。五言古诗在汉末蓬勃兴起，文人的个人抒情之作《古诗十九首》被后人奉为圭臬。此后曹植、王粲、刘桢、阮籍、陆机、左思、陶渊明、谢灵运、鲍照、谢朓、庾信，虽然选取的题材不同、风格不同，但走的都是个人抒情的道路，他们的创作也都是个人行为。其中有些政治抒情诗，抒写政治生活中的愤懑不平，也并不带有政治教化的目的。至于梁陈宫体诗，虽然出自宫廷文人之手，也只是供宫廷娱乐之用而已。诗人们努力的方向在于诗歌的形式美，即声律、对偶、用事等语言的技巧，以及格律的完善。正是在这种趋势下，中国的古诗得以完善，新体诗得以形成，并为近体诗的出现做好了各方面的准备。唐诗就是在此基础上达到了高峰。

二

乱世与乱世文学　文人多遭杀戮的命运　药与酒：生死主题、求仙主题、隐逸主题

如果将整个魏晋南北朝时期都称作乱世，也许并不过分。汉末的战乱，三国的纷争，西晋统一不久发生的“八王之乱”，西晋的灭亡与晋室的东迁，接下来北方十六国的混战，南方东晋王敦、桓玄等人的作乱，北方北齐、北魏、北周等朝代的一次次更迭带来的斗争，南方宋、齐、梁、陈几个朝代的更迭带来的争斗，以及梁末的侯景之乱，再加上东晋、南朝的北伐，北朝的南攻，在三百多年里，几乎没

有多少安宁的时候。战乱和分裂，成为这个时期的特征。战争使很多人丧生，伴随着战乱而来的饥馑、瘟疫以及人口的大规模迁徙，不知又夺走了多少人的生命[①]。这种状况在文学作品中可以得到印证，曹操的《蒿里行》说："白骨露于野，千里无鸡鸣。生民百遗一，念之断人肠。""千里无鸡鸣"说出人烟的荒凉，"生民百遗一"说出人口的锐减。陶渊明的《归园田居》其四说："徘徊丘垄间，依依昔人居。井灶有遗处，桑竹残朽株。借问采薪者，此人皆焉如？薪者向我言，死没无复余。"此诗写到整个村庄的灭绝。

魏晋南北朝文学是典型的乱世文学。作家们既要适应战乱，又要适应改朝换代，一人前后属于两个朝代甚至三个朝代的情况很多见。敏感的作家们在战乱中最容易感受人生的短促，生命的脆弱，命运的难卜，祸福的无常，以及个人的无能为力，从而形成文学的悲剧性基调，以及作为悲剧性基调之补偿的放达，后者往往表现为及时行乐或沉迷声色。

这种悲剧性的基调又因文人的政治处境而带上了政治的色彩。许多文人莫名其妙地卷入政治斗争而遭到杀戮，如孔融、杨修、祢衡、丁仪、丁廙、嵇康、陆机、陆云、张华、潘岳、石崇、欧阳建、孙拯、嵇绍、牵秀、郭璞、谢混、谢灵运、范晔、袁淑、鲍照、吴迈远、袁粲、王融、谢朓等。还有一些死于西晋末年的战乱之中，如杜育、挚虞、枣嵩、王浚、刘琨、卢谌等。

---

① 据不完全的文献资料统计分析，东汉人口的峰值超过6000万，而公元220年三国开始的前后人口处于谷底，仅二千二三百万。这是中国历史上人口下降幅度最大的几次之一。三国末期降为3000万。西晋武帝太康元年（280）为1600多万。东晋灭亡时大约1700多万，此后虽略有上升，但长期维持在2000万左右。参见葛剑雄《中国人口发展史》，福建人民出版社1991年版，第117—138页。另参考段纪宪《中国历代人口社会与文化发展》第二章《中国人口历史演变》，中国科学技术出版社1995年版，第12—92页；袁祖亮《中国古代人口史专题研究》，中州古籍出版社1994年版，第48页。

在这种情况下，文学创作很自然地形成一些共同的主题，这就是生死主题、游仙主题、隐逸主题。这些主题往往以药和酒为酵母引发开来，药和酒遂与这个时期的文学结下了不解之缘[①]。

生死主题主要是感慨人生的短促、死亡的不可避免，以及表现如何对待生、如何迎接死的思考。在汉乐府和《古诗十九首》中已有不少感叹生死的诗歌，《薤露》《蒿里》之作，以及“人生非金石，岂能长寿考”等诗句，可以说是这类主题的直接源头。魏晋以后生死主题越发普遍了，曹丕的《又与吴质书》很真切地表现了当时带有普遍性的想法：“昔年疾疫，亲故多离其灾。徐、陈、应、刘，一时俱逝，痛可言邪！……少壮真当努力，年一过往，何可攀援？古人思秉烛夜游，良有以也。”他因疾疫造成众多亲故死亡而深感悲痛，由此想到少壮当努力成就一番事业，又想秉烛夜游及时行乐。生与死是一个带有哲理意味的主题，如果结合人生的真实体验可以写得有血有肉，如：“对酒当歌，人生几何。譬如朝露，去日苦多。”（曹操《短歌行》）“有生必有死，早终非命促。”“死去何所道，托体同山阿。”（陶渊明《拟挽歌辞》）“春草暮兮秋风惊，秋风罢兮春草生。绮罗毕兮池馆尽，琴瑟灭兮丘垄平。自古皆有死，莫不饮恨而吞声。”（江淹《恨赋》）如果陷入纯哲学的议论又会很枯燥，如东晋的玄言诗。对待人生的态度无非四种：一是提高生命的质量，及时勉励建功立业；二是增加生命的长度，服食求仙，这要借助药；三是增加生命的密度，及时行乐，这须借助酒；第四种态度，就是陶渊明所采取的不以生死为念的顺应自然的态度。从陶诗看来，他不再是一个自叹生命短促的

① 参见鲁迅《魏晋风度及文章与药及酒之关系》，见《而已集》，《鲁迅全集》第三卷，人民文学出版社1956年版，第379—395页；王瑶《文人与药》《文人与酒》，见《中古文学史论集》，上海古籍出版社1982年版，第1—48页。

渺小的生灵，他具有与“大化”合一的身份和超越生死的眼光，因此他的这类诗歌便有了新的面貌。

游仙主题与生死主题关系很密切，主要是想象神仙的世界，表现对那个世界的向往以及企求长生的愿望。《楚辞》中的《离骚》《远游》已开了游仙主题的先河，不过那主要是一种政治的寄托。魏晋以后，游仙主题作为生死主题的补充，企求长生的意思变得浓厚了。如曹操的《气出唱》《精列》，曹植的《游仙》《升天行》《仙人篇》，张华的《游仙诗》，何劭的《游仙诗》，已经构成一个游仙的系列。特别是郭璞的多首《游仙诗》，使游仙主题成为魏晋南北朝文学中不可忽视的一个主题了。

隐逸主题包括向往和歌咏隐逸生活的作品，也包括招隐诗、反招隐诗，形成这个时期的一种特殊的文学景观。隐逸思想早在《庄子》书中就体现得很强烈了，隐逸主题可以追溯到《楚辞》中淮南小山的《招隐士》。汉代张衡的《归田赋》，可以视为表现这类主题的早期作品。到了魏晋以后，沿袭《招隐士》的作品有左思和陆机的《招隐诗》、王康琚的《反招隐诗》。沿袭《归田赋》的作品有潘岳的《闲居赋》。而陶渊明的大量描写隐逸生活和表现隐逸思想的作品，则使这类主题达到登峰造极的地步，所以锺嵘《诗品》说他是“古今隐逸诗人之宗”。至于其他许多人的作品中，表达隐逸思想的地方就不胜枚举了。隐逸主题的兴起与魏晋以后士人中希企隐逸之风的兴盛有直接关系，而这种风气又与战乱的社会背景和玄学的影响有关[①]。

① 参见王瑶《论希企隐逸之风》，见《中古文学史论集》，上海古籍出版社1982年版，第49—68页；罗宗强《玄学与魏晋士人心态》亦有多处论述，浙江人民出版社1991年版。生死、隐逸、求仙这三种主题的集中出现，其原因是多方面的，这里不是全面探讨它们出现的原因，只是从社会动乱这个角度说明它们出现的社会背景。

三

士族与庶族的对立　寒士的不平　文学家族　宗族与伦理

早在东汉后期，士大夫中就出现了一些世家大族，他们累世公卿，专攻一经，门生、故吏遍天下，在察举、征辟中得到优先，是一个在政治、经济和文化上占据了特殊地位的阶层。士族的势力在曹操掌权时一度受到抑制，到了魏和西晋重新兴起。魏文帝曹丕建立九品中正制，因为中正官把持在士族手中而形成“上品无寒门，下品无势族”(《晋书·刘毅列传》)的局面。士族子弟经过中正品第入仕，形成世代相传的贵胄；而寒门庶族几乎失去了入仕的机会。进入东晋，士族门阀的势力更加强盛，特别是一些高级士族控制了中央政权，形成“王与马，共天下”(《晋书·王敦列传》)的局面。这种门阀政治是士族与皇权的共治，是在东晋特定条件下出现的皇权政治的变态。到了南朝，士族势力衰微，遂又回到皇权政治[①]。

门阀制度阻塞了寒士的仕进之路，一些才高的寒士自然心怀不平，士族和庶族的对立成为这个时期的一个重要特点，寒士的不平反映在文学创作中，就成为这个时期文学的一个特色。其实寒士的不平早在战国时代的文学作品中就有所反映了,《楚辞》宋玉《九辩》:“坎廪兮贫士失职而志不平”，算是他们最早的呼喊。《古诗十九首》:“人生寄一世，奄忽若飚尘。何不策高足，先据要路津。无为守贫贱，坎坷长苦辛。”则反映了寒士希望改变其地位的要求。魏晋

① 关于门阀政治与皇权政治，参见田余庆《东晋门阀政治》，北京大学出版社1989年版。

南北朝时期，在门阀制度下，寒士的不平更为强烈，在诗中的呼喊之声也就更为高亢。左思《咏史》其二："郁郁涧底松，离离山上苗。以彼径寸茎，荫此百尺条。"形象地反映了"上品无寒门，下品无势族"的社会情况。其六写出自己这一介寒士的高傲："贵者虽自贵，视之若埃尘。贱者虽自贱，重之若千钧。"其五最后两句："振衣千仞冈，濯足万里流。"则充分表现了寒士的气概。鲍照也将寒士的不平倾泻到诗中，如"对案不能食，拔剑击柱长叹息。丈夫生世会几时，安能蹀躞垂羽翼"(《拟行路难》其六)。

文学家族的大量出现也是值得注意的现象。例如：三曹(曹操及其子曹丕、曹植)；阮瑀及其子阮籍；嵇康及其子嵇绍、绍从子嵇含；三张(张载及其弟张协、张亢)，二陆(陆机、陆云兄弟)，两潘(潘岳及其从子潘尼)；傅玄及其子傅咸；谢安及其孙谢混，谢混及其族子谢灵运、谢瞻、谢晦、谢曜，谢灵运及其族弟谢惠连、其同族的谢朓；萧衍，其子萧纲、萧绎。文学家族的大量出现与门阀制度有直接的关系，文学乃至文化集中在少数世家大族手中，与政治的权力一起世代相传。文学家族在魏晋两代尤盛，南朝以后逐渐减少，这与南朝门阀势力逐渐衰微的趋势是一致的。

重视门第的风气在文学作品中还表现为对宗族关系和伦理观念的强调。在魏晋南北朝的诗中，有一些追述或炫耀自己宗族门第的作品，在那些表现伦理关系或规诫子弟的诗中也往往带有追述先祖功德的内容，以及绍续家风、重振家业的愿望和使命感[①]，而且多用典雅的

① 如潘岳《家风诗》："义方既训，家道颖颖。岂敢荒宁，一日三省。"陆机《与弟清河云诗》："绵绵洪统，非尔孰崇。"陆云《答兄平原诗》："世业之颓，自予小子。仰愧灵丘，衔忧没齿。"谢混《诫族子诗》："数子勉之哉，风流由尔振。"程章灿在其《论士族宗亲伦理对六朝文学题材的影响》一文中曾讨论过这个问题，见《古典文献研究》(1993—1994)，南京大学出版社1995年版。

四言形式写成。例如：王粲《为潘文则作思亲诗》，曹植《责躬》，潘岳《家风诗》，陆机《与弟清河云诗》，陆云《答兄平原诗》，左思《悼离赠妹诗》，潘尼《献长安君安仁诗》《赠司空掾安仁诗》，谢混《诫族子诗》，陶渊明《命子诗》《赠长沙公诗》等。有趣的是进入南朝以后，随着士族的没落，这类诗几乎不见了，谢灵运的《述祖德》五言诗二首算是例外。

四

摆脱两汉经学的束缚　自然与真　言意与形神　魏晋风流：颖悟旷达真率之美　从玄言到理趣

魏晋时期形成一种新的世界观和人生观，它的理论形态就是魏晋玄学。魏晋玄学的形成和老庄思想有明显的关系，东晋以后又吸取了佛学的成分，步入新的阶段。这是一种思辨的哲学，对宇宙、人生和人的思维都进行了纯哲学的思考。它和两汉的神学目的论、谶纬宿命论相比，是一个很大的进步。魏晋玄学提供了一种新的解释经籍的方法，对于打破汉代繁琐经学的统治也起了积极的作用。从两汉经学到魏晋玄学，是中国思想史的一大转折。

玄学有几个重要的论题：崇有与贵无、名教与自然、言意之辨、形神之辨、名理之辨。对文学和艺术有直接影响的是崇尚自然的一派、言不尽意的一派和得意忘言的一派。

“自然”一词不见于《论语》《孟子》，是老庄哲学特有的范畴①。

① 参见袁行霈《陶渊明的哲学思考》，《国学研究》第一卷，北京大学出版社1993年版。

其所谓“自然”，不是近代所谓与人类社会相对而言的自然界，而是一种状态，即非人为的、本来如此的、天然而然的。玄学家郭象在《庄子注》中对老庄的自然之义有进一步的发挥。老庄认为有一个先天地万物而生的道，郭象则认为连这样一个道也不存在，之所以有万物，万物之所以如此，并不是由道产生的，也不是道使然的，是它们自然地如此。而“我”也是自己而然的，不取决于任何什么，也不依赖于任何什么，因而完全独立。只要顺应自然的状态和变化，无所待，无所使，自然而然，就可以进入自由自如的境界。“真”，也不见于《论语》和《孟子》，是道家特有的哲学范畴[①]。老子把“真”视为道的精髓、修身的极致。《庄子》对“真”有一个界定：“真者，精诚之至也。……真者，所以受于天也，自然不可易也。故圣人法天贵真，不拘于俗。愚者反此。不能法天而恤于人，不知贵真，禄禄而受变于俗，故不足。”（《渔父》）这就是说：“真”是一种至淳至诚的精神境界，这境界是受之于天的，性分之内的，自然而然的。圣人不过是谨慎地守住这个精神境界，不受外物的干扰而已。不受礼教约束的、没有世俗伪饰的、保持其天性的人，就是“真人”。这样看来，“真”和“自然”有相通的地方，它们不仅属于抽象理念的范畴，又属于道德的范畴。玄学中崇尚自然的思想，其影响所及就是进一步确立了以“自然”与“真”为上的审美理想。“自然”和“真”，在魏晋南北朝的文学创作和文学批评中虽然还未占据主导地位，但是体现着这种美的陶渊明的出现，以及嵇康、阮籍、锺嵘、刘勰、萧统等人关于“自然”和“真”的论述，却对此后整个中国文学产生了极其深远

① 参见袁行霈《陶渊明的哲学思考》，《国学研究》第一卷，北京大学出版社 1993 年版。

的影响[①]。嵇康和阮籍本身就是玄学家；陶渊明不仅是诗人也是哲人，他的思想和玄学有很深的关系。陶渊明的作品是魏晋玄学渗入文学之中所结出的硕果。后人极力推崇陶渊明，并把他的自然和真视为文学的极致，证明了玄学对文学产生的积极影响。

言意之辨讨论的内容是言辞和意旨之间的关系，其中言不尽意论和得意忘言论对文学创作和文学鉴赏产生了重大的影响。以荀粲为代表的言不尽意论，认为言可达意，但不能尽意，指出了言意之间的联系和差别，以及言辞在表达意旨时的局限。以王弼为代表的得意忘言论，认为象的功用是存意，言的功用是明象，只要得到象就不必拘守原来用以明象的言，只要得到意就不必拘守原来用以存意的象。如果不忘象就不能真正得到意，不忘言就不能真正得到象。要想真正得到意必须忘象，要想真正得到象必须忘言。言不尽意论对创作论有所启发，得意忘言论对鉴赏论有所启发。语言是人类伟大的创造，然而它同人类丰富的感情、心理相比，同大千世界相比，又是苍白无力的。文学创作欲求达意，最好的方法是：既诉诸言内，又寄诸言外，充分运用语言的启发性和暗示性，以唤起读者的联想，让他们自己去体味那字句之外隽永深长的情思和意趣，以达到言有尽而意无穷的效果。陆机在《文赋》中已经注意到文学创作中的言意关系："恒患意不称物，文不逮意。盖非知之难，能之难也。"此后，陶渊明《饮酒》其五说："山气日夕佳，飞鸟相与还。此中有真意，欲辩已忘言。"刘勰《文心雕龙·神思》说："是以意授于思，

① 参见容肇祖《魏晋的自然主义》第一章第三节"述王弼的思想"，东方出版社1996年版，第15—27页；袁行霈《中国文学概论》第五章第三节"老庄自然主义与中国文学"，高等教育出版社1990年版，第82—87页；袁行霈、孟二冬、丁放《中国诗学通论》第二章第三节"自然之道与诗歌审美"，安徽教育出版社1994年版，第163—212页。

言授于意，密则无际，疏则千里。或理在方寸，而求之域表；或义在咫尺，而思隔山河。”“至于思表纤旨，文外曲致，言所不追，笔固知止。至精而后阐其妙，至变而后通其数。伊挚不能言鼎，轮扁不能语斤，其微矣乎！”锺嵘在《诗品》中每以滋味论诗，他说：“使味之者无极，闻之者动心，是诗之至也。”滋味，固可求诸言内，更须求诸言外。言有尽而意无穷，这个道理对诗人和读者都很重要。中国诗歌的艺术精髓说到底就在于此。而这正是受了魏晋玄学的启发而得到的[①]。

新的社会思潮改变着士大夫的人生追求、生活习尚和价值观念。儒家的道德教条和仪礼规范已失去原有的约束力，一种符合人类本性的、返归自然的生活，成为新的追求目标。身外的功业荣名既然受到怀疑，便转而肯定自身的人格。身后的一切既然那么渺茫，便抓紧即时的人生满足。他们以一种新的眼光看待世界，以一种新的情趣体验人生，成为和汉儒不同的新的一代。

这一代新人所追求的那种具有魅力和影响力的人格美，就是魏晋风流。这是“玄”的心灵世界的外现，也是那个乱世之下痛苦内心的折射。魏晋风流是在乱世的环境中对汉儒为人准则的一种否定，维系汉王朝统治的经学随着汉王朝的崩溃而失去了昔日的控制力，在崇尚风流的魏晋士人看来，汉儒提倡的名教是人生的执和障。而魏晋风流就是要破执除障，打开人生的新的窗户，还自我以本来的

① 关于言意之辨与古代文艺理论，这个题目先由汤用彤在《魏晋玄学论稿》一书（中华书局1962年版）中提出，但是书中只有题目没有论述。后来袁行霈受到这个题目的启发，撰成《魏晋玄学中的言意之辨与中国古代文艺理论》一文，在1979年3月的中国古代文学理论学术讨论会上宣读，并发表于《古典文学理论研究》第一辑，上海古籍出版社1979年版，第125—147页。此文后收入其《中国诗歌艺术研究》一书，更名为《言意与形神——魏晋玄学中的言意之辨与中国古代文艺理论》，北京大学出版社1987年版，第75—105页。这里所论言意之辨对魏晋南北朝文学的影响，即是概括袁文而成。

面目。构成魏晋风流的条件是玄心、洞见、妙赏、深情[①]。魏晋风流表现在外的特点则可以概括为：颖悟、旷达、真率。如果再加以概括，则可以说是追求艺术化的人生，或者说是用自己的言行、诗文、艺术使自己的人生艺术化。这种艺术必须是自然的，是个人本性的自然流露[②]。魏晋风流与文学有密切的关系。从表面看来，阮籍、嵇康、王羲之、陶渊明等著名的文学家同时也是魏晋风流的代表人物，他们的作品从不同的方面体现了魏晋风流的特点；《世说新语》这部著名的作品就是魏晋风流的故事集。从深层看来，魏晋风流下那种对人生艺术化的自觉追求，那种对个性化的向往，那种自我表现的要求，那种无拘无束的氛围，正是文学成长的良好气候。魏晋风流不仅对魏晋这两代文学产生影响，也对魏晋以后整个中国古代文学产生了深远的影响。它已成为一个美好的影像，映在后人的心里，不断激发出文学的灵感。

然而，魏晋玄学作为一种思辨性的哲学是不宜直接转化为文学的，一个直接转化的例子就是占据了东晋诗坛达百年之久的玄言诗。严格地说玄言诗不算诗，因为那只是在诗的躯壳中放入玄理而已，没有诗之所以成为诗的最重要的东西。可是，玄言诗毕竟沉淀了至少一种可贵的东西，那就是理趣。有的玄言诗不只是抽象的说理，而是借助山水风景形成象喻，或者借着参悟山水风景印证老庄的道理，这样就有了理趣。王羲之等人的兰亭诗和王羲之的《兰亭集序》，本是酝酿于一次山水游赏的雅集，证明玄理和山水的融合已是必然趋势。不

① 参见冯友兰《论风流》，原载《哲学评论》1944年第9卷第3期；后收入《三松堂学术文集》，北京大学出版社1984年版，第609—617页。

② 参见袁行霈《陶渊明与魏晋风流》，见《魏晋南北朝文学与思想学术研讨会论文集》，台湾文史哲出版社1991年版，第571—597页；又见《中国典籍与文化论丛》第一辑，中华书局1993年版，第1—23页。

过在这些诗里山水的描写并不多，理之趣也并不浓。此后陶渊明和他的邻里们的斜川之游，陶本人所留下的《游斜川》诗便是一首颇富理趣的山水诗了。而在陶渊明的其他许多诗中，将玄理融入日常生活，或者说从日常生活中体悟出玄理，已成为他的艺术特色。到了谢灵运手中，玄言的成分缩小为诗的尾巴，山水描写变成诗的主体，使玄言诗转向山水诗而获得新的生命。

诗歌虽不宜成为玄理的枯燥注疏，但也需要理趣以构成点睛之笔，这理趣被宋代诗人发挥到极致。从文学发展的角度看来，玄言诗自有其不可完全抹杀的历史地位。

五

佛教的传入与佛经的大量翻译　文人与佛教　佛教对文学的影响：想象世界的丰富　故事性的加强　四声的发现　词汇的扩大　文学观念的多样化

大约公元前六世纪到五世纪，释迦牟尼在古印度创建了佛教。“汉哀帝元寿元年（公元前2年），博士弟子景卢受大月氏国王使伊存口授《浮屠经》”（《三国志·魏书·乌丸鲜卑东夷传》裴松之注引《魏略·西戎传》），这是中国佛教初传的历史坐标。大约东汉明帝永平八年（65），传说明帝梦见金神，于是遣使臣到天竺（今印巴次大陆一带）求法。永平十年（67），史传天竺僧人竺法兰、迦叶摩腾以白马驮《四十二章经》及佛像到达洛阳，明帝以礼相迎。东汉桓帝建和元年（147），大月氏僧支谶到洛阳弘佛，后译出《道品行经》等，大乘佛教经典得以系统传入中国。建和二年（148）安息国僧人安世高到洛阳弘法，数年后译出《人本欲生经》等，小乘佛教经典得以系统传入中国。此后，在汉末和魏晋南北朝时期，佛经大量译成中文，出现了支谦、康僧会、竺法护、道安、鸠摩罗什、法显、佛陀跋陀罗、昙无谶、求那跋陀罗、菩提流支、真谛等众多的翻译家。其中竺法护共译佛经159部，鸠摩罗什共译佛经35部，成绩尤为卓著（据梁僧祐《出三藏记集》统计）。在北魏末共流通佛经415部，1919卷。这些佛经中有许多是印度或西域僧侣与汉人共同翻译的，在翻译过程中彼此切磋，不仅是思想的交流也是语言文字的交流。许多佛经的译本具有文学性，如鸠摩罗什译《维摩诘经》、佛陀跋陀罗译《华严经》。除以上所举译经的名僧外，慧远和达摩在政治上和文化上的影响也十分重大。

佛教的传入和佛经的大量翻译，在当时引起了震动，其震动所波及的文化领域（思想、政治、经济、文学、绘画、建筑、音乐、风俗等）和阶层（从帝王到平民）极其广泛。仅从佛寺的修建情况，就可以看出佛教影响之大。今存的古寺名刹中有许多是建于魏晋南北朝时期的，如甘露寺、灵隐寺、云冈石窟、少林寺、寒山寺等等[①]。梁朝有寺两千八百四十六座，僧尼八万二千七百余人；仅建康（今南京）一地就有大寺七百余座。北魏末，寺院三万余座，僧尼二百余万人（见唐法琳《辩证论》卷三、唐道世《法苑珠林》卷一二）。北齐一朝，在僧官管辖下的僧尼就有二百多万人，寺院四万余座（见唐道宣《续

① 甘露寺，在今江苏省镇江市东北的北固山后峰上。寒山寺，在今江苏省苏州市阊门外枫桥镇。麓山寺，在今湖南省长沙市湘江西岸的岳麓山半腰。灵隐寺，在今浙江省杭州市西湖西北的灵隐山麓。少林寺，在今河南省登封市西北的嵩山少室山北麓。悬空寺，在今山西省浑源县城南5千米的恒山下金龙口西崖峭壁上。麦积山石窟，在今甘肃省天水市麦积区东南约30千米的山中。炳灵寺石窟，在今甘肃省永靖县西南35千米，黄河北岸积石山中。云冈石窟，在今山西省大同市西16千米的武周山南麓。龙门石窟，在今河南省洛阳市南13千米的伊河两岸。

高僧传》卷八《法上传》）。这么多的古寺名刹、石窟摩崖，充分证明了魏晋南北朝时期佛教的盛况。再从佛教与政治的关系方面来看，南朝历代帝王大都崇信佛教，梁武帝尤其笃信，曾四次舍身入寺。东晋名僧慧远与许多权要都有来往。北朝虽然有禁佛事件，但总的看来历代帝王还是扶植佛教的。由此可以看出，佛教已经为魏晋南北朝文学营造了一种新的文化氛围和文化土壤。

文人与佛教的密切关系也值得注意。相传曹植曾为月氏人支谦详定所译《太子瑞应本起经》。又游东阿鱼山，忽闻岩岫里有诵经声，清通深亮，即效而则之。“今之梵唱皆植依拟所造”，世称“鱼山梵呗”(《异苑》卷五)。谢安“寓居会稽，与王羲之及高阳许询、桑门支遁游处，出则渔弋山水，入则言咏属文”(《晋书·谢安传》)。支遁(字道林)也是一位诗人，今存诗十八首。他与许询、孙绰、王羲之等都有交往[①]。慧远在庐山与谢灵运、刘遗民、宗炳等许多文人有很深的交往。谢灵运是一位笃信佛教并懂梵文的文学家，他受竺道生影响著《辨宗论》，应慧远之请撰《佛影铭》，又撰《慧远法师诔》《昙隆法师诔》《维摩诘经中十譬赞》。(梁)慧皎《高僧传》卷七《慧睿传》载：“陈郡谢灵运笃好佛理，殊俗之音多所达解，乃咨睿以经中诸字并众音异旨，于是著《十四音训叙》，条列梵汉，昭然可了，使文字有据焉。”《十四音训叙》是他参加佛经

① 《世说新语·文学》：“王逸少作会稽，初至，支道林在焉。孙兴公谓王曰：‘支道林拔新领异，胸怀所及，乃自佳，卿欲见不？’王本自有一往隽气，殊自轻之。后孙与支共载往王许，王都领域，不与交言。须臾支退，后正值王当行，车已在门。支语王曰：‘君未可去，贫道与君小语。’因论《庄子·逍遥游》。支作数千言，才藻新奇，花烂映发。王遂披襟解带，留连不能已。”这是名僧与名士一起谈玄的一个有名的例子。见余嘉锡《世说新语笺疏》，中华书局1983年版，第223—224页。

的“改治”，向慧睿请教后所撰[①]。张野也是“学兼华梵”（《莲社高贤传·张野传》）。齐竟陵王萧子良于齐武帝永明五年（487）在建康召集文士、名僧讨论佛儒，吟诗作文，并造经呗新声。这件事对沈约等人开创永明体诗歌无疑起了催化的作用，而沈约本人也是笃信佛教、精通内典的。著名的文学理论著作《文心雕龙》的作者刘勰曾“依沙门僧，与之居处，积十余年”（《梁书·刘勰传》）。编撰《玉台新咏》的徐陵与智者大师交往密切。江总曾从法则受菩萨戒，后又曾栖止龙华寺。杨衒之所撰《洛阳伽蓝记》记述北魏洛阳佛寺，是这个时期重要的散文作品。

关于佛教对文学的影响，还可以从以下五个方面考察[②]：

（一）想象世界的丰富。佛教传入以前中国传统的思想中只有今生此世，既无前世也无来世，孔子说：“未知生，焉知死！”（《论语·先进》）庄子说：“死生，命也；其有夜旦之常，天也。”（《庄子·大宗师》）佛教带来了三世（前世、今世、来世）的观念，因果、轮回的观念，以及三界、五道的观念。这样就把思维的时间和空间都扩大了，随之而来的就是人的想象世界也扩大了。人活着不但要考虑今世，还要考虑前世尤其是来世，今世的善恶是因，种下了来世的幸与不幸的果。用因果报应的观念解释人世间的许多现象，遂有了《幽明录》（刘义庆）、《冥祥记》（王琰）、《冤魂志》（颜之推）等笔记小

① 参见王邦维《谢灵运〈十四音训叙〉辑考》，《国学研究》第三卷，北京大学出版社1995年版。

② 关于佛教对文学的影响，郑振铎在《插图本中国文学史》中卷第十五章“佛教文学的输入”中已有较详细的论述，作家出版社1957年版，第188—194页。他说：“中世纪文学史里的一件大事，便是佛教文学的输入。从佛教文学输入以后，我们的中世纪文学所经历的路线，便和前大不相同了。我们于有了许多伟大的翻译的作品以外，在音韵上，在故事的题材上，在典故成语上，多多少少的都受有佛教文学的影响。最后，且更拟仿着印度文学的‘文体’而产生出好几种弘伟无比的新的文体出来。”

说。维摩与观音的形象在这时建立起来，并对后代的文学产生了广泛的影响，也很值得注意。

（二）故事性的加强。佛经中记载的大量故事，随着佛经的翻译传入中国，并且流传到民间，加强了中国文学的故事性。有的故事是直接来自佛经的，在这时的小说里改写为中国本土的故事，如（梁）吴均《续齐谐记》里所记“鹅笼书生”的故事。有的是印证佛教思想的中国本土产生的故事，如上述《幽明录》等书中大量的记载。南北朝时期，记载因果报应之类故事的小说大量出现，显然与佛教有关。唐代的俗讲与变文，导致了中国白话小说的产生，则更证明了佛教的深远影响。

（三）反切的产生和四声的发现。关于反切产生的年代历来有不同的说法，以颜之推所谓汉末说最为可信：“孙叔言创《尔雅音义》，是汉末人独知反语。”（《颜氏家训·音辞》）这正是佛教传入中国以后的事。在翻译佛经的过程中，梵语的拼音法启发人们去分析汉语的声音结构，分析出汉语的声母和韵母，于是产生了反切[①]。而反切欲求准确，就自然会发展到对汉字声调的注意。四声的发现，据文献记载，始自南朝宋代的周颙[②]。但北齐李季节在《音韵决疑序》中已经说道：“平上去入，出行闾里，沈约取以和声之，律吕相合。”[③]则似乎在此前民间已有四声之辨了。陈寅恪《四声三问》认为四声的发现与佛经的转读有关，虽然有学者质疑，其细节是否确

① 参见何九盈《中国古代语言学史》第三章第七节“反切与四声”，广东教育出版社1995年版，第90—105页。

② ［梁］刘滔曰：“宋末以来，始有四声之目。沈氏乃著其谱论，云起自周颙。”见王利器《文镜秘府论校注》天卷《四声论》所引，中国社会科学出版社1983年版，第80页。

③ 王利器：《文镜秘府论校注》天卷《四声论》所引，中国社会科学出版社1983年版，第104页。

切尚待进一步考证，但从大的文化背景看来，这两件事情还是有一定联系的[①]。

（四）词汇的扩大。随着佛经的大量翻译，反映佛教概念的词语，也大量进入汉语，使汉语词汇丰富起来。其中有的是用原有的汉字翻译佛教的概念，使之具有了新的意义，如“因缘”“境界”等。有的是外来语的音译词，如“佛陀”“菩萨”“沙门”“菩提”等。

（五）文学观念的多样化。魏晋南北朝本是文学观念脱离儒家强调的政教中心说，发生重大变化的时期。这与玄学有很大关系，而佛教中关于真与空的观念，关于心性的观念，关于境界的观念，关于象和象外的观念，以及关于形神的讨论，也丰富了文学观念[②]。

六

建发、正始文学　两晋文学　南北朝文学　魏晋南北朝文学在中国文学史上的地位

① 陈寅恪：《四声三问》，原刊于《清华学报》第9卷第2期，后收入《金明馆丛稿初编》，上海古籍出版社1980年版，第328—341页。此后有赞成陈说的也有提出质疑的，举其要者有：罗常培《汉语音韵学导论》（中华书局1956年版）；逯钦立《四声考》，见《汉魏六朝文学论集》（陕西人民出版社1984年版）；罗根泽《中国文学批评史》（中华书局上海编译所1962年版）；郭绍虞《永明声病说》（《照隅室古典文学论集》上，上海古籍出版社1983年版）；周法高《说平仄》（《历史语言所集刊》第十三册）；俞敏《后汉三国梵汉对音谱》，见其《中国语文学论文选》（日本光生馆1984年版）；饶宗颐《印度波尔尼仙之围陀三声论略——四声外来说平议》，见其《梵学集》，上海古籍出版社1993年版。

② 参见孙昌武《佛教与中国文学》，上海人民出版社1988年版；蒋述卓《佛经转译与中古文学思潮》，江西人民出版社1990年版。有人认为宫体诗与佛教有关，如马积高《论宫体诗与佛教》，见《求索》1990年第6期；汪春泓《论佛教与梁代宫体诗的产生》，见《文学评论》1991年第5期。许云和《梵呗、转读、伎乐供养与南朝诗歌关系试论》一文认为伎乐供养作为礼佛的仪式之一，对南朝文学“淫艳”之风有影响，见《文学遗产》1996年第3期。

在中国文学史上，魏晋南北朝文学是从汉末建安开始的。建安是汉献帝的年号（196—220），但这时政权实际上掌握在曹操手中，汉朝已经名存实亡。而且，正是在这二十几年间文学发生了重要的变化，出现了许多影响着后代的新趋势和新因素。因此，以建安作为这个时期文学的开始是恰当的。关于魏晋南北朝文学的终结，当然应以隋文帝统一中国（589）为标志。从公元196年到公元589年，魏晋南北朝文学共经历了393年。

建安文学实际上包括了建安年间和魏朝前期的文学，这时的文坛以曹氏父子为中心，在他们周围集中了王粲、刘桢等一批文学家。与两汉的儒生相比，这是在动乱中成长的一代新人。他们既有政治理想和政治抱负，又有务实的精神、通脱的态度和应变的能力；他们不再拘守于儒学，表现出鲜明的个性。他们的创作反映了动乱的时代。政治理想的高扬、人生短暂的哀叹、强烈的个性、浓郁的悲剧色彩，这些特点构成了“建安风骨”这一时代风格。“建安风骨”被后世的诗人们追慕着，并成为反对淫靡柔弱诗风的一面旗帜。至于蜀国和吴国的文学则处于沉寂的局面。正始是魏齐王曹芳的年号（240—248），在文学史上习惯用正始文学泛指魏朝后期的文学。这时正是魏晋易代之际，司马氏掌握了大权，残暴地屠杀异己，形成恐怖的政治局面。在哲学史上，正始是魏晋玄学的开创期，主要代表人物是何晏和王弼。在文学史上，正始文学的主要代表是嵇康和阮籍，他们本身也是玄学家。他们对抗司马氏的残暴统治，崇尚自然反对名教，作品揭露了礼教的虚伪，表现了政治重压下的苦闷与抗议。西晋武帝太康（280—289）前后，文坛呈现繁荣的局面，锺嵘《诗品序》说：“太康中，三张、二陆、两潘、一左，勃尔复兴，踵武前王，风流未沫，亦文章之中兴也。”总的看来，太康诗风以繁缛为特点，丧失了建安诗歌的那种风力，但在语言的运用上做了许多有益的探索。左思的《咏史》诗，抗议门阀制度，抒发寒士的不平，与建安诗歌一脉相承。

西晋灭亡以后，在南方经历了东晋、宋、齐、梁、陈这五个朝代，在北方经历了十六国和北朝许多的变动，最后由北周平北齐，隋又取代北周并平定了南方的陈而统一全国。这中间经历了从公元317年到589年，共272年的分裂。东晋南北朝文学就是在这样一个南北分裂、战乱频仍、朝代不断更迭的大背景下发展的。其中有的朝代比较长，如东晋（317—420）历时103年；有的朝代很短，如齐代（479—502）只有23年。

西晋末年，在士族清谈玄理的风气下，产生了玄言诗，东晋玄佛合流，更助长了它的发展，以至玄言诗占据东晋诗坛数十年之久。在晋宋易代之际，出现了一位伟大的诗人陶渊明。他在日常生活中发掘出诗意，并开创了田园诗这个新的诗歌园地。他将汉魏古朴的诗风带入更纯熟的境地，并将“自然”提升为美的至境。他是整个魏晋南北朝时期成就最高的，也是对后来的文学发展产生了巨大影响的人物。晋宋之间文学发生了重要的转折，宋初由玄言诗转向山水诗，谢灵运是第一个大力写作山水诗的人。山水诗的出现扩大了诗歌题材，丰富了诗的表现技巧，是中国诗史上的一大进步。

宋代的鲍照在七言乐府上所做出的突破，南北朝民歌给诗坛带来的清新气息，也都具有重要意义。齐梁两代有两个值得注意的文学现象。其一是诗体发生了重大变革，周颙发现汉语的四声，沈约将四声的知识运用到诗歌的声律上，并与谢朓、王融共同创立了“永明体”。他们试图建立比较严格的、声调和谐的诗歌格律，并且在词藻、用事、对偶等方面做了许多新的探索。这就为唐朝近体诗的形成做了必要的准备，“永明体”从而成为从古体诗向近体诗过渡的一种重要形式。其二是在皇帝和太子周围聚集了一批文人，形成三个文学集团，分别以南齐竟陵王萧子良，梁代萧衍、萧统，和梁代萧纲为中心。创作活动的群体参与，容易导致取材和风格的趋同性，也可以在互相切磋中提高艺术技巧[①]。梁陈两代，浮靡轻艳的宫体诗成为诗歌创作的主流，它主要是以艳丽的词句表现宫廷生活，多有咏物的题材，女性也像宫廷的其他器物一样成为吟咏的对象。这种创作风气一直延续到初唐，到“四杰”和陈子昂手中才有了根本的改变。

南北的对峙和文化发展的不平衡，导致南北文风的不同，南方清绮，北方质朴。这在南北朝民歌中表现得很清楚。但南北对峙并没有断绝南北的文化交流，关于文人的来往、文献的传播，都有记载可寻。北朝的诗歌模仿南朝的痕迹相当明显。梁代末年，庾信的北上促进了南北文风的交流，而他也成为南北朝文学的集大成者。北朝散文不乏佳作，如《水经注》《洛阳伽蓝记》和《颜氏家训》。北魏末年与北齐时期文学的成就，已引起南朝文人的注意。北方文化对南方文学也有影响，特别是在音乐和佛学这两方面尤为明显[②]。隋朝统一中国后，南北文化的交流继续扩大深入，到了盛唐终于出现了一个文学的新高峰。

在中国文学史上，魏晋南北朝是一个酝酿着新变的时期，许多新的文学现象孕育着、萌生着、成长着，透露出新的生机。一种活泼的、开拓的、富于创造力的文学冲动，使文坛出现一幕接一幕新的景

---

① 参见阎采平《齐梁诗歌研究》第二章第三节“文学集团的活动方式对诗歌创作的影响”，北京大学出版社1994年版，第74—90页。

② 参见曹道衡《东晋南北朝时代北方文化对南方文学的影响》，《中古文学史论文集》，中华书局1986年版，第98—115页。曹氏在《南朝文学与北朝文学研究》一书中，对南朝文学与北朝文学各自的特点、兴起与发展的社会背景，又有更深入系统的论述。见《南朝文学与北朝文学研究》，江苏古籍出版社1999年版。

观，魏晋南北朝文学的魅力就在于此。这种新变总的看来可以概括为以下三点：文学进入自觉的阶段，文学创作趋于个性化；玄学的兴起和佛教的传入为文学创作带来新的因素；语言形式美的发现及其在文学上的运用。就文体的发展看来：五言古诗继承汉乐府的传统，增强了诗人的个性，得到长足的发展并达到鼎盛；一种诗化的散文即骈文的兴盛，成为这个时期重要的文学现象，为中国文学增添了一种新的、抒情性很强的、可以充分发挥汉语语言形式美的文体；在汉代盛极一时的大赋，演变而为抒情小赋，并因骈文的兴盛而增加了骈俪的成分，骈文、骈赋在梁陈两代进入高峰；七言古诗在这时确立起来，并取得可喜的成就；南北朝民歌的新鲜气息，刺激着诗人进行新的尝试，再加上其他因素，到了唐代绝句便繁荣起来；小说在这时已初具规模，奠定了中国小说的基础，并出现了一批著名的志怪小说和志人小说。以三百九十三年的时间酝酿这些新变，虽然显得长了一些，但和汉代大约四百年文学的收获相比，不能不说魏晋南北朝的文学成就是相当可观的。如果没有这段酝酿，就没有唐诗的高潮，也就没有唐代文学的全面繁荣了。

（本文为《中国文学史》第二卷第三编“绪论”，高等教育出版社2005年第2版）

隋唐至明中叶文学发展的趋势

从隋唐到明代中叶，文学发展的主要趋势就是重心的下移。所谓重心的下移有三方面的含义：一是文学的体裁从诗文扩大到词、曲、小说，而词、曲、小说都和市井有密切的关系；二是创作的主体从士族文人扩大到庶族文人，进而扩大到市井文人；三是文学的接受者也相应地扩大到市民以及更广泛的社会大众。

所谓文学重心的下移，是强调文学发展的新因素、新趋势，以及由此形成的新动力，正是这些新的东西造成文学全面繁荣的局面，并促使诗、词、曲成为唐、宋、元三个朝代文学的标志。除此之外，唐宋的古文运动为此后上千年的文学语言奠定了基础，宋元兴起的白话通俗小说显示了蓬勃的生命力，也是这个时期文学的亮点。

一

韩愈、柳宗元所倡导的古文运动，是以复古为革新的文学运动。但它的目标和意义并不限于文学领域，而是一次影响广泛的文化运动。这次运动从中唐贞元、元和年间开始，直到北宋政和、大观年间为止，历时二百多年。前后投入其中的除了韩愈、柳宗元之外，在中唐还有张籍、刘禹锡、李观，以及韩愈的学生李翱、皇甫湜、孙樵等人，晚唐以小品文著称的皮日休、陆龟蒙、罗隐等人也在这个趋势之中。到了宋代，欧阳修、曾巩、王安石、苏洵、苏轼、苏辙等人在韩、柳所开创的古文基础上发扬光大，终于使古文运动取得成功。

韩、柳发起的古文运动具有明确的目标，就文学层面而言可以概括为两点：一是文体的革新，即摒弃六朝以来流行的骈文，在先秦、两汉古文的基础上建立新的散文；二是文风和文学语言的革新，也就是韩愈在《南阳樊绍述墓志铭》中所提出的“词必己出”和“文从字顺”。

当初，骈文的出现丰富了文学体裁，也丰富了语言的艺术表现力，应当说是有积极意义的。可是骈文发展到后来过于追求语言的形式美，遂导致文风华而不实，进而妨碍了文学的政治教化功能。所以早在南北朝时期，梁裴子野的《雕虫论》、北齐颜之推的《颜氏家训·文章篇》都对此提出了批评①。隋和初唐也不断有人呼吁改革文风，隋代的李谔上书隋高祖曰：“闾里童昏，贵游总丱，未窥六甲，先制五言。至如羲皇、舜、禹之典，伊、傅、周、孔之说，不复关

① 裴子野曰：“自是闾阎少年，贵游总角，罔不摈落六艺，吟咏情性，学者以博依为急务，谓章句为专鲁。淫文破典，斐尔为功，无被于管弦，非止乎礼义。深心主卉木，远致极风云，其兴浮，其志弱，巧而不要，隐而不深。讨其宗途，亦有宋之风也。”见《文苑英华》卷七四二《论》，中华书局1966年版，第3873—3874页。颜之推曰：“今世相承，趋末弃本，率多浮艳。辞与理竞，辞胜而理伏；事与才争，事繁而才损。放逸者流宕而忘归，穿凿者补缀而不足。时俗如此，安能独违？但务去泰去甚耳。必有盛才重誉，改革体裁者，实吾所希。古人之文，宏材逸气，体度风格，去今实远；但缉缀疏朴，未为密致耳。今世音律谐靡，章句偶对，讳避精详，贤于往昔多矣。宜以古之制裁为本，今之辞调为末，并须两存，不可偏弃也。”见王利器《颜氏家训集解》(增补本)卷四《文章》，中华书局1993年版，第267—269页。

心，何尝入耳。以傲诞为清虚，以缘情为勋绩，指儒素为古拙，用词赋为君子。故文笔日繁，其政日乱，良由弃大圣之轨模，构无用以为用也。”[①]他的意见得到皇帝采纳，“开皇四年，普诏天下，公私文翰，并宜实录。其年九月，泗州刺史司马幼之文表华艳，付所司治罪”[②]。初唐陈子昂在《修竹篇序》中提倡风雅兴寄，虽然主要是针对诗歌创作而言，但对整个文风的改变都有促进作用[③]。此后，李白、元结、李华、萧颖士等人无论在理论上还是创作实践上都把文体、文风和文学语言的革新不断向前推进。但是直到韩愈登上文坛之前，状况并没有根本的变化。韩愈有感于此，大声疾呼，力主改革，得到柳宗元等人的响应。他们各自写出不少让人耳目一新的散文，如韩愈的《原道》《师说》《送李愿归盘谷序》《张中丞传后叙》；柳宗元的“永州八记”、《捕蛇者说》《种树郭橐驼传》。他们的主张和创作在短时间内产生了广泛的影响，改变了文坛的面貌。试看韩愈的《张中丞传后叙》中的这一段：

南霁云之乞救于贺兰也，贺兰嫉巡、远之声威功绩出己上，不肯出师救；爱霁云之勇且壮，不听其语，强留之。具食与乐，延霁云坐。霁云慷慨语曰：“云来时，睢阳之人不食月余日矣！云虽欲独食，义不忍；虽食，且不下咽。”因拔所佩刀，断一指，血淋漓，以示贺兰。一座大惊，皆感激为云泣下。云知贺兰终无

---

① ［唐］魏徵等：《隋书》卷六六《李谔传》，中华书局1973年版，第1544—1545页。

② ［唐］魏徵等：《隋书》卷六六《李谔传》，中华书局1973年版，第1545页。

③ “文章道敝五百年矣，汉、魏风骨，晋、宋莫传，然而文献有可征者。仆尝暇时观齐、梁间诗，彩丽竞繁，而兴寄都绝，每以永叹。思古人常恐逶迤颓靡，风雅不作，以耿耿也。”见［唐］陈子昂著，徐鹏校《陈子昂集》卷一《诗赋》，中华书局1960年版，第15页。

为云出师意，即驰去。将出城，抽矢射佛寺浮图，矢著其上砖半箭，曰："吾归破贼，必灭贺兰，此矢所以志也！"

再看柳宗元的《小石潭记》中的这一段："潭中鱼可百许头，皆若空游无所依。日光下澈，影布石上，怡然不动，俶尔远逝，往来翕忽，似与游者相乐。"这些文字与六朝以来流行的骈文相比的确是别开生面。

古文运动就其思想层面来说，是一场儒学复兴运动，也正因为把文体和文学语言的革新与儒学复兴紧密地结合在一起，才能在社会上产生广泛的影响。韩、柳的主张，核心是文道合一。韩愈说："君子居其位，则思死其官；未得其位，则思修其辞以明其道。我将以明道也，非以为直而加人也。"（《争臣论》）"愈之为古文，岂独取其句读不类于今者耶？思古人而不得见，学古道则欲兼通其辞，通其辞者本志于古道者也。"（《题欧阳生哀辞后》）柳宗元说："吾幼且少，为文章以辞为工，及长，乃知文者以明道。""本之《书》以求其质，本之《诗》以求其恒，本之《礼》以求其宜，本之《春秋》以求其断，本之《易》以求其动，此吾所以取道之原也。"（《答韦中立论师道书》）他们所谓"道"就是以孔孟为代表的、以仁义为核心的儒家思想体系。正如韩愈所说："博爱之谓仁，行而宜之之谓义，由是而之焉之谓道。"（《原道》）韩愈有一种复兴儒学的历史使命感，以儒家道统的维护者和继承者自居。他树立了从尧、舜、禹、汤、文、武，到周公、孔子、孟子的道统，与佛老相对抗："尧以是传之舜，舜以是传之禹，禹以是传之汤，汤以是传之文、武、周公，文、武、周公传之孔子，孔子传之孟轲，轲之死，不得其传焉。"（《原道》）韩愈认为自己就是这个道统的承传者："使其道由愈而粗传，虽灭死万万无恨。”（《与孟尚书书》）韩、柳努力在先秦、两汉古文的基础上，创立一种新的文学语言，并用它来写作不同于骈文的古文，是想藉着这种古文以昌明儒家之道，恢复儒家的道统。在他们看来，追求形式美的骈文既不便于自由地表达儒家的思想，而以骈文为代表的华美文风本身也背离了儒家关于文学服务于政治教化的要求，所以必须废弃骈文，代之以载道的古文。关于这一点，韩愈的学生李汉说得很清楚：“文者，贯道之器也。不深于斯道，有至焉者，不也。……秦汉已前，其气浑然。迨乎司马迁、相如、董生、扬雄、刘向之徒，尤所谓杰然者也。至后汉、曹魏，气象萎薾。司马氏已来，规范荡悉。”他接着颂扬韩愈“日光玉洁，周情孔思。千态万貌，卒泽于道德仁义，炳如也。洞视万古，愍恻当世，遂大拯颓风，教人自为”（《昌黎先生集序》）。苏轼也说韩愈“文起八代之衰，道济天下之溺”（《潮州韩文公庙碑》），李汉和苏轼的话都明确地指出了韩愈倡导古文的目的，从文道结合的角度给予韩愈高度的评价。

韩愈倡导的儒学复兴运动，矛头直指佛道两教。汉末以来，随着汉王朝统治的衰颓和解体，服务于汉王朝的儒学也失去其独尊的地位。魏晋时期，玄学兴起，佛学和佛教广为传播。到了东晋南朝，玄佛合流，成为思想界的主流。唐朝建国后，儒学开始复兴，唐太宗命颜师古、孔颖达等人考定五经，下诏颁行，传习天下。[①]唐玄宗追谥孔子为文宣王，并下诏曰：“弘我王化，在乎儒术。”[②]但是儒学并没有

① ［后晋］刘昫等：《旧唐书》卷一八九《儒学列传上》，中华书局1975年版，第4941页。

② 见唐玄宗开元二十七年所颁发的诏书，［后晋］刘昫等：《旧唐书》卷二四《礼仪四》，中华书局1975年版，第920页。

恢复独尊的地位，唐玄宗在提倡儒学的同时，以更大的热情提倡道家和道教。唐玄宗对老子多次追加尊号，并于开元二十九年（741）制两京、诸州各置玄元皇帝庙，置生徒，令习《老子》《庄子》等书，以致社会上求仙学道之风大炽[①]。此外，佛教在皇帝的扶植下发展得也很快，玄奘取经归国，唐太宗亲自撰写《大唐三藏圣教序》。武则天对佛教的推崇更达到无以复加的地步，她自立为皇帝以后，将沙门怀义等人所进《大云经》颁行天下，召神秀入京问道。韩愈对长期以来佛老流行的状况痛心疾首，他在《原道》中说："凡吾所谓道德云者，合仁与义言之也，天下之公言也。老子所谓道德云者，去仁与义言之也，一人之私言也。""周道衰，孔子没，火于秦，黄老于汉，佛于晋、魏、梁、隋之间。"韩愈认为，佛道两教的过度发展，不仅惑乱了人心，同时也浪费了大量的社会财富，减少了中央的财政收入，从而动摇了唐王朝的统治。他主张"人其人，火其书，庐其居，明先王之道以道之"。唐宪宗元和十四年（819）迎凤翔法门寺佛骨至京师，留禁中三日，王公士庶奔走舍施如不及[②]。韩愈上疏极陈其弊，触怒宪宗，被贬为潮州刺史。

与儒学复兴互为表里的古文运动在当时具有鲜明的政治目的。韩愈生活的中唐时期，政治上突显了两大问题：一是藩镇割据，二是宦官擅权。这两个问题从两个不同的方面削弱了以皇帝为代表的中央政权。韩愈认为强国之道唯在加强中央集权，而要加强中央集权必须明君臣之别，振兴对封建正统起着维护作用的儒学："君不出令，则失其所以为君；臣不行君之令而致之民，失其民不出粟米麻丝，作器

① ［后晋］刘昫等：《旧唐书》卷九《玄宗本纪》，中华书局1975年版，第213页。
② ［后晋］刘昫等：《旧唐书》卷一五《宪宗本纪》，中华书局1975年版，第466页。

皿、通货财，以事其上，则诛。”（《原道》）。他参加了裴度讨伐淮西叛乱的军事行动，并撰写碑文歌颂这次战役的胜利，也表示了他鲜明的政治态度。

韩、柳提倡的古文虽然在当时影响很大，但他们死后，后继者片面追求怪异，以致古文衰微不振，骈文的势力重新抬头。直到北宋中叶欧阳修、王安石、苏轼等人再一次掀起古文运动，才确立了古文的传统。欧阳修的《与高司谏书》《醉翁亭记》，王安石的《答司马谏议书》《读孟尝君传》，苏轼的《石钟山记》《日喻》《贾谊论》等也都成为古文的典范之作。

宋代古文不是对唐代古文的简单模仿，它呈现出新的面貌。一方面，宋代古文家受理学的影响对文与道的关系更加重视，他们的主张也更加明确。“文所以载道”这句话就是周敦颐在《周子通书·文辞》中提出来的，朱熹对此作了更深入的阐发：“道者，文之根本；文者，道之枝叶。”[①]在载道说的指导下，宋代文章的议论成分增强了，文章与政治教化的关系也强化了。另一方面，由于宋代的古文家注意纠正韩愈古文艰涩古奥的弊病，吸取骈文运用语言的长处，所以他们的古文更富有艺术效果，并没有因为议论成分的增强，而削弱了抒情和叙事的效果。欧阳修就曾说过：“孟、韩文虽高，不必似之也，取其自然耳。”[②]宋代优秀的古文家能够把这三方面完美地统一起来，并发挥各自的个性，形成多姿多彩的风格。欧阳修平易自然，王安石简洁犀利。苏轼的散文是最突出的代表，他说：“吾文如万斛泉源，不择地皆可出，在平地滔滔汩汩，虽一日千

① ［宋］黎靖德：《朱子语类》卷一三九《论文上》，中华书局1986年版，第3319页。

② 见曾巩《与王介甫第一书》，《元丰类稿》卷一六，《四部丛刊》本。

里无难。及其与山石曲折，随物赋形，而不可知也。所可知者，常行于所当行，常止于不可不止。”[①]他的古文不仅语言自然而且气势豪放，变化无穷，摇曳多姿。如《记承天夜游》，全文不足百字，情趣盎然，境界全出：

> 元丰六年十月十二日夜，解衣欲睡，月色入户，欣然起行。念无与为乐者，遂至承天寺寻张怀民。怀民亦未寝，相与步于中庭。庭下如积水空明，水中藻荇交横，盖竹柏影也。何夜无月？何处无竹柏？但少闲人如吾两人者耳。

语言是文化的重要载体，唐宋古文家所确立的新的文学语言和散文的新范式，以及文以载道这个重要的理念，从一个侧面为中国文化开启了新的历程。载道的古文一直延续到元明清三代，在此后一千年间占据正统地位。直到五四新文化运动兴起，树立了新的文学观念，白话文流行，情况才有了根本的改变。韩、柳提倡的古文运动，历时二百多年，多位古文家参与，既有鲜明的理论主张，也有丰硕的创作成果，不仅确立了新的散文范式，而且延续了儒家的道统。因此可以说，这是中国文化史上一次具有划时代意义的文化运动。

二

中国诗歌在唐朝达到顶峰。仅据清代康熙年间所编的《全唐诗》所录，就有诗人两千二百多人，作品四万八千九百多首，共九百卷。

① ［宋］苏轼：《自评文》，《经进东坡文集事略》卷五七，《四部丛刊》本。

作诗的人上自帝王、公卿、官僚，下至布衣，旁及僧、道，几乎遍及各个阶层。从现存唐诗所涉及的地域来看，除中原地区之外，北部、西部和东北边塞都进入诗歌吟咏的范围。诗歌和唐人的日常生活关系密切，一首好诗写出之后，在不长的时间里就可以传到许多地方。除了传抄这种主要的传播方式外，还有传唱、题壁等多种方式，这些传播方式共同促使唐诗在社会上广泛流传。今存唐人所选的唐诗，不包括敦煌石窟中发现的唐诗抄本，就有十种之多。诗歌成为科举考试的科目，这种状况既反映了诗歌的重要地位，也促成了诗歌的进一步繁荣。总之，唐代是诗歌大普及的时代，唐诗的鼎盛正是在诗歌大普及的基础上出现的。然而，唐诗之盛更重要的标志是其不可企及的水平，唐代不仅涌现了李白、杜甫这样伟大的诗人，还有王勃、陈子昂、王维、孟浩然、王昌龄、王之涣、高适、岑参、韩愈、柳宗元、刘禹锡、白居易、李贺、李商隐、杜牧等等一大批各具特色的优秀诗人，唐诗的总体水平超过了此前任何一个朝代，又是此后任何一个朝代都未能达到的。如果说中国是一个诗国，那么唐诗就是这诗国的高峰。唐诗不仅是中国诗歌史上的高峰，也是整个中华文明史中的一个亮点。

关于唐诗繁荣的原因，文学史家曾作出各种解释，我们无须加以重复，但是可以从文明史的角度强调三点：一是南北之间文化整合的趋向。南北朝文化的整合，简单地说就是清绮与贞刚的互补，性情与声色的统一。《隋书·文学列传序》：“江左宫商发越，贵于清绮；河朔词义贞刚，重乎气质。”“若能掇彼清音，简兹累句，各去所短，合其两长，则文质斌斌，尽善尽美矣。”[1]唐诗正是因为实现了这样一

① ［唐］魏徵等：《隋书》卷七六《文学传》，中华书局1973年版，第1730页。

个历史性的文化整合目标而臻于极致的。二是开放的文化态势。仅以首都长安为例，这是当时世界上最大的国际都会，在八世纪前半叶人口已经达到百万，各国的使臣、留学生、留学僧、商贾、艺术家络绎不绝。多种外来的宗教，如佛教、祆教、景教、摩尼教，都可以自由地传播。在音乐、美术、舞蹈方面，由于广泛地吸收了外来的成分而呈现多姿多彩的景象，来自米国、曹国、康国、安国的艺术家都很活跃。三是相对开明的政治局面，由于实行科举考试，大量中下层庶族士人进入上层参与政治，彻底打破了门阀垄断的政治局面，从而使唐王朝的统治建立在更广泛的基础之上。最高统治者吸取隋朝灭亡的教训，相对说来能够听取各方面的情况和意见，而在新进的士人当中也有不少人敢于直言极谏，遂使唐朝的政治呈现相对开明的状态，诗人们也敢于在诗歌中揭露社会矛盾，讽谕时政。总之，整合、开放与开明，为唐朝诗人提供了广泛吸收南北文化和外来文化的机会，给予他们比较宽松的创作空间，鼓励了他们探索创新的勇气，这是唐诗繁荣的重要原因。

唐诗的风格多种多样，有的偏于豪放，有的偏于深沉，有的偏于平易，有的偏于险怪。但不可否认，唐诗确有一种区别于其他时代诗歌的总体风貌。关于这种总体风貌，宋朝的严羽在其《沧浪诗话》中说过："本朝人尚理"，"唐朝人尚意兴"。[①]钱锺书先生概括为："唐诗多以丰神情韵擅长，宋诗多以筋骨思理见胜。"[②]林庚先生概括为新鲜的认知感、充沛的创造性和深入浅出的表现力[③]。参考这些论述我们

---

① "诗有词理意兴。南朝人尚词而病于理，本朝人尚理而病于意兴，唐人尚意兴而理在其中。汉魏之诗，词理意兴，无迹可求。"见《沧浪诗话·诗评》，清何文焕《历代诗话》下册，中华书局1981年版，第696页。

② 钱锺书：《谈艺录·诗分唐宋》，中华书局1984年版，第2页。

③ 见林庚《唐诗综论·代序》，人民文学出版社1987年版，第1—2页。

也许可以这样概括：唐诗之时代风貌在于气象的恢宏、神韵的超逸、意境的深远、性情的天真、格调的高雅、语言的新鲜，以及由这些方面共同形成的健康的美、新鲜的美、灵动的美，这是一种新的富有时代特色的美感。

唐代诗人的一个重要贡献是确立了近体诗（包括律诗、绝句）这种新的诗歌体裁。五言和七言的近体诗，每一首诗和每一句诗都有固定的字数，又有严格的关于押韵、对仗、平仄的格律。为了适应这种格律的要求，诗歌语言必须有某些超出常规之处，也就是“变异”之处；或者虽无变异，而只是频繁地突出某些常规，而造成“强调”。这种“变异”或“强调”最明显的情况就是词语（或意象）之间不用介词、连词，直接连缀，造成自由联想的空间，峰断云连，辞断意属，形成含蓄的美感和多义的效果。如“浮云游子意，落日故人情。”（李白《送友人》）“风急天高猿啸哀，渚清沙白鸟飞回。”（杜甫《登高》）“鸡声茅店月，人迹板桥霜。”（温庭筠《商山早行》）几个词语（或意象）并列在一起，它们之间的关系全凭读者自由联想；那些含蓄在字里行间的意趣，也由读者自己补充。这对中国人的艺术趣味和欣赏心理的形成，进而对中国人文化心理的形成有很大影响。

唐诗分为初盛中晚四个时期。

初唐：自高祖武德元年（618）至玄宗先天元年（712），约一百年。这一百年的诗歌创作并没有取得突出的成就，但是诗坛的主角已经开始下移，一批通过科举考试进入仕途的、出身中下层的诗人渐渐登上诗坛，成为诗歌创作的主力。和原先占据诗坛的宫廷诗人相比，他们的生活经历和视野都比较开阔，诗歌的题材也就随之扩大了。正如闻一多所说：宫体诗在卢照邻和骆宾王手里“由宫廷走到市井”，五律在王勃和杨炯的时代“从台阁移至江山与塞漠”[①]。此外，初唐还解决了两个诗歌本身发展的重要问题：一是融合了南北文风，也就是把声色和性情两方面统一起来；二是确立了近体诗这种新的形式，并在七言歌行的写作上取得突出的成就（如张若虚的《春江花月夜》）。这一切形成一种新的趋势，为盛唐诗歌的健康发展开辟了道路。“初唐四杰”（王勃、杨炯、卢照邻、骆宾王）和陈子昂、张若虚等人便是这种新趋势的代表。

盛唐：自玄宗开元元年（713）至代宗永泰元年（765），约五十年。这五十年是唐代诗歌史的顶峰，也是整个中国诗歌史的顶峰。盛唐诗人经历各异，风格不同，实际上并没有形成严格意义上的诗派，通常所说山水田园诗派和边塞诗派并不能概括全部盛唐诗人，无论如何也不能把创作题材极其广泛的李白、杜甫归属于其中任何一派。而且所谓山水田园诗派的代表王维，并不仅仅写作山水田园诗，他的政治感遇诗和边塞诗都很出色。所谓边塞诗派的代表诗人之一高适又何尝是边塞二字所能概括的呢？这样说并不意味着盛唐诗坛没有共同的时代风格，恰恰相反，盛唐诗歌具有强烈的时代特色，这就是博大、雄浑、深远、超逸；充沛的活力、创作的愉悦、崭新的体验，以及通过意象的运用、意境的表现，性情和声色的结合，所形成的那种新型的美。这一切构成盛唐气象，一种后人企羡不已的足以代表一个时代风貌的总体风格。值得注意的是，盛唐气象本来是歌诗评论中的一种说法，但已经被历史学家所接受，用来说明中国历史上的那个黄金时代。盛唐诗歌的气象是那个时代文明的集中表现。

① 闻一多：《四杰》，见《唐诗杂论》，中华书局1959年版，第28页。

中唐：自代宗大历元年（766）至文宗太和九年（835），约七十年。安史之乱以后，唐朝的政治经济呈现衰颓的局面，诗歌创作也已失去盛唐那种气象，但在另一方面却有新的发展，诗人们不得不面对严酷的现实，并在诗里加以描写。和盛唐诗人不同的另一点是，中唐诗人较深地参与政治，有的还处于政治漩涡的中心地位，所以中唐诗歌的政治色彩比盛唐强烈。以白居易和元稹为代表的一批诗人用类似写谏书的方式写诗，在诗里揭露社会的种种弊端，希望引起皇帝的重视；以韩愈、孟郊、李贺为代表的一批诗人则着重写自身的不幸，这也在客观上揭露了社会上某些不合理的现象。

晚唐：自文宗开成元年（836）至昭宣帝天祐四年（907），约七十年。从当时的政治局势看来，那些有才华的诗人已经很难凭借自己的才华进入政治结构的上层，而位居高官的人又缺乏诗的才情，像初唐的上官仪，盛唐的贺知章、张说，中唐的韩愈、白居易这样官居高位而又领导诗坛的人物几乎不见了。如果从儒家诗论的立场看来，这七十年的诗歌已经在两个方面转变了方向：一是在很大的程度上脱离了政治教化的轨道，转而追求诗歌自身的美学价值；二是面向日常生活，沉湎于内心深处，品咂一己的哀愁。杜牧、李商隐等人并非完全没有关乎社会政治的作品，但就其代表作而言已经转变了方向。这种转变代表了诗歌创作的新趋势。

从文化史的角度观察，唐代诗人中最值得注意的有四位：李白、杜甫、王维、白居易。

李白有“诗仙”之称，诗仙或许是他本人的追求，甚至是他本人造就的舆论，但不可否认他确有一些与凡人不同的魅力，因而这种称呼也是一种普遍的认同。他早年好读奇书，任侠学道，在江陵见司马承祯，司马承祯说他有仙风道骨。在长安，太子宾客贺知章见其《蜀道难》，呼为“谪仙人”，解金龟换酒为乐[1]。后来魏颢说他“眸子炯然，哆如饿虎，或时束带，风流酝藉”[2]。他有四方之志，愿为辅弼，却不像一般士人那样参加科举考试，他欲一飞冲天直取卿相。他向往鲁仲连、谢安之类在乱世中挺身而出，收拾残局拯救苍生的人物。安史之乱期间，他从永王李璘起兵征讨安史叛军；后来听说李光弼将率大军征讨史朝义的消息，又请缨从军。这两件事很能说明他是多么希望得到一个机会施展自己的才能、实现自己的抱负。他之被称为诗仙并不表示他真的像神仙那样超然世外，在道家思想之外，他还有浓厚的纵横家思想和侠客思想，有积极入世的一面。只是他的抱负很大，途径又不同一般，因而有别于一般的士人。

李白不甘于平庸，更不能忍受束缚，个性的自由解放是李白一生的追求。他的诗歌想象也非同寻常，正如皮日休所说：“言出天地外，思出鬼神表。”[3]他常以无拘无束自由翱翔于天地之间的大鹏比喻自己，“大鹏一日同风起，抟摇直上九万里。假令风歇时下来，犹能簸却沧溟水。”（《上李邕》）他又讴歌虎和鹰：“摧残槛中虎，羁绁韝上鹰。何时腾风云，搏击申所能。”（《赠新平少年》）他描写一泻千里的江河、高出天外的峰峦：“黄河之水天上来，奔流到海不复回。”（《将进酒》）“登高壮观天地间，大江茫茫去不还。”（《庐山谣》）“连峰去天不盈尺，枯松倒挂倚绝壁。”（《蜀道难》）从这些诗句中

---

① ［宋］欧阳修、宋祁：《新唐书》卷二〇二《李白列传》：“天宝初，南入会稽，与吴筠善，筠被召，故白亦至长安。往见贺知章，知章见其文，叹曰：‘子谪仙人也！’”中华书局1975年版，第5762—5763页。亦见元辛文房《唐才子传》卷二《李白传》：“天宝初，自蜀至长安，道未振，以所业投贺知章，读至《蜀道难》，叹曰：‘子谪仙人也。’乃解金龟换酒，终日相乐，遂荐于玄宗。”傅璇琮主编：《唐才子传校笺》第一册，中华书局1987年版，第385页。

② 魏颢：《李翰林集序》，《李太白全集》卷三一“附录”，中华书局1977年版，第1450页。

③ ［唐］皮日休：《刘枣强碑》，《皮子文薮》卷四，《四部丛刊》本。

可以看出李白豪放雄奇的气魄。李白有时把自己放到与大自然平等的地位上，甚至想与大自然融为一体："吾将囊括大块，浩然与溟涬同科。"（《日出入行》）这就更不是一般人所能想象的了。他在权贵面前桀骜不驯，不肯摧眉折腰："安能摧眉折腰事权贵，使我不得开心颜。"（《梦游天姥吟留别》）"松柏本孤直，难为桃李言。"（《古风》其十二）"黄金白璧买歌笑，一醉累月轻王侯。"（《忆旧游寄谯郡元参军》）而对普通百姓却表现得很谦逊，如《宿五松山下荀媪家》："我宿五松下，寂寥无所欢。田家秋作苦，邻女夜春寒。跪进雕胡饭，月光明素盘。令人惭漂母，三谢不能餐。"两种态度对比之下，我们不能不对李白产生敬仰之情。李白这种精神体现了中华文化中最为可贵的方面。

李白笔下的意象是很个性化的，而且往往超越现实，带有强烈的主观幻想的色彩。他的诗宛如回旋的狂飙、喷溢的火山，狂呼怒斥，纵横变化，不可穷其究竟，《蜀道难》便是一篇代表作。他又善于夸张，语言豪放，富有想象力。诸如"抽刀断水水更流，举杯消愁愁更愁。"（《宣州谢朓楼饯别校书叔云》）"白发三千丈，缘愁似个长。"（《秋浦歌》）"我寄愁心与明月，随君直到夜郎西。"（《闻王昌龄左迁龙标遥有此寄》）"举杯邀明月，对影成三人。"（《月下独酌》）当感情达到高潮时，他甚至冲破格律的束缚，写出一些散文化的诗句，如："清风朗月不用一钱买，玉山自倒非人推。"（《襄阳歌》）"我且为君捶碎黄鹤楼，君亦为吾倒却鹦鹉洲。"（《江夏赠韦南陵冰》）

李白的诗歌既有独特的个性，又鲜明地反映了盛唐气象。盛唐文化的繁荣本是南北文化交流与中外文化交流的结果，李白恰恰处在这两方面交流的高潮之中，而他本人的身世经历，使他易于接受这种时代潮流的影响，并走在这潮流的前列。盛唐帝国那种大一统的局面，以及多元与开放的社会环境造就了他，而他又成为统一的盛唐帝国多元与开放的代表。他的诗歌所显示的超凡的创造力，博大雄伟的气魄，正好与时代精神一致。李白已经成为一种文化符号，代表着自由与解放，后世对李白的认同，在很大程度上与标举特立独行、冲破世俗束缚的要求是一致的。李白已经成为一个时代的象征，代表着中国历史上最为辉煌的一个时代，后世对李白的怀念，在一定程度上是与对这个时代的怀念联系在一起的。

杜甫有“诗圣”之称，这有两方面的含义：一方面是指他的诗歌集中而纯粹地体现了儒家思想，他本人的思想境界亦如圣者；另一方面是指他在诗歌创作上具有示范的意义，后人效法他如同效法圣人一般。

杜甫称自己的家庭“奉儒守官”[①]，他也总是恪守儒家的道德标准，并用以培养自己的人格。他的人格中最主要的方面就是推己及人的态度和忧国忧民的情怀，《自京赴奉先县咏怀五百字》和《茅屋为秋风所破歌》都是从一己之贫寒联想到天下人之贫寒；《春望》《白帝》所忧的都不是自己的身世，而是国家和人民。他的《又呈吴郎》对贫苦的邻居体贴入微，进而对战乱中苦难的人民大众表示了极大的同情：

> 堂前扑枣任西邻，无食无儿一妇人。不为困穷宁有此，只缘恐惧转须亲。即防远客虽多事，便插疏篱却甚真。已诉征求贫到骨，正思戎马泪盈巾。

① ［唐］杜甫：《进雕赋表》，见［清］仇兆鳌《杜诗详注》第五册，中华书局1979年版，第2172页。

他不仅关心人民的疾苦，对病马、病柏、病菊、枯棕这类受到损害的生物都寄予同情。他是一个有担当的人，愿意集天下人的苦难于自己一身：“安得广厦千万间，大庇天下寒士俱欢颜，风雨不动安如山。呜呼！何时眼前突兀见此屋，吾庐独破受冻死亦足！”（《茅屋为秋风所破歌》）他笔下的凤凰仁爱善良：“愿分竹实及蝼蚁，尽使鸱枭相怒号。”（《朱凤行》）也正是他自身的写照。

杜甫的作品反映了安史之乱前后社会的动乱、人民的疾苦。玄宗、肃宗、代宗三朝的社会面貌，齐、赵、陇、蜀、楚各地的风土人情，以及帝王、将相、农夫、渔父等各个阶层的生活状况，都在他的诗中得到真实的反映。特别值得注意的是，他用诗歌及时地反映了安史之乱前后重大的社会政治事件，因此他的诗被誉为“诗史”，这是杜甫具有开创性的贡献。他的《兵车行》、《丽人行》、《自京赴奉先县咏怀五百字》、《北征》、“三吏”、“三别”，以及入蜀之后所写的一些带有叙事性的诗歌，便是这方面的代表作。

杜甫是语言的大师，将社会现象提炼成高度概括的诗句，是杜甫特殊的才能，如“朱门酒肉臭，路有冻死骨。”（《自京赴奉先县咏怀五百字》）“烽火连三月，家书抵万金。”（《春望》）“戎马不如归马逸，千家今有百家存。”（《白帝》）他还能将雄浑壮阔的艺术境界和细致入微的表现手法完美地结合在一起，取得咫尺万里之势。李白常用风驰电掣、大刀阔斧的手法，取得雄浑壮阔的效果；杜甫则常用体贴入微、精雕细刻的手法取得雄浑壮阔的效果。意象密集是杜诗的一大特点，如“风急天高猿啸哀，渚清沙白鸟飞回。”（《登高》）“三年笛里关山月，万国兵前草木风。”（《洗兵马》）杜诗的风格向来用“沉郁顿挫”四个字概括，这和他忧国忧民的思想、跌宕起伏的感情有密切的关系，《秋兴》八首便是最能代表其风格的作品。

杜甫和李白一样也已成为一种文化符号，代表着仁爱、善良与忠厚，在后世得到广泛的认同，这是中华文化精神的重要方面。我们并不否认宋人所强调的杜甫之忠君，但并不认为这就是他最可宝贵的品格。与忠君相比，爱民才是他人格的核心，也更为宝贵。李白追求的是个性的自由解放，所以他飘逸；杜甫念念不忘民生的疾苦，所以他沉郁。李白是诗仙，杜甫是诗圣，他们同时出现在盛唐的诗坛上，真是中华文明史的一大奇观。

王维有“诗佛”之称，他是一个虔诚的佛教徒，而且在佛学方面有很深的造诣。不过这种说法并不像称李白为“诗仙”、称杜甫为“诗圣”那样准确，无论在当时还是后代人的心目中他都不能跟佛相比。他不过是一位文化教养很高的诗人而已，不仅擅长诗文，而且精通音乐，工于绘画和书法。无论文学、艺术、宗教哪个方面，王维都是顶尖的人物，这样全面发展的人代表了盛唐时代文化的发展水平。而且由于他长期居住在长安，在当时的名声和影响并不比李白和杜甫小，所以他也成为盛唐的代表人物，而且在文化史上占据一席重要的地位。王维向以山水诗著称，其实他的佳作并不限于山水诗，边塞、赠答、政治感遇等各种题材的诗歌他都写得很好，如《使至塞上》便是一首难得的边塞诗，“大漠孤烟直，长河落日圆”，已成为千古之绝唱。就其山水诗而言，其中自然地融会了禅意，如《鹿柴》：

空山不见人，但闻人语响。返景入深林，复照青苔上。

前两句写山间的空旷，后两句写时间的推移，静谧中含有不尽之意趣。他的山水诗中又融会了画意，正如苏轼所说：“味摩诘之诗，诗中有画；观摩诘之画，画中有诗。”（《书摩诘蓝田烟雨图》）他的诗如："江流天地外，山色有无中。"（《汉江临眺》）"日落江湖白，潮来天地青。"（《送邢桂州》）"坐看苍苔色，欲上人衣来。"（《书事》）都是很有画意的好诗。

白居易不像上述三位诗人各有一个称号，他显得普通，而通俗正好是他的特点。前人有所谓"元轻白俗"的说法①，他的好朋友元稹是否"轻"姑且不论，白居易倒的确是"俗"的。"俗"，是中唐文化的新趋势，随着城市的繁荣和城市经济的发展，文化向市民阶层下移，必然形成这种特点，而白居易便代表了这个新的趋势。其诗歌语言的通俗易懂，是早已公认的，无庸赘述。仅就其诗歌的内容而言，"新乐府"固然通俗，著名的《长恨歌》和《琵琶行》，又何尝不通俗呢？这两篇诗歌讲述的故事，宋元以后改编成多种戏曲不断演出，就是一个证明。白居易的闲适诗以个人日常生活为题材，有的题材相当琐碎，例如落齿、镊白、晏起之类，把以往视为经国之大业、不朽之盛事的诗歌用来写日常生活琐事，是一种化雅为俗的大胆尝试。白居易的尝试为宋代诗人开辟了一条路，这在诗歌史乃至文化史上都应予以注意。

唐朝将近三百年诗歌的普及和繁荣，更加诗化了中国人的思维方式，为中华文化增添了诗的意兴、诗的感悟、诗的趣味和诗的美，这一切概括起来就是追求和谐与自然，追求一点灵犀的沟通和无限启示的展现。在某种意义上说，中国是一个诗的国度，中华文明是诗的文明，诗渗透在文明的各个方面，促成了中华文明的特色。

盛极难继，宋朝的诗人面临着十分棘手的问题。然而宋人还是想

① ［宋］苏轼：《祭柳子玉文》，《苏轼文集》第五册，卷六三，中华书局1986年版，第1938—1939页。

出了新变的路，不是在诗的本身想办法，而是借鉴其他体裁，即用写散文的方法写诗，追求诗的散文化，以文为诗。所以“唐诗多以丰神情韵擅长，宋诗则以筋骨思理见胜”。[①]从风情神韵转到筋骨思理是一种创新，这种创新的努力是可贵的，正如朱自清先生所说：“宋诗议论多，又一味刻画，多用俗语，拗折声调。……但是推尊宋诗的却以为天下事物穷则变，变则通，诗也是如此。变是创新，是增扩，也就是进步。若不容许变，那就只有模拟，甚至只有钞袭；那种‘优孟衣冠’，甚至土偶木人，又有什么意义可言！”[②]

概括地说，宋诗的特点正如严羽所说是“以文字为诗，以才学为诗，以议论为诗”。[③]用宋代江西诗派的领袖黄庭坚自己的话说就是：“老杜作诗，退之作文，无一字无来处。盖后人读书少，故谓韩、杜自作此语耳。古之能为文章者，真能陶冶万物，虽取古人之陈言入于翰墨，如灵丹一粒，点铁成金也。”[④]宋人的这种努力，拓宽了诗人和学者相结合的道路，或者说促成了诗人的学者化和学者的诗人化。这当然和宋代印刷术的普及有很大的关系，相对于以前而言书籍比较容易得到，宋人读书的范围也更广了，所以在写诗的时候可以更多地运用典故，或化用前人的诗意和诗句，以锻炼自己的诗句。但是宋代的诗人并不甘心总是从书本里寻找诗料，他们还是从生活中特别是自己身边的日常生活中寻找诗料，并努力挖掘其中的意蕴。所谓日常生活就是文人的生活，所以宋诗带有一种斯文的气息。唐诗特别是盛唐诗重在自然意象的运用和表现，而宋诗则偏重于人文意象的运用和表

① 钱锺书：《谈艺录》，中华书局1984年版，第2页。
② 朱自清：《经典常谈·诗第十二》，北京出版社2003年版，第116页。
③ 郭绍虞：《沧浪诗话校释》，人民文学出版社1961年版，第26页。
④ ［宋］黄庭坚：《答洪驹父书》，《豫章黄先生文集》卷一九，《四部丛刊》本。

现，这是宋诗与唐诗的一大区别。

苏轼是北宋诗坛上最有成就的诗人，他的诗保存下来有四千多首，才情豪迈，挥洒自如。他特别长于比喻，其比喻之丰富、新鲜与贴切，不能不使人叹服。如："黑云翻墨未遮山，白雨跳珠乱入船。"(《六月二十七日望湖楼醉书五首》其一)"欲把西湖比西子，淡妆浓抹总相宜。"(《饮湖上初晴后雨》)"扫地焚香闭阁眠，簟纹如水帐如烟。"(《南堂五首》其五)苏轼不仅善于描写自然现象和日常生活，而且能从这些普通的描写提升到人生哲理的阐发，如《题西林壁》："横看成岭侧成峰，远近高低各不同。不识庐山真面目，只缘身在此山中。"

南宋的爱国诗人陆游作诗近万首。他从学习江西诗派入手，中年从戎后脱离了江西诗派的影响，取得巨大的成就。江西诗派是从古人的书中寻找诗料和词藻，经过点化作成自己的诗。陆游则是学了古人的方法，自己到生活中寻找诗的灵感，自铸伟词。他说："文章最忌百家衣"(《次韵和杨伯子主簿见赠》)，"纸上得来终觉浅"(《冬夜读书示子聿》)。又说："君诗妙处吾能识，正在山程水驿中。"(《题庐陵萧彦毓秀才诗卷后》)都是针对江西诗派的弊病而言的。陆游的诗继承陶渊明、李白、杜甫、岑参、白居易等大师的传统，植根于自己的生活实践，创造了他所独有的风格，在平夷晓畅之中呈现出一股恢宏踔厉之气。他的诗表现了强烈的爱国感情，其代表作如《秋夜将晓出篱门迎凉有感》其二："三万里河东入海，五千仞岳上摩天。遗民泪尽胡尘里，南望王师又一年。"又如《十一月四日风雨大作》："僵卧孤村不自哀，尚思为国戍轮台。夜阑卧听风吹雨，铁马冰河入梦来。"他还有一些描写日常生活的诗，也很有情趣，如《游山西村》，其中"山重水复疑无路，柳暗花明又一村"，已经成为广为传诵的名句。

三

词是“曲子词”的简称，清宋翔凤《乐府余论》说：“以文写之则为词，以声度之则为曲。”词所配合的音乐是燕乐（又叫讌乐、宴乐），这是在宴会上演奏的一种音乐。燕乐的主要成分是北周和隋以来从西域传入的西北各民族的音乐，乐器以琵琶为主。词的起源可以上溯到隋代。宋王灼《碧鸡漫志》曰：“盖隋以来，今之所谓曲子者渐兴，至唐稍盛。”[①]宋张炎《词源》也说：“粤自隋、唐以来，声诗间为长短句。”[②]《河传》《柳枝》等后来常用的词牌据记载就是创自隋代的。即使是最保守的推测，词的起源也不会晚于盛唐，因为在敦煌发现的一百六十多首曲子词，其中就有部分盛唐时期的作品[③]。词的兴起具有值得注意的社会文化背景。词这种体裁和唐代以来流行的酒令艺术有关，词中的小令就是从酒令中演化出来的。而酒令不但在士大夫当中流行，也在民间流行，它已成为一种带有文化色彩的社会习俗。词体的迅速发展是中唐以后的事，白居易、刘禹锡等人是早期有影响的词人。到了晚唐五代，温庭筠、韦庄、冯延巳、李煜等人都对词的创作起了重要的推动作用。

宋词以其高度的繁荣与唐诗并称。据唐圭璋所编《全宋词》，共收录词人1330多家，词作19900多首。许多著名的诗人都有词的创

---

① 唐圭璋编：《词话丛编》第一册，中华书局1986年版，第74页。

② 唐圭璋编：《词话丛编》第一册，中华书局1986年版，第255页。

③ 敦煌词的创作年代尚无定论，但是一般认为大致在武则天末年到后晋出帝开运（944—946）间。其中如《感皇恩》（四海清平）等反映国家强盛繁荣的作品、《阿曹婆》（本当只言三载归）等不满府兵制的篇章，都应该是盛唐的作品。参见王重民《敦煌曲子词集》（商务印书馆1950年版）、任二北《敦煌曲初探》。

作，例如欧阳修、王安石、苏轼、黄庭坚、陆游，都是词作之大家。还有一些著名的政治家，本不以文学著称的却有很好的词作，如范仲淹。当然还有更多主要以词名世的，如柳永、周邦彦、李清照、姜夔等。参与词之创作的人如此广泛，也足以说明词之盛况。

宋词的繁荣是适应了社会娱乐消费的需要，这本身就是一种文化现象。宋代城市的规模和城市中的手工业、商业活动迅速发展，市民活跃。唐代城市中互相隔离的里坊，代之以便于交通和商业的街市。街市两旁店铺鳞次栉比，其中有不少被称为秦楼楚馆、勾栏瓦舍的娱乐场所。词的演唱作为佐欢侑酒的娱乐手段，便适应城市的娱乐需要而发展起来。柳永经常出入于秦楼楚馆，与乐妓、乐工往还，无心于仕进，自称“白衣卿相”，虽然他后来考取了进士并做了屯田员外郎，但轻视功名，沉溺市井，可以说是把全部身心投入适应市井需要的词的创作。柳永这种类型的文人的出现，说明文化的重心正往下移向市井。从封建正统的眼光看来可以说他是一个浪子，从文学的眼光看来可以说他几乎是专业的市井作家。柳永这类市井作家可以上溯到晚唐的温庭筠，又可以往下找到元代的关汉卿、明代的冯梦龙，市井作家的出现是文化史上值得注意的现象。另一方面，宋代的士大夫生活优越，他们既有经济条件也有余暇，可以经常在一起宴饮，宴饮中常有歌妓歌唱，所唱就是词。柳永《玉蝴蝶》：“珊瑚席上，亲持犀管，旋叠香笺，要索新词。”[①]就是表现歌妓在宴席上向词人索词的情形。除了市井间的歌妓之外，一些士大夫的家中也蓄养歌妓为他们演唱佐欢，他们自己则填写歌词供家妓演唱。叶梦得《避暑录话》卷上载：“晏元宪公虽早富贵，而奉养极约，惟喜宾客，未尝一日不燕

① 唐圭璋：《全宋词》，中华书局1986年版，第41页。

饮。……亦必以歌乐相佐，谈笑杂出。数行之后，案上已灿然矣。稍阑，即罢遣歌乐，曰：'汝曹呈艺已遍，吾当呈艺。'乃具笔札，相与赋诗，率以为常。"[①]晏几道在《小山词》的自序中说："始时，沈十二廉叔、陈十君龙家有莲、鸿、蘋、云，品清讴娱客。每得一解，即以草授诸儿。吾三人持酒听之，为一笑乐。"[②]莲、鸿、蘋、云都是家妓。宰相寇准也喜欢词，澶渊之役，敌请和后，"真宗使候莱公曰：'相公饮酒矣，唱曲子矣，掷骰子矣，鼾睡矣。'"[③]所谓唱曲子，就是唱曲子词。在士大夫家中有时也演唱一些流行词人的歌曲，如范仲淹喜爱柳永词，"客至辄歌之"[④]，就是一例。姜夔到范成大家居住过一段时间，临走时范成大送他一名歌妓名曰小红，一路上"小红低唱我吹箫"[⑤]，也是一个生动的例子。还有一种官妓也是词的歌手，陈师道《后山谈丛》曰："文元贾公居守北都，欧阳永叔使北还，公预戒官妓办词以劝酒，妓唯唯。……既燕，妓奉觞歌以为寿，永叔把盏侧听，每为引满。公复怪之，召问，所歌皆其词也。"[⑥]

宋词是在不断创新变革之中前进并保持其繁荣局面的。北宋前期词坛基本上延续着南唐词风，晏殊、欧阳修的词风都类似冯延巳，他们三人的词作也往往混杂难辨。宋词第一次转变是从柳永开始的。柳永不仅发展了慢词，而且增加了词的铺陈效果。他把词引向俚俗，吸

① 《丛书集成初编》本。

② 《彊村丛书》本。

③ ［宋］陈师道：《后山集》卷一八《后山谈丛》。

④ ［宋］刘克庄：《题汤梅孙长短句》，见《后村大全集》卷一一一，《四部丛刊》本。

⑤ ［元］陆友仁：《研北杂志》卷下："小红，顺阳公（即范石湖）青衣也，有色艺。顺阳公之请老，姜尧章诣之。一日，授简征新声，尧章制《暗香》、《疏影》两曲，公使二妓肄习之，音节清婉。尧章归吴兴，公寻以小红赠之，其夕大雪，过垂虹，赋诗曰：'自琢新词韵最娇，小红低唱我吹箫。曲终过尽松陵路，回首烟波十里桥。'尧章每喜自度曲，吹洞箫，小红辄歌而和之。"《丛书集成初编》本，第183页。

⑥ ［宋］陈师道：《后山居士文集》卷二三。

收大量俚语，表现市民情趣，给词坛带来了新的气息、活力和趣味。柳词以其新的面貌和声吻征服了广大的读者，叶梦得《避暑录话》记一西夏归朝官曰："凡有井水饮处，即能歌柳词。"[①]试看他的代表作《定风波》：

自春来、惨绿愁红，芳心是事可可。日上花梢，莺穿柳带，犹压香衾卧。暖酥消，腻云亸，终日厌厌倦梳裹。无那。恨薄情一去，音书无个。　　早知恁么。悔当初、不把雕鞍锁。向鸡窗、只与蛮笺象管，拘束教吟课。镇相随，莫抛躲。针线闲拈伴伊坐。和我。免使年少，光阴虚过。

宋词第二次转变是从苏轼开始的，从此作为"艳科"的词才有了新的面貌，词不再被视为消遣娱乐、佐欢侑酒的工具。苏轼以诗为词，用词去表现诗的传统题材，使词取得和诗同等的地位和功能。他的豪放词数量虽不很多，但显示了新的方向，发生了深远的影响。如《念奴娇·赤壁怀古》、《水调歌头》（丙辰中秋，欢饮达旦，大醉，作此篇兼怀子由），都是千古之绝唱。《念奴娇·赤壁怀古》：

大江东去，浪淘尽、千古风流人物。故垒西边，人道是、三国周郎赤壁。乱石穿空，惊涛拍岸，卷起千堆雪。江山如画，一时多少豪杰！　　遥想公瑾当年，小乔初嫁了，雄姿英发。羽扇纶巾，谈笑间、樯橹灰飞烟灭。故国神游，多情应笑我，早生华发。人生如梦，一尊还酹江月。

---

① ［宋］叶梦得：《石林避暑录话》卷三，上海书店1990年版，第2页。

宋词第三次变革是从周邦彦开始的，他的创新在于以赋为词，也就是用铺陈的方法写词。他又妙解音律，善于创调，所创新调，格律细密，严格区分每个字的平上去入，而音韵清雅，“无一点市井气”（宋沈义父《乐府指迷》）。试看他的代表作《瑞龙吟》：

章台路。还见褪粉梅梢，试花桃树。愔愔坊陌人家，定巢燕子，归来旧处。　　黯凝伫。因念个人痴小，乍窥门户。侵晨浅约宫黄，障风映袖，盈盈笑语。　　前度刘郎重到，访邻寻里，同时歌舞。惟有旧家秋娘，声价如故。吟笺赋笔，犹记燕台句。知谁伴、名园露饮，东城闲步。事与孤鸿去。探春尽是，伤离意绪。官柳低金缕。归骑晚、纤纤池塘飞雨。断肠院落，一帘风絮。

宋词的第四次变革是由北宋南宋之间的辛弃疾实现的，他的词以豪放著称，与苏轼并称“苏辛”。然而他的豪放并不完全同于苏轼，苏轼是以诗为词，辛弃疾是以文为词。举凡议论、说理、经史百家、问答对话，辛弃疾统统拿来入词。他的词既有孟子的雄辩，又有庄子的诡奇；既有韩愈的不平之鸣，又有柳宗元的秀骨俊语。他的词气盛言宜，自由纵肆，不可一世，真可谓一支突起的异军。如《破阵子·为陈同甫赋壮语以寄之》：

醉里挑灯看剑，梦回吹角连营。八百里分麾下炙，五十弦翻塞外声，沙场秋点兵。　　马作的卢飞快，弓如霹雳弦惊。了却君王天下事，赢得生前身后名，可怜白发生！

词的第五次变革是由南宋词人姜夔开始的，他在辛弃疾之外另立一宗，史达祖、吴文英、蒋捷、周密、王沂孙、张炎等追踪其后，成为南宋后期词坛的主流。姜夔精研乐理，能创作乐曲，关于他的风格，刘熙载概括为“幽韵冷香”，他以此自立于软媚、豪放、精工之外，成为南宋词坛上影响重大的一位词人，他的《暗香》《疏影》堪称南宋词坛上的杰作。

除了上述词人之外，北宋的秦观、两宋之间的李清照，各以其独具特色的作品赢得广大读者的喜爱。秦观词婉约而不失典雅，著名的句子如“两情若是久长时，又岂在朝朝暮暮”(《鹊桥仙》)。李清照是一位女词人，词这种体裁似乎特别适合女性作家，在宋代以及宋代以后，长于词作的女性不少，但论文学成就无出李清照之右者。李清照的词虽是写闺阁生活，但因为她生活在北宋末年，亲身经历了北宋灭亡以及由此带来的个人与家庭的不幸，所以其词中的哀伤也反映了那个时代的悲剧，这是其难以企及之处。《声声慢》是她的代表作：

> 寻寻觅觅，冷冷清清，凄凄惨惨戚戚。乍暖还寒时候，最难将息。三杯两盏淡酒，怎敌他、晚来风急。雁过也，正伤心，却是旧时相识。　　满地黄花堆积。憔悴损，如今有谁堪摘。守着窗儿，独自怎生得黑。梧桐更兼细雨，到黄昏、点点滴滴。这次第，怎一个愁字了得。

词的体制风格与诗相比有所不同，王国维《人间词话删稿》说：“词之为体，要眇宜修。能言诗之所不能言，而不能尽言诗之所能言。诗之境阔，词之言长。”①缪钺在《论词》中举出“文小”“质轻”“径

① 王国维著，徐调孚校注：《校注人间词话》卷下，中华书局1955年版，第48页。

狭”“境隐”四点，作为词体的特点[1]。经过宋代三百多年上自朝廷下至市井的歌唱，中国文学有了更细腻的感觉和表现，中国文化也呈现出更加丰富多彩的面貌。

四

和中国的抒情诗相比，戏剧的成熟晚得多，直到元代出现了杂剧，才算有了成熟的戏剧形式。如果和古希腊的悲喜剧相比，中国戏剧的成熟也晚了许多。一个民族的某种文学体裁成熟得早晚，并不说明这个民族文明程度的高低，我们并不因为中国抒情诗早出而说中国文明程度高，当然也不因为中国戏剧晚出而说中国文明程度低。但在一个民族中，何种文学体裁出现得早，何种文学体裁出现得晚，却从一个侧面反映了这个民族文明的某些特点。古希腊悲喜剧是在古希腊神话的基础上发展起来的，古希腊神话表现人和人的冲突，神和神的冲突，特别是人与命运的对抗，这种冲突与对抗恰好是构成戏剧的要素。再加上古希腊城邦发达，城邦之内的公民居住集中，戏剧的演出有大量观众，所以戏剧很容易发展起来。中国古代虽然也有丰富的神话，但是中国神话缺少古希腊神话中那类冲突和对抗的主题，难以由此构成强烈的戏剧冲突。在中国古代的农业社会里，虽然也有一些人口较多的城市，但总的看来农民居住分散，难以形成戏剧的观众群体，这也限制了戏剧的发展。但是抒情诗却得到肥沃的土壤，从而使中国成为一个诗的国度。

中国戏剧的因素可以追溯到上古时代的原始歌舞和祭祀，此后

---

① 缪钺:《诗词散论·论词》，上海古籍出版社1982年版，第56—61页。

又有各种戏剧的因素加入它的孕育过程中，例如春秋战国之际专门以滑稽娱人的俳优，汉代以竞技为主的角牴，唐代流行的参军戏，都为中国戏剧的形成作了必要的准备。经过漫长的孕育，到了宋代，杂剧这种形式发展起来，金代又出现了院本。宋杂剧和金院本是中国戏曲的雏形。到了元代读书人的地位一落千丈，他们的智慧和才能不能在政治上施展，正统的诗文也跟他们产生了距离，于是他们选择了戏剧的创作，将自己的智慧和才能直接诉诸广大观众，在社会下层寻找知音。在这种背景下，杂剧和南戏这两种戏剧形式便迅速地兴起并臻于鼎盛。戏剧的演出活动以城市为中心向周围辐射，遍及北方和南方。戏剧作家组成书会，互相切磋艺术；戏剧演员在勾栏作场，不少女演员以其技艺著称于世。一些戏剧作家和演员结成真挚的友谊，如关汉卿与珠帘秀，杨显之与顺时秀，白仁甫与天然秀，他们之间都有一段充满艺术情趣的佳话。整个元代就这样弥漫着戏剧的气氛，结出了丰硕的戏剧果实。据王季思主编的《全元戏曲》统计，今存元代戏曲剧本共计二百种以上，如果以存目计则达到约八百种；还有许多不见著录的剧本，那就无法统计了。元曲在中国文学史上，取得了和唐诗、宋词并称的崇高地位。

所谓元曲包括元散曲、元杂剧和南戏。

元散曲是南宋以来在民间逐渐形成的新的歌曲形式，它既可以像诗词一样用来抒情写景，又是元杂剧的主要构成部分（曲词），散曲作家据不完全统计有二百余人[①]，下自书会才人，上至达官显宦都有散曲的创作。著名散曲作家有关汉卿、白朴、马致远、卢挚、张可久、乔吉、张养浩、睢景臣等。马致远的〔天净沙〕《秋思》是脍炙人口

① 据隋树森《全元散曲》，共收录212人。

的作品："枯藤老树昏鸦，小桥流水人家，古道西风瘦马。夕阳西下，断肠人在天涯。"

元杂剧是在北方兴起的一种新的文艺形式，分为前后两期：前期从金末算起，到元大德年间为止，将近一百年；后期从大德年间算起，到元末为止，约六十年。

前期是元杂剧的鼎盛时期。这时杂剧的中心在大都（今北京），据王恽《日蚀诗》记载，当时大都的居民有十万家之多。其中多是下层的市民，包括各种工匠、商贩等等。杂剧正是适应了他们的娱乐需求而兴盛起来的一种城市文化形式。著名的杂剧作家有关汉卿、王实甫、白朴、马致远、杨显之、高文秀、康进之、石君宝、纪君祥等。

关汉卿，大都（今北京）人，其户籍属太医院户。他也曾熟读儒家经典，但因科举废止进身无阶，只好面向市井，从下层社会吸取文化营养，投身杂剧和散曲的写作，成为名震大都的梨园领袖。他一生写了六十多种杂剧，保存到现在的有十八种。可以肯定确系关汉卿所作而且能代表其成就的重要作品有《感天动地窦娥冤》《赵盼儿风月救风尘》《闺怨佳人拜月亭》《望江亭中秋切鲙》《关大王单刀会》等。《窦娥冤》的曲文有惊心动魄的艺术效果，试看第三折窦娥受拷打时所唱的〔滚绣球〕：

有日月朝暮悬，有鬼神掌着生死权。天地也，只合把清浊分辨，可怎生错看了盗跖颜渊？为善的受贫穷更命短，造恶的享富贵又寿延。天地也，做得个怕硬欺软，却原来也这般顺水推船。地也，你不分好歹何为地？天也，你错勘贤愚妄做天！哎，只落得两泪涟涟。

关汉卿的杂剧揭示了社会各方面的矛盾和冲突，反映了各个阶层的生活面貌，塑造了一系列典型的人物形象。但他并不是严格地按照生活的本来面貌去写的，他常常给实际的问题以不实际的解决，有时甚至不管生活本身的逻辑，凭主观愿望给一些悲剧故事以喜剧的结尾。例如《救风尘》里，赵盼儿用卖笑调情的手段，赢得恶霸周舍的欢心，从他手中讨来一纸休书，营救了落在周舍手中备受虐待的宋引章。双方力量的对比对赵盼儿很不利，但关汉卿还是让软弱的一方取胜，情节的安排带有浪漫色彩。他的《单刀会》以热情洋溢的笔墨歌颂关羽，关羽的曲词慷慨豪放，例如第四折中的这几句："大江东去浪千叠，引着这数十人驾着这小舟一叶。又不比九重龙凤阙，可正是千丈虎狼穴，大丈夫心别，我觑这单刀会似赛村社。"

王实甫的生平不详，从贾仲明追吊他的一首《凌波仙》词中大概可以看出他混迹"风月营""莺花寨"之类艺人聚集场所的情形，从而可以看出他和关汉卿一样，是一个生活在市井中的戏曲家。他创作的杂剧有十四种，完整保存下来的很少。其代表作是《崔莺莺待月西厢记》，这是中国古代爱情戏中成就最高、影响最大的作品，具有鲜明的反封建主题。王实甫在错综复杂的戏剧冲突中刻画了具有不同个性的人物形象，连人物的语言也是高度个性化的。张生的语言稚气、诚挚，常常是直抒胸臆，把自己的心事和盘托出，并带有夸张的成分，富有幽默的趣味。莺莺的语言含蓄蕴藉，带有感伤的情调和清丽的色彩。红娘的语言泼辣俏皮，机警犀利，有一针见血的效果。《西厢记》的曲调优雅秀丽，其中许多曲子，既有宋词的意趣，又有元人小令的风格，诗情画意盎然于纸上。特别是《长亭送别》一折，情景交融，琅琅上口：

〔正宫〕〔端正好〕碧云天，黄花地，西风紧，北雁南飞。晓来谁染霜林醉？总是离人泪。

〔滚绣球〕恨相见得迟，怨归去得疾。柳丝长玉骢难系，恨不倩疏林挂住斜晖。马儿迍迍的行，车儿快快的随，却告了相思回避，破题儿又早别离。听得道一声去也，松了金钏；遥望见十里长亭，减了玉肌。此恨谁知！

白朴的父亲曾任职于金朝，金亡后白朴四处漂泊，也流连于风月场中，终生未曾入仕。这样看来，他也是一个下层的知识分子。其代表作是《梧桐雨》，写唐玄宗和杨贵妃的故事。唐玄宗晚年荒淫昏庸，酿成安史之乱，作者关于这方面的笔墨似乎带有总结历史教训的意思；但在具体写到唐玄宗和杨贵妃的关系时，却又像是在歌颂一种真挚的爱情。马致远的代表作是《汉宫秋》，它写王昭君出塞的故事，热烈地歌颂王昭君的民族气节，突出她对汉朝的忠贞。同时借毛延寿这个人物鞭挞了那些贪污受贿、卖国求荣的佞臣。纪君祥的《赵氏孤儿》是最早流传到欧洲的一个中国剧本，在欧洲曾发生相当热烈的反响。先被译成法文，1735年发表。后又被转译成英文、德文、俄文。法国大作家伏尔泰还把它加以改写，取名《中国孤儿》，公演后轰动了巴黎。

大约从元成宗大德（1297—1307）末年开始，杂剧创作活动的中心，逐渐从北方的大都移向南方的杭州。从这时到元末，是元杂剧发展的后期。后期元杂剧作家、作品的数量减少了，作品的质量也降低了，杂剧创作处于一种衰微的状态，作家有姓名可考的只有二十余人，有作品流传下来的不过十几人。作品的题材多取自历史故事，宣扬封建伦理道德或隐逸求仙的思想，艺术也比较平庸。郑光祖是这个时期最有成就的作家，他的代表作《倩女离魂》取材于唐代陈玄祐的传奇小说《离魂记》，是一个富有浪漫色彩的爱情婚姻故事。作品对倩女形象的刻画虚虚实实迷离惝恍，很恰切地表现了一个失魂落魄的青年女子的心理和一个离开躯壳的灵魂的情态，其细腻之处超过了《离魂记》原作。

从北宋末年开始在中国南方流行一种新的戏曲，这就是南戏。南戏产生于温州，一方面因为自南朝以来温州的文化就比较发达；另一方面由于温州是对外贸易的港口，商业发达，经济繁荣，城市人口集中，这些条件都有利于南戏的产生和成长。南戏产生以后，虽然遭到统治阶级的禁止，但因受到人民群众的喜爱，得以逐渐流传开来。它首先流传到临安（今杭州），并在这里发展成为成熟的戏曲艺术。临安是南宋的都城，这里的艺术场所很多，据《武林旧事》记载，城内外有瓦子二十三处，每一处瓦子又有若干勾栏，作为固定的演出场所。此外还有一些流动演出的艺人。随着临安瓦舍伎艺的繁盛，出现了书会组织，这些书会编写了不少新的剧本，这也促进了南戏的进一步成熟和发展。元灭南宋以后，北方的杂剧南下，南戏一度趋于衰落。元末，南戏吸取了杂剧的一些优点，又重新兴盛起来，并为明清传奇奠定了基础。

南戏的剧本大多出自下层文人和艺人之手，多方面地反映了宋元时期复杂的社会状况，并表现了人民群众的爱憎。其中反映婚姻问题的剧目约占三分之一以上。有的赞扬争取婚姻自由的斗争，如《裴少俊墙头马上》（见《南词叙录》，有残曲）。有的写士人发迹以后丢弃原来的妻子入赘豪门，这类戏的内容叫“婚变”，如《王魁负桂英》（见《南词叙录》，佚）。宋元南戏本来是民间的创作，它的剧本只是师徒相传，刊刻的机会不多。再加上统治阶级的禁毁，所以保存下来的较少。宋元南戏的存目，据统计二百三十八本，但流传下来的还不到十分之一[①]。有些经明人修改过，其中以《荆钗记》《拜月亭》《杀狗记》最著名，这三本和《白兔记》(全名《刘知远白兔记》)合称《荆》《刘》《拜》《杀》四大传奇。

不过南戏中成就最高的还是高明的《琵琶记》，它所写赵五娘和蔡伯喈的故事，在南宋就已是民间说唱文学的题材。《琵琶记》最重要的改动是把蔡伯喈改写成全忠全孝的正面人物。他不愿意出仕，甘心隐居田园，可是又十分软弱，不得不顺从于外界的压力而使自己陷入矛盾与苦闷之中。当他入赘牛丞相家以后，他的原妻赵五娘恪守封建妇道，处处以“贞”和“孝”要求自己，尽心侍奉公婆。《琵琶记》着力宣扬封建道德，同时也暴露了封建社会的一些黑暗现象，如牛丞相的专横无理，地方官吏的贪赃枉法，对遭受饥荒的农村也有比较真实的描绘。《琵琶记》的艺术成就，最为人称道的是它的结构。蔡伯喈和赵五娘两人，京城和陈留两地，两种生活，两条线索，互相对比，交错发展。蔡伯喈虽然得到了功名富贵，却失去了自由，常常陷入忏悔和苦闷之中。赵五娘则为蔡伯喈挑起家庭的沉重担子，并天天盼望着蔡的归来。一边是洞房花烛，荷池消夏，中秋赏月；另一边是请粮被抢，糟糠自厌，剪发买葬。两相映照，取得很好的戏剧效果。

元代戏曲的故事情节有一个大致相同的模式，就是大团圆的结局。善良的人无论遭到多少磨难大多会有一个完满的结局，冤案即使生前得不到洗刷死后也能得到昭雪，相爱的男女青年不管经历多少磨难还能成为眷属，恶人不管多强大最后总会受到惩罚，正义不管遭到怎样的践踏终于得到伸张。这种大团圆的模式是中国人乐观的民族心

① 参看钱南扬《戏文概论》。

理的反映，各种剧目广泛而反复地演出，反过来又强化了中国人的这种心理状态。

中国戏剧和欧洲的戏剧相比，具有强烈的民族特点：(一)虚拟性。舞台上不设或只设很少的道具，主要是通过演员的动作、曲词和对白来交代人物活动的背景。由此产生了中国戏曲抽象化、程式化的特点。(二)中国的戏剧自始至终是歌剧，以音乐为中心。在唱做念打各种因素中，唱居于主导地位。所以中国人常说听戏，旧式戏园的布置，观众并不一定正面对着舞台。只要明白了中国戏剧以音乐为中心的特点，对此就不会感到奇怪了。

五

唐传奇是唐代发展起来的一种新的小说体裁，与六朝的志怪小说相比有了很大的进展。志怪小说的内容主要是记鬼神怪异之事，唐传奇虽也传写奇闻逸事，但大多取材于现实生活。志怪小说是把怪异当成事实，不是有意虚构小说，唐人写传奇才是有意识地从事小说创作。传奇的出现是小说史上的一大飞跃，标志着中国小说进入了成熟阶段。

考察唐传奇兴起的原因，以下几点是不容忽视的：隋末农民大起义打击了士族大地主阶级，唐代实行均田制的结果，又壮大了中下层庶族地主势力，科举取士为他们提供了较多仕进的机会，使他们成为政治舞台上一支活跃的力量，唐代的作家大多出身于这个阶层。他们对社会人生和下层人民的生活比较熟悉，在文学创作中富有创新的精神。唐传奇之所以能反映广阔的社会生活，表现一定的进步思想，与这批人的努力是分不开的。唐代是封建经济迅速发展的时期，农业、手工业、商业和国际贸易都达到了空前繁荣的地步。同时，城市经济迅速发展，长安、洛阳、扬州，都成为人口密集的通都大邑。在这里聚集着官僚、地主、文人、豪侠、商贾、手工业者、僧道、歌妓等各阶层、各行业的人物，形成错综复杂的社会关系，流传着形形色色的奇闻趣事，为小说提供了丰富的素材。而六朝那种篇幅短小、粗陈梗概的小说显然不适应表现新题材的要求，于是一种篇幅较长、情节较曲折而又注意刻画人物的传奇小说便得以发展起来。唐代又是文艺普遍繁荣的时期，其他体裁如诗歌、散文的成就对传奇的写作有一定的影响。中唐以后，诗歌创作面向日常社会生活，这是唐传奇发展最适宜的气候。正是在这个时期，传奇从志怪的樊篱中突破出来，涌现了一批反映日常生活的、在艺术上具有高度成就的小说作品。晚唐时期，诗歌的现实性逐渐衰落，传奇小说的现实性也减弱了，一味追求离奇的情节，有回到志怪老路上的趋势。唐传奇的代表作有白行简的《李娃传》、蒋防的《霍小玉传》等，它们有一个共同的地方，就是把同情或赞扬倾注到女性身上。在李娃和荥阳公子的爱情纠葛中，李娃处于主动的地位，有主张有能力，敢作敢当，相形之下那位公子却显得懦弱无能。在霍小玉和李益的爱情纠葛中，霍小玉是受害者也是复仇者。对女性的这种态度，反映了一种新的倾向，很值得重视。此外，元稹的《莺莺传》也是一篇著名的作品。

然而，唐传奇仍然属于士大夫文学，其作者和读者都属于士大夫。另有市人小说和变文属于市民文艺，它们是适应市民的要求而兴起的新的讲唱文学。《酉阳杂俎》："予太和末，因弟生日观杂戏，有市人小说，呼'扁鹊'作'褊鹊'，字上声。"[①]李商隐《骄儿诗》：

① ［唐］段成式：《酉阳杂俎》续集卷四《贬误》，《四部丛刊》本。

“或谑张飞胡，或笑邓艾吃。”[①]鲁迅据此认为唐时已有职业说话人，且有说三国故事者[②]。宋代钱易《南部新书》说唐代“长安戏场多集于慈恩，小者青龙，其次荐福、永寿”[③]。可见寺院是唐代民间说唱艺术的表演场所，这种情况类似后来的庙会。其中有市人小说，也有僧侣的俗讲、变文等。赵璘《因话录》载：“有文溆僧者，公为聚众谭（谈）说，假托经论，所言无非淫秽鄙亵之事。不逞之徒，转相鼓扇扶树。愚夫冶妇，乐闻其说，听者填咽。寺舍瞻礼崇奉，呼为和尚。教坊效其声调，以为歌曲。”[④]所谓“愚夫冶妇”，大都是市民阶层的人。日本僧人圆仁所著《入唐求法巡礼行记》，也提到“左右街七寺开俗讲”，以及文溆法师讲《法华经》为第一等情形[⑤]，可见当时这种民间说唱艺术的盛况。唐代的市人小说、俗讲、变文是中国白话小说的滥觞。白话小说从一开始就和市民结下了不解之缘。

宋元时期，一方面是文言小说的衰落，另一方面是白话小说的兴盛。宋代传奇多讲古事，并寓教训意义。由于理学盛极一时，小说也充斥着封建的说教。宋元笔记小说以志怪为主，没有脱离六朝志怪的樊篱。至于宋元话本的出现，却是令人耳目一新的巨大变化。它们在题材、语言、结构等方面都与文言小说不同，确立了属于市民文学的白话小说这样一种新的文体，从而为中国古代小说的繁荣打开了新的局面。宋元时期由于手工业和商业的发达，商品经济比较繁荣，市民阶层壮大。一些大城市里出现了比较集中的游艺场所，称瓦舍或瓦

① 李商隐：《骄儿诗》，见李商隐撰，［清］冯浩笺注《玉溪生诗笺注》卷三。

② 鲁迅：《中国小说史略》第十二篇《宋之话本》，见《鲁迅全集》第八卷，人民文学出版社1957年版，第86页。

③ ［宋］钱易：《南部新书》戊，《丛书集成初编》本，第46页。

④ ［宋］赵璘：《因话录》卷四，上海古籍出版社1979年版，第94页。

⑤ 白化文、李鼎霞、许德楠校注：《入唐求法巡礼行记》卷三，花山文艺出版社1992年版，第369页。

子。据孟元老《东京梦华录》载，北宋开封“街南桑家瓦子，近北侧中瓦，次里瓦。其中大小勾栏五十余座。内中瓦子莲花棚、牡丹棚，里瓦子夜叉棚、象棚最大，可容数千人”①。周密《武林旧事》载南宋杭州有瓦子二十三处。说话是瓦舍伎艺中受人欢迎的一种，话本就是说话艺人的底本。说话的听众大多是下层的市民，他们喜欢自己阶层的艺术形象，所以话本的人物有许多是手工业者、中小商人、婢女、妓女、江湖流浪汉。

关于宋代杭州的说话，灌圃耐得翁《都城纪胜》的“瓦舍众伎”条中说有四家，但究竟是哪四家并未说清楚，研究小说史的学者们遂有各种不同的说法。但可以肯定的至少有三家，即小说、说经和讲史。我们现在所能看到的宋元话本，主要是小说和讲史两家。小说专指短篇的话本，又名银字儿，用银字笙、银字觱篥伴奏，有讲有唱，专门演述短篇故事。所谓小说，是“小说话”的简称，也就是说小故事的意思，和以前“小说”的含义已经不同了。它的题材非常广泛，除采撷前代志怪传奇的内容加以敷演外，还从现实生活中汲取素材，社会新闻成为它的一个重要题材来源。罗烨所编《醉翁谈录》收录的一篇《小说开辟》中列举了灵怪（精怪故事）、烟粉（妇女故事）、传奇（爱情故事）、公案（审案、侦察故事）、朴刀、杆棒（以上两类讲英雄好汉故事）、妖术、神仙等八类小说的名目，可见其内容之大概。此外，《都城纪胜》和《梦粱录》还提到“发迹变泰”（获得功名富贵的故事）和“铁骑儿”（战争故事）。宋元话本小说的代表作有《碾玉观音》《错斩崔宁》等。《碾玉观音》的主要人物秀秀是一个书

① ［宋］孟元老：《东京梦华录》卷二“东角楼街巷”，上海古典文学出版社1956年版，第14页。

画装裱匠人的女儿，她善于刺绣，被节度使咸安郡王要去做奴婢。王府里的碾玉工人崔宁与她相爱，郡王一时高兴，说要把秀秀许给他。后来王府失火，秀秀趁机和崔宁一起逃出王府，在千里之外的潭州开了个碾玉铺，做了夫妻。郡王知道以后把他们抓回来，打死秀秀，害得秀秀的父母自杀，崔宁也被杖罚充军。秀秀的鬼魂又跟着崔宁来到建康府，重新建立了家庭。郡王得讯又来捉拿，秀秀遂拉着崔宁一同死去。这篇小说暴露了封建统治阶级的残暴，也歌颂了市民阶层的小人物同封建统治阶级所进行的不屈斗争。

讲史和小说相比，一是篇幅比较长，要分多次才能讲完；二是专讲历史故事。现在所见到的讲史话本，多半叫“平话”，意思可能是平说的话本，只说不唱。明清人又写作“评话”，似乎又有了评论的意思。宋元讲史话本的代表作有元代至治年间（1321—1323）的《全相平话五种》。书的版式一律，上图下文，每种分三卷。包括《武王伐纣平话》《乐毅图齐七国春秋后集》《秦并六国平话》《前汉书平话》《三国志平话》。其中《三国志平话》讲述三国故事，已经具备后来《三国演义》的主要情节。讲史话本还有一部重要作品，是《大宋宣和遗事》，主要讲北宋末年的各种历史故事，其中关于宋江三十六人聚义梁山泊的故事，就是后来《水浒传》的雏形。

在宋元，小说专指短小的话本，长篇历史故事不归入小说之中，另立有讲史一家称平话，二者的界限本来是很分明的。明代以后，小说的概念又起了变化，一些中长篇的作品也包括了进去，小说与平话、演义的区别渐渐消失了；而话本却成了短篇小说的专称。如明谢肇淛《五杂组》所举小说，既包括《水浒传》，也包括《三国演义》。清初钱曾的《也是园书目》通俗小说类包括《古今演义三国志》十二卷。《丙辰札记》说：“《三国演义》固为小说。”《两般秋雨盦随笔》

也说："《隋唐演义》，小说也。"到这时，小说已成为一个广义的名称，它的概念和今天的小说比较接近了。

《三国演义》是中国第一部长篇章回体小说。它的出现，标志着中国小说进入了一个新的阶段。此书的作者罗贯中生活于元末明初，他以陈寿的《三国志》和裴松之的注为基础，广泛吸收了民间戏曲和讲史话本中的三国故事，经过艺术的创造，终于完成了《三国演义》这部巨著。《三国演义》以75万字的篇幅，描写了近百年的历史进程，塑造了四百多个人物形象，这在以前是从未有过的。它描写魏、蜀、吴三国错综复杂的政治斗争、外交斗争和军事斗争，其中有许多虚构的成分。《三国演义》成功地刻画了曹操、刘备、诸葛亮、关羽、张飞、周瑜等众多的人物形象，曹操的奸诈、刘备的仁厚、诸葛亮的贤能和智慧、关羽的义气、张飞的豪爽、周瑜的英武，都给人留下深刻的印象。作者对魏、蜀、吴三国首领的褒与贬，显然取决于他们对汉王朝的忠或奸。而对众多的文官武将的褒贬，则取决于他们对各自主人的忠与奸，所以奸臣曹操手下仍不乏忠义之士。对于文武百官来说，属于哪个阵营似乎并不重要，重要的是忠不忠于自己所属阵营的首领。《三国演义》全书就贯穿着这样的"忠义"思想。《三国演义》尤长于战争描写。几次大战役，如官渡之战、赤壁之战等等，都写得有声有色。因为作者不是把战争局限在战场上，而是充分写出与战争同时展开的政治斗争、外交斗争，写出双方或数方错综复杂的关系。宏观的描写和细节的穿插互相配合，故事性很强。《三国演义》运用浅近的文言，流畅有力，而又不乏诗的意趣，如三顾茅庐、横槊赋诗、草船借箭等片断都是如此。

《三国演义》的当代意义，一个重要的方面是它所蕴含的智慧仍能给人以多方面的启迪。可以说这是一部集人生智慧之大成的著作，是一部文韬武略全书。书中所写种种智慧集中到一点，就是如何处理竞争中各方的关系，扬长避短，利用矛盾，克敌制胜。因此诸葛亮作为智慧的化身，就格外引人注意，而曹操作为一个长于计谋的首领，也很能引起读者的兴趣。诸葛亮和曹操，可以说是《三国演义》的两个最重要的人物，许多主要的故事都是围绕他们两个人展开的。此外，他们身上还具有多重性格：诸葛亮是贤相的典型，他始终忠于刘备和刘禅，善于团结周围的人，鞠躬尽瘁，死而后已。曹操则集奸诈、阴谋、背叛于一身，梦中杀人，割发代首，这些情节都很有典型性。他所信奉的原则是“宁教我负天下人，休教天下人负我”。热情接待他的吕伯奢一家，遭到他无端的怀疑被他杀尽，就是一个典型的情节。他虽然多智多谋，但因为缺少道德而更加令人憎恨。《三国演义》在民间起着历史教科书的作用，甚至起着道德、行为规范的作用，对明清以来中国人的思想行为影响至深。诸葛亮和关羽都成了人们崇拜的神明，而曹操则成为代表坏人的符号。它所使用的那种浅近的文言，成为以后各种历史演义体小说的模范，也是此后经常使用的雅俗共赏的文学语言，在社会上广泛流传。它已经沉淀到中国文化之中，深入到中国人的灵魂里面，成为解读中国文化的典型资料。

《水浒传》是元末明初另一部著名的长篇章回体小说，主要编著者是施耐庵。它讲述的故事是北宋末年以宋江为首的一次起义，从造反开始写到接受招安、征讨方腊，功成被害为止。这段故事源于历史，在《宋史》中便有关于宋江的记载。而在话本小说和元杂剧中也有不少关于水浒的故事，《水浒传》正是在这样的基础上编写而成的。

《水浒传》最早叫《忠义水浒传》，宣扬忠义是这部小说的主旨。宋江的口号是“替天行道”，具体目标就是铲除贪官污吏，而并不反对皇帝，他和他的弟兄们的悲剧正是由此产生的。它成功地刻画了宋江、吴用、武松、李逵、鲁智深、林冲等许多具有鲜明个性的英雄好汉的形象。通过他们的经历，反映了广阔的社会面貌，形象地说明了“官逼民反”的情况。梁山好汉中许多人都有一段辛酸的历史，描写最为细腻也最为成功的是林冲。但也有一些人是宋江为了扩大自己的力量和影响而用各种手段赚上梁山的，卢俊义就是最有代表性的一个例子。《水浒传》的结构很有特色，各方英雄好汉像众川归海似的涌向梁山泊，他们上山之前各有一段曲折的经历，构成相对独立的故事，极见人物性格的特色。一旦上山之后，便成了大海中的一滴水而没有很多吸引人的地方了。于是叙述的重心便转到另一个人身上，重新又写出一段有声有色的文字。《水浒传》完全用白话写成，这和《三国演义》有所不同。它的语言具有口语的生动与活泼，而且不乏诗意，“林教头风雪山神庙”“景阳冈武松打虎”尤为出色。

《三国演义》和《水浒传》这两部小说有一点共同之处，就是对英雄的呼唤和崇拜，这是宋元那个时代各种社会矛盾错综交织的情况下，广大人民群众的愿望。这两部小说的人物形象，也可以互相类比。《水浒传》里的宋江，性格很像《三国演义》里的刘备；《水浒传》里的吴用，性格很像《三国演义》里的诸葛亮；《水浒传》里的李逵，性格与《三国演义》中的张飞也有近似之处。这两部小说在口头流传过程中是否互相影响？是值得研究的一个问题。《三国演义》和《水浒传》这两部小说还有一点共同之处，就是对“忠”和“义”的宣扬。它们所宣扬的“忠义”，当然是出自儒家的学说，但已经适应市民的需要而带上较多的市井色彩。如果拿忠和义相比，义显得更加突出，其主要表现是有恩报恩有怨报怨，小团体的利益高于一切，这是流动性较强的市井细民为了保护自身利益而推崇的一种道德规范。就其好的一面说，可以团结弱势的社会群体起来共同争取自身的权益；就其不好的一面说，也会为了小团体的利益而不顾是非干出一些不正当的事情。所谓哥儿们义气，就这样在社会上起着正反两方面的作用。

（本文为《中华文明史》第三卷第十一章，北京大学出版社2006年版）

中国文化的盛年期

——七世纪至十六世纪

隋的建国，特别是八年之后（589）隋灭陈统一全国，不仅结束了永嘉之乱（307）以来二百八十多年的分裂局面，而且为文明的迅速发展创造了条件。隋朝之后建立的唐朝，在南北文化交融和中外文化交流这两方面实现了突破性的进展，从而使中华文明进入一个新的时期。这个时期的文明有三个最显著的特征：一是呈现多元化的形态，新的与旧的，中国固有的与外来的，南方的与北方的，相互交融共同前进。无论在思想方面、宗教方面，还是文学方面、艺术方面，莫非如此。二是城市的繁荣和市民文化的蓬勃发展，市民文化逐渐加大了其在整个文化中的比重，从而为中华文明增添了新的活力。三是文化重心的下移，从士族向庶族下移，进而向市民下移。这些特征形成一种综合的效果，就是文化显得格外富于创造性，也格外绚丽多彩。

一　在整合中创新

中华文明史上的两个高峰　隋唐文化的鼎盛及其向周边的辐射　宋代文化的再盛　元代文化：酝酿新的生机　明前期的文化态势

本时期文明的发展，可以分成几个阶段：隋唐、宋元和明前期。唐是这个时期的一个高峰，宋是这个时期的另一个高峰，唐、宋也是整个中华文明史上的两座高峰。这个时期文明的发展趋势，可以概括为在整合中创新。所谓整合主要是民族的融合、南北文化的交融、中外文化的交流，以及儒释道各种思想的融会。整合是创新的前提和基础，创新是整合的积极成果。

唐代文化是在大一统的局面下蓬勃发展的，带有统一帝国的宏伟，呈现一种兼容的气度。例如民族关系方面，在北朝各民族与汉族多年来融合的基础上，唐朝与突厥、回纥、吐蕃、南诏、契丹等民族频繁交往，既有战争也有和好，但总的趋势是往民族融合的方向发展。西北各民族推尊唐太宗为“天可汗”，这种称号延续了相当长的时间。唐太宗说：“自古皆贵中华，贱夷、狄，朕独爱之如一。”[①]唐玄宗时李华也说：“国朝一家天下，华夷如一。”[②]唐朝统治者的这种态度以及他们所采取的和亲、羁縻政策，在民族融合的过程中发挥了积极的作用。汉族与各少数民族的交融，不仅促进了各少数民族的发展，也加速了汉族自身的发展。各少数民族的文化资源，经过吸收改造融会创新，成为唐代文化中色彩绚烂的成分。再如，在思想、哲学和宗教方面，儒释道虽然互有消长，但基本上处于并用的状态。儒学在唐朝仍然居于主导的地位，唐朝建国不久，高祖武德二年就下诏于国子监立周公、孔子庙各一所，四时致祭[③]。唐太宗令颜师古于秘书省考定五经，几经诸儒详议，遂颁其所定之书于天下，令学者习焉。孔

① [宋] 司马光：《资治通鉴》卷一九八“唐太宗贞观二十一年”，中华书局1956年版，第6247页。

② [唐] 李华：《寿州刺史厅壁记》，《全唐文》卷三一六，中华书局影印本。

③ [宋] 王溥：《唐会要》卷三五，中华书局1955年版，第635页。

颖达又与颜师古等人受诏撰为《五经疏义》，凡一百八十卷，诏改为《五经正义》，又经诸儒考正，书始布下，每年明经，依此考试①。后来玄宗又追谥孔子为文宣王②，自注《孝经》，颁行天下③。文宗时，郑覃请于太学勒九经，从之④。这些举措说明唐朝皇帝十分重视儒家经典的整理工作，并通过经典的整理确立儒家思想的地位。至于私家研究和注疏儒家经典，也不乏其人，例如魏徵之撰《类礼》，啖助之撰《春秋集传》，便是具有广泛社会影响的工作⑤。再看唐朝佛教的盛况：开元中天下寺庙总计五千三百五十八所，至武宗时增至四万余所⑥。高僧中有许多来自西土，据道宣《续高僧传》、赞宁《宋高僧传》三集所载，列有专传的西来高僧就有数十人之多，如中天竺人波罗颇迦罗蜜多罗、西印度人伽梵达磨、中印度人释莲华等⑦。也有西行求经的高僧，如玄奘、义净、不空等人。佛经的翻译同时达到高潮，据《慈恩传》所载，仅玄奘所译就有七十四部，一千三百三十五卷之多⑧。唐代

---

① ［唐］吴兢：《贞观政要》卷七《崇儒学第二十七》，上海古籍出版社1978年版，第220页。

② ［宋］司马光：《资治通鉴》卷二一四“唐玄宗开元二十七年”，中华书局1956年版，第6838页。

③ ［后晋］刘昫等：《旧唐书》卷八“唐玄宗开元十年”，中华书局1975年版，第183页。

④ ［后晋］刘昫等：《旧唐书》卷一七下“唐文宗开成二年”，中华书局1975年版，第571页。

⑤ 分见于《旧唐书》卷七一，中华书局1975年版，第2559页；《新唐书》卷二〇〇，中华书局1975年版，第5705—5706页。

⑥ ［唐］李林甫等撰，陈仲夫点校：《唐六典》卷四“祠部郎中”条：“凡天下寺总五千三百五十八所。”（中华书局1992年版，第125页。）《资治通鉴》卷二四八“武宗会昌五年”：“祠部奏括天下寺四千六百，兰若四万，僧尼二十六万五百。”（中华书局1956年版，第8015页。）

⑦ 波罗颇迦罗蜜多罗，见《续高僧传》卷三，上海古籍出版社《高僧传合集》影印本，第120页下。伽梵达磨，见《宋高僧传》卷二，同书，第394页上。莲华，见《宋高僧传》卷三，同书，第397页中。

⑧ ［唐］慧立、彦悰：《大慈恩寺三藏法师传》：“麟德元年……遂命嘉尚法师具录所翻经、论，合七十四部，总一千三百三十五卷。”（中华书局“中外交通史籍丛刊”点校本，第220页。）

佛教的宗派也很多，其中尤以净土、天台、禅宗为盛。禅宗是佛教传入中国之后与中国固有的道家思想相融合而形成的一个佛教流派，是中国固有思想对外来宗教的一种改造。道家思想和道教在唐朝空前盛行，玄宗开元二十五年初置玄学博士，习老子、庄子、文子、列子，亦曰道举，每岁依明经举①。他又在两京设立崇玄观，还亲自注释《道德经》颁示天下。除了儒释道之外，伊斯兰教、祆教、景教和摩尼教也都得以流行。又如，艺术方面也呈现出兼容的状态，早在唐太宗时就设立了十部乐，其中四部来自唐朝境内少数民族，四部来自国外，其中尤以龟兹部最盛。段成式《酉阳杂俎》云："玄宗常伺察诸王。宁王常夏中挥汗鞔鼓，所读书乃龟兹乐谱也。上知之，喜曰：'天子兄弟，当极醉乐耳。'"②唐代著名的音乐舞蹈家当中不少来自米国、康国、曹国、安国。唐代著名画家尉迟乙僧原是于阗贵族，贞观初来长安，任宿卫官，袭封郡公，工画佛像、鬼神、人物、花鸟，"凡画功德、人物、花鸟，皆是外国之物像，非中华之威仪"③。这样一位画家受到广泛的欢迎，也可见唐代在文化上的兼容性。唐代与东南亚的文化交流也很值得注意。唐代诗人张籍在《昆仑儿》一诗中对来自东南亚的昆仑人有所描写；唐代传奇小说裴铏的《昆仑奴》，记述来自昆仑的奴仆帮助主人的故事，可见他们在当时社会中的生活情形④。

唐代文化的繁荣是在隋代文化的基础上不断创新的结果。隋代虽然只有短短三十几年，但是在几个方面开创了新的局面，并给唐朝文

① [宋] 司马光：《资治通鉴》卷二一四，中华书局1956年版，第6826页。

② 《酉阳杂俎》前集卷一二，中华书局点校本，第114页。

③ [唐] 朱景玄：《唐朝名画录·神品下》，影印文渊阁《四库全书》本。

④ 昆仑并非专指一个国家，其范围大体是东南亚一带。参见孙机《唐俑中的昆仑和僧祇》一文，见《中国圣火——中国古文物与东西文化交流中的若干问题》，辽宁教育出版社1996年版，第251—259页。

化的发展奠定了基础。首先是隋朝开通的大运河，将长江南北的经济更紧密地联结起来，并使位居北方的政治中心得到南方富饶经济的支持。隋朝虽然并没有因此得以巩固其统治，相反地因为过度劳民伤财而引起民众的不满，最终爆发了大起义，导致隋朝的灭亡，但唐朝受惠于这条运河确实很多，可以说大运河是维系唐朝统治的生命线。据统计，唐高祖、唐太宗在位期间，每年从外地通过运河输送到长安的粮食约二十万石，唐玄宗天宝年间增加到二百五十万石[①]。安史之乱以后，唐朝的财政收入主要依赖江南地区，运河的重要性越发显示出来。其次是隋朝建立了科举制度，唐承隋制有所变革，《新唐书·选举志》："唐制，取士之科，多因隋旧。"[②]遂使大批出身庶族的才俊之士得以进入仕途，从而扩大了统治的基础。同时，这些庶族士人也就成为文化的承传者，为唐代文化带来新的面貌。

唐代文化在沿袭隋代的同时不断革新。即以最能代表唐代文明的诗歌为例，在南北文风交融的大背景下，经过大约半个世纪的努力，诗歌终于走出宫廷，迈向广阔的江山与塞漠，融会了性情与声色，为诗歌创作开辟了健康发展的道路。而近体诗的确立，律诗和绝句这类新型的诗歌格律的建立，则拉开了诗歌与散文的距离，刺激诗人在更严格的格律内寻求自由的表现手法，在语言的使用上突破常规，寻求变异，得到新的更富有诗意的效果。而在小说创作方面，也逐渐突破

① 唐代漕运粮食之数量，主要散见于两《唐书》之《食货志》、《通典》卷一〇《食货典》之"漕运"条、《唐会要》卷八七之"漕运"条、《册府元龟》卷四九八《邦计部》之"漕运"条及《元和郡县志》《资治通鉴》诸相关记载。本处所言，见《新唐书》卷五三《食货志三》："高祖、太宗之时……水陆漕运，岁不过二十万石。"《旧唐书》卷四九《食货志下》："昔贞观、永徽之际……每岁转运，不过二十万石便足。"《通典》卷一〇《食货典》之"漕运"条："天宝中，每岁水陆运米二百五十万石入关。"又，《元和郡县志》卷二《关内道一·永丰仓》亦载："天宝中，每岁水陆运米二百五十万石入关。"

② ［宋］欧阳修、宋祁：《新唐书》卷四四《选举志上》，中华书局1975年版，第1159页。

六朝以来志怪小说的藩篱，创造了传奇这种新的形式，从而将中国古代的小说推向成熟的阶段。此外，以韩愈和柳宗元为旗手的古文运动，对六朝以来流行的骈文进行改革，代之以散句单行的古文，从而影响了此后一千多年间的文体和文学语言。

经过隋炀帝、唐太宗等多方的努力，“丝绸之路”得以畅通。这不仅是一条贸易通道，也是一条中外文化交流的通道，对隋唐文化的创新起了催化的作用。在唐三彩以及唐诗中，骏马、骆驼和胡人成为新鲜的具有代表性的唐代文化符号，而这些都与丝绸之路的畅通有关。杜甫有一首《房兵曹胡马》：“胡马大宛名，锋棱瘦骨成。竹批双耳峻，风入四蹄轻。所向无空阔，真堪托死生。骁腾有如此，万里可横行。”可见从西域引进的骏马是怎样激励了杜甫的诗情。此外，唐朝与南亚的文化交流也很频繁，佛教与中国传统文化相融合，兴起了本土化的禅宗，禅宗的广泛流传充分证明在整合中创新对唐代文化的发展起着多么重要的作用。

唐代文化有很强的辐射力，对周边国家和地区影响巨大而深远。唐代文化对朝鲜、日本、越南等国家的影响，在语言、文字、思想、文学、艺术、服饰、饮食、建筑，以及制度等方面不但广而且深，这些影响至今仍然不同程度地存在着。除了这三个国家之外，唐代文化对西域的影响也不可忽视[①]。即以唐代的律令制度而言，它对于阗的官制、行政和文书制度、度量衡制，都产生了深远的影响[②]。

在这里有必要特别就中唐作一简短的论述。中唐发生了重大的转

① 参见张广达《论隋唐时期中原与西域文化交流的几个特点》，《北京大学学报》(哲学社会科学版)1985年第4期。

② 参见荣新江《关于唐宋时期中原文化对于阗影响的几个问题》，《国学研究》第一卷，北京大学出版社1993年版，第401—422页。

折，其标志就是士人更广泛地参与了政治，特别是朝廷的政治决策。在某种程度上形成了“士人政治”的局面，而武夫相对于以往而言在朝廷的决策上处于边缘地位。皇帝的身边一方面是身居高位的士人，一方面是随侍于左右的宦官；而在地方上则是藩镇的割据。这几种势力互相制衡着，当达到平衡时，国家就出现相对安定的局面；当平衡遭到破坏时，就出现社会和政治的动荡。士人在政治上权重的加强，武夫在政治上权重的削弱，无疑是一种进步，这种状况导致宋代文官制度的完善，从而成为中华文明史上的一个亮点。

宋代文化是唐代文化的延续和发展，是继唐代之后又一个文化高峰。这两个朝代的文化在许多方面是相接续的，宋代文化的新变可以追溯到中唐，例如庶族士人和庶族文化居于主体的地位；城市的繁荣和城市经济的活跃，市民的兴起以及市民对文化诉求的加强；理学的兴盛；词的繁荣；诗歌、书法和绘画的创新等等，以上诸多方面的变化在中唐已经开其端倪。但是宋代文化确实呈现了不同于唐代的带有标志性的新面貌，其所达到的成就也绝不亚于唐代，可谓宋代文化之再盛。例如，随着城市经济的进一步繁荣和印刷技术的提高与普及，作为文化载体的书籍可以较广泛地传播。在唐代很难做到的“读书破万卷”，到了宋代就容易多了，宋人对古代典籍的整理工作也可以比较顺利地展开，从而迅速地提升了宋代社会的文化水准，使宋代文化在更广阔的基础上向新的高度冲刺。唐代文化所呈现的那种外拓的、粗犷的、草莽的，甚至是原始的创造力，到了宋代趋向内敛、细腻、稳健、成熟。再如，唐代所建立的三省六部、科举、均田等制度，已经标志着行政管理体制的完善。宋代又在此基础上建立了更加完善的文官制度，皇帝和中枢大臣之间，中央和地方之间得以相互制衡。由于选拔官吏的机制更加完善，庶族精英得以更多地进入政治的上层参与决策和管理，士人那种群体性的政治使命感和忧患意识也就显得更加强烈，爱国精神也在外患频仍的形势下更加发扬起来，这都为文化增添了新的亮色。又如，宋代的科技有一个突飞猛进的发展。在冶金方面，南宋洪咨夔曾对当时的矿冶业作过实地调查，其所著《大冶赋》翔实地记录了一些技术的细节，对于金属共生的现象、各类金属矿物的赋存形态和所处地形地貌、沙金来自脉金的认识、银的采冶、火法炼铜和水法炼铜、铸钱工艺，都有说明，由此可以看出当时矿冶技术的发达程度①。从沈括的《梦溪笔谈》中可以看到当时许多科学技术领域发达的程度，这些领域包括工程技术、地学、天文气象、数学、物理、化学等。随着南方的开发，水田的耕作技术更加精细。毕昇发明的活版印刷术是印刷技术的一次革命性的进展，具有世界影响。宋代又是陶瓷工艺迅猛发展的时期，宋代五大名瓷：柴、汝、官、哥、定（或定、汝、官、哥、钧），无论在烧制技术方面还是艺术方面，都大大超过了以前的水平。从各方面看来，宋代的科学技术显然居于当时世界领先的地位。至于宋代的理学，从程颐到朱熹已经发展到极致，程朱理学成为此后最有影响力的、占据统治地位的哲学系统。因此，宋代文化与唐代文化相比，更富有思辨的色彩。与此同时，书院教育的发达提高了社会的教育水平，也成为宋代文化的一个亮点。

元代在战乱之后和北方游牧民族的统治下，生产力一度遭到破坏，文化的发展也在不同程度和不同方面受到影响。但是汉族的农业文明与蒙古族的游牧文明有了更直接的交融和互补的机会，这对双方都有益处。虽然元朝统治者实行民族歧视政策，但是各民族融合的趋

① 参见华觉明、游战洪、李仲均《〈大冶赋〉考释与评述》，《国学研究》第四卷，北京大学出版社1997年版，第547—588页。

势并未因此而中断，蒙古族和回族都是在这时成为中华民族的重要成员。尤其值得注意的是，元代对外文化交流十分频繁，其范围不仅包括东亚、东南亚，而且扩大到西亚、东非和北非，甚至和罗马教廷也有了来往。

在元代，儒家文化受到冲击，儒士的社会地位低落，文化发展受到一定的影响，但在某些方面仍延续了宋代以来的趋势。例如在理学方面，上承宋代之余绪，以程朱一派为主，又有新的发展。元代是程朱理学昌明发展的关键时代，由于元代儒家对程朱理学著作进行了细致的搜集、整理、注释和订补的工作，遂使程朱理学广为传播，并在明清两代继续成为官学①。尤可注意的是，元代的西域人用华文著述成绩斐然，而且领域很广泛，包括文学、史学、哲学等各个方面，在书法、绘画方面也有很深的造诣。如康里巎巎之《大元通制》（删修人之一）及其书法、畏吾儿人贯云石之《酸斋文集》、葛逻禄乃贤之《河朔访古记》、唐兀人余阙之《五经传注》，西域人高克恭之《高文简公集》及其绘画，西域人辛文房之《唐才子传》，答失蛮人萨都剌之《雁门集》等等。关于这方面的情况，陈垣先生说："汉唐以来，翻经沙门，传教教士，华文著述众矣，然大抵皆宣扬本教、发挥西学之书，求可以称华学者盖寡。元西域人不然，百年之间，作者至三十余人，著述至八十余种，经史、词章、老庄、申韩、舆地、艺术、阴阳、医药之属无不具。且皆华法，非西法，与徒夸彼善俗、思革吾华风者不同，此元人特色也。"②另一

① 杨晋龙主编《元代经学国际研讨会论文集》对元代经学有广泛的讨论，可以参看。台湾"中研院"中国文哲研究所筹备处2000年印行。

② 见《元西域人华化考》卷八《元西域人华文著述表》，《励耘书屋丛刊》本第一集，1982年北京师范大学出版社影印《励耘书屋丛刻》本。该书所论凡一百六十八人。

方面，元代文化在社会下层酝酿着新的更大的发展。由于元代废除科举考试，士人更多地参与市民的文化活动，促使市民文化蓬勃地发展起来，最有代表性的就是杂剧和南戏的兴起与繁荣。与诗文相比，中国的戏剧长期以来停留在萌芽的状态，许多戏剧的因素没有充分发展。到了元代，才出现了质的变化，一种成熟的戏剧形式即杂剧迅速兴起并且在以大都和杭州为中心的广大地区流行起来。继杂剧之后兴起的南戏，继续维持着剧场的繁荣。杂剧和南戏遂成为中国文化史上的一支奇葩。

明代引人注意的一个突出之处就是中央集权的强化，特别是皇权的强化。朱元璋先后诛杀了丞相胡惟庸和大将军蓝玉及大批功臣，并废除了宰相制度和中书省，独揽一切军政大权。到永乐、宣德年间朝廷又削弱了诸王的权力，进一步巩固了皇权。另一方面，皇帝任用宦官，设立锦衣卫和东、西厂，实行特务统治。在思想文化方面，从明代初年就加紧了钳制，洪武三年（1370）诏定八股取士。永乐十五年（1417）颁行胡广等人纂修的《五经》《四书》《性理大全》，定为国子监及府、州、县生员必读书。洪武三十年（1397）颁布的《御制大明律》规定乐人搬做杂剧戏文，不得装扮历代帝王后妃、忠臣烈士、先圣先贤神像，可见其管制已经进入大众文化的领域。皇帝在笼络士人的同时，对一切有悖其旨意的言行都采取镇压的措施，诗人高启甚至因为辞官并对皇帝有所讥刺而被腰斩；另一位著名文学家杨基被谗夺职，死于劳役。皇权的强化以及上述一系列措施，使明前期思想受到禁锢，台阁体充斥文坛，整体看来士人处于无奈之中。然而，明中期以后文明的转型，除了有当时的种种原因促成之外，在一定程度上不妨视为对明前期社会状况所做出的一种强烈反响。

二　文明的新因素：城市经济与城市文化的繁荣

城市经济的繁荣　城市娱乐生活的活跃　勾栏瓦舍与市民文化的蔓延　刻书业的盛行与书肆的繁荣　文化传播的新途径

这个时期的文明出现了新的因素，这就是城市经济与城市文化的繁荣。早在先秦时期就有了城市，但那时的城市与这个时期相比，规模比较小，繁荣的程度也远远不及。更重要的是隋唐以前城市的功能偏重于政治和军事方面，到了唐宋其经济功能加强了，这是一个重要的变化。唐宋以后城市的繁荣不仅表现在规模之大和人口之众上，而且是和城市经济的繁荣联系在一起的，又是和市民文化的兴起与繁盛联系在一起的，因而成为文明的新因素。

唐代主要的城市有长安、洛阳、汴州、扬州、苏州、杭州、荆州、益州、广州。此外还有不少地区性的城市，如宋州、贝州、魏州、凉州、太原府、河中府、凤翔府、冀州、沧州、青州、汝州、绛州、宣州、常州、洪州、楚州、幽州等等[①]。《通典》卷七《食货》七描述唐开元民户之盛曰："东至宋、汴，西至岐州，夹路列店肆待客，酒馔丰溢。每店皆有驴赁客乘，倏忽数十里，谓之驿驴。南诣荆、襄，北至太原、范阳，西至蜀川、凉府，皆有店肆，以供商旅。远适数千里，不持寸刃。"[②]这段话勾勒出盛唐各地城市商业活动的兴

① 参见张泽咸《唐代工商业》下编"国内商业"，中国社会科学出版社1995年版，第219—229页。

② 中华书局1984年影印本。

盛，以及各城市之间交通的方便。经营食宿的客店兼营交通工具的租赁业务，或许可以视为当时的客店之间已经有了一定的联系。长安作为唐朝的国都，也是经济的中心，《长安志》卷八“长安次南东市”描写了长安一个坊市的繁盛：“东西南北各六百步，四面各开一门，定四面街各广百步。……街市内货财二百二十行，四面立邸，四方珍奇，皆所积集。”①这段话记叙其中商业活动的繁荣，二百二十行便是重要的标志。白行简的《李娃传》反映了唐代长安东西两市殡仪馆互相竞争的情形，这种商业的竞争雇用了善歌者来演唱挽歌进行比赛，围观的人包括一般市民，也包括荥阳公这样的贵族官僚，如果商业没有达到相当繁荣的程度是不可想象的。再如杭州，李华《杭州刺史厅壁记》有如下的记述：“万商所聚，百货所殖。……骈樯二十里，开肆三万室。”②罗隐《杭州罗城记》也说：“东眄巨浸，辏闽夷之舟橹；北倚郭邑，通商旅之宝货。”③从这两条材料看来，停泊在杭州的船只接连二十里，商业店铺达到三万家，四方的货物都可以到达这里。其中的数字也许有夸张的成分，不可全信，即使打一些折扣，也相当可观了。另一个大城市汴州（今开封），《五代会要》卷二六“城郭”条称：“东京车马辐辏，水陆会通。时向隆平，日增繁盛。……加以坊市之中，邸店有限。工商外至，亿兆无穷。”④这里提到交通、手工业和商业，可以从中看到多功能城市的影子。

宋代的城市在唐代的基础上又有所发展。唐代的城市为坊市制，城市分为若干坊，各个坊相对封闭，夜间上锁。在东西两城各划出经

① 中华书局1991年影印本。

② ［宋］李昉：《文苑英华》卷八〇〇，中华书局1966年版，第4223页。

③ ［宋］李昉：《文苑英华》卷八一一，中华书局1966年版，第4287页。

④ ［清］王溥：《五代会要》卷二六，中华书局1998年版，第320页。

营商业的区域，这就是东西两市。到了宋代，相对封闭的坊市改为开放的街市，长形的街市两旁店铺罗列，而且取消了坊和市的界限，不禁夜市，更便利货物的流通和商业的发展。《清明上河图》形象地反映了北宋汴京沿河两岸街市的状况。关于当时首都汴京的繁荣，还有不少文献记载。《东京梦华录》卷二载“东角楼街巷”：“东去乃潘楼街，街南曰鹰店，只下贩鹰鹘客。余皆真珠、疋帛、香药铺席。南通一巷，谓之界身，并是金银、彩帛交易之所。屋宇雄壮，门面广阔，望之森然。每一交易，动即千万，骇人闻见。”[①]这里提到鹰店、珍珠店、疋帛店等，可见专营商店的发达。由于金银、彩帛本身带有货币的性质，所以金银、彩帛的交易似乎具有金融交易的性质，而且交易的规模很大，尤其值得注意。关于南宋行在临安的繁荣，据《梦粱录》卷一八“户口”所录，杭州在隋代“户一万五千三百八十。唐正（贞）观中户三万五千七十一，口一十五万三千七百二十九。唐开元户八万六千二百五十八”[②]。而到了宋代，即使考虑到不同时期行政区划变动这一因素，其户口增加的幅度也是很大的，各种统计数字不一，少的如“钱塘户数，主六万一千六百八，客八千八百五十七”[③]，多的如“今主客户三十九万一千二百五十九，口一百二十四万七百六十”[④]。如果算上前来参加科举考试的流动人口，其数字就更可观了。[⑤]《梦粱录》卷一三“团行”：“大抵杭城是行都之

① 影印文渊阁《四库全书》本。

② ［宋］吴自牧：《梦粱录》，《丛书集成初编》本，第159页。

③ ［宋］吴自牧：《梦粱录》，《丛书集成初编》本，第159页。

④ ［宋］潜说友纂修：《咸淳临安志》卷五八“户口”条，影印文渊阁《四库全书》本。

⑤ 《西湖老人繁胜录》“混补年”：“诸路士人比之寻常十倍，有十万人纳卷，则三贡院驻著诸多。士子权借仙林寺、明庆寺、千顷寺、净往寺、昭庆寺、报恩观、元真观。太学、武学、国子监，皆为贡院，分经入试。每士到京，须带一仆，一（原文如此，疑是“十”字之误）万人试，则有十万人仆，计二十万人，都在都州北权歇。盖欲入试近之故也。可见都城之大。”上海古典文学出版社1956年版。

处，万物所聚。诸行百市，自和宁门杈子外至观桥下，无一家不买卖者。行分最多，且言其一二，最是官巷花作，所聚奇异，飞鸾走凤，七宝珠翠首饰，花朵冠梳，及锦绣罗帛，销金衣箱，描画领抹，极其工巧，前所罕有者悉皆有之。更有儿童戏耍物件，亦有上行之所，每日街市不知货几何也。”①这里说的是手工制作首饰、玩具的情况。卷一三“铺席”：“自大街及诸坊巷，大小铺席，连门俱是，即无虚空之屋。……客贩往来，旁午于道，曾无虚日。……处处各有茶房、酒肆、面店、果子、彩帛、绒线、香烛、油酱、食米、下饭鱼肉鲞腊等铺。”由此可见当时餐饮业的发达。卷一六“米铺”：“杭州人烟稠密，城内外不下数十万户、百十万口。每日街市食米，除府第、官舍、宅舍、富室及诸司有该俸人外，细民所食，每日城内外不下一二千余石，皆需之铺家。”这是讲粮食供应的情况。凡此种种都说明宋代城市经济繁荣所达到的地步。

随着城市经济的繁荣，城市的文化娱乐游冶活动兴盛起来。《唐国史补》卷下：“长安风俗，自贞元侈于游宴；其后或侈于书法、图画；或侈于博弈；或侈于卜祝；或侈于服食，各有所蔽也。”③唐代长安有赏牡丹花的习俗，白居易《买花》诗说：“帝城春欲暮，喧喧车马度。共道牡丹时，相随买花去。……一丛深色花，十户中人赋。”《东京梦华录》卷五“民俗”记载宋代城市的风习：“以其人烟浩穰，添十数万众不加多，减之不觉少。所谓花阵、酒池、香山、药海。别有幽坊小巷，燕馆歌楼，举之万数，不欲繁碎。”同书卷六“收灯诸人出城采春”：“大抵都城左近，皆是园圃。百里之内，并无阒地。

① [宋]吴自牧：《梦粱录》，《丛书集成初编》本，第112页。
② 上海古籍出版社1979年版。

次第春容满野，暖律暄晴。万花争出粉墙，细柳斜笼绮陌。香轮暖辗，芳草如茵。骏骑骄嘶，杏花如绣。莺啼芳树，燕舞晴空。红妆按乐于宝榭层楼，白面行歌近画桥流水。举目则秋千巧笑，触处则蹴踘疏狂。寻芳选胜，花絮时坠金樽；折翠簪红，蜂蝶暗随归骑。于是相继清明节矣。”①《铁围山丛谈》卷五：“马行街者，都城之夜市酒楼极繁盛处也。蚊蚋恶油，而马行人物嘈杂，灯火照天，每至四鼓罢，故永绝蚊蚋。上元五夜，马行南北几十里，夹道药肆，盖多国医，咸巨富，声伎非常，烧灯尤壮观。故诗人亦多道马行街灯火。”②把这些资料集中起来，可以看到宋代城市生活多姿多彩，其中文化、娱乐，以及类似当今旅游活动的游冶，都十分繁荣，与这些活动相适应，消费的水平也很可观。《梦粱录》卷二“暮春”：“是月春光将暮，百花尽开，如牡丹、芍药、棣棠、木香、酴醿、蔷薇……水仙、映山红等花，种种奇绝。卖花者以马头竹篮盛之，歌叫于市，买者纷然。当此之时，雕梁燕语，绮槛莺啼。静院明轩，溶溶泄泄，对景行乐，未易以一言尽也。”③《东京梦华录》卷二“酒楼”：“大抵诸酒肆瓦市，不以风雨寒暑，白昼通夜，骈阗如此。”卷三“马行街铺席”：“其余坊巷院落，纵横万数，莫知纪极。处处拥门，各有茶坊酒店，勾肆饮食。市井经纪之家，往往只于市店旋买饮食，不置家蔬。”《武林旧事》卷三“西湖游幸”：“西湖天下景，朝昏晴雨，四序总宜。杭人亦无时而不游，而春游特盛焉。承平时，头船如大绿、间绿、十样锦、百花、宝胜、明玉之类，何啻百余。其次则不计其数，皆华丽雅靓，夸奇竞好。而都人凡缔姻、赛社、会亲、送葬、经会、献神、仕

① 上海古籍出版社1979年版。

② 影印文渊阁《四库全书》本。

③ ［宋］吴自牧：《梦粱录》，《丛书集成初编》本，第14页。

宦、恩赏之经营，禁省台府之嘱托，贵珰要地，大贾豪民，买笑千金，呼卢百万，以至痴儿骙子，密约幽期，无不在焉。日糜金钱，靡有纪极。故杭谚有‘销金锅儿’之号，此语不为过也。”①从上述这些资料中可以看出当时的城市不仅规模宏大、经济繁荣，而且城市的文化娱乐活动也相当丰富。城市的功能复杂化，是值得注意的趋向。

尤其值得注意的是宋代以后被称为勾栏瓦舍的娱乐场所的繁荣，这与市民文学的兴盛有直接的关系。据孟元老《东京梦华录》和周密《武林旧事》等书记载，一些大城市里出现了比较集中的游艺场所，称瓦舍或瓦子。每一处瓦子又有若干勾栏，是相对固定的演出场所。杜仁杰的散曲《庄稼不识勾栏》描写一个庄稼人到了城里看到勾栏的情形：“要了二百钱放过咱，入得门上个木坡，见层层叠叠团圞坐，抬头觑是个钟楼模样，往下觑的都是人旋窝。见几个妇女向台儿上坐，又不是迎神赛社，不住的擂鼓筛锣。”②可见勾栏中已经区分了舞台和观众席，而且进门就要付钱，这种演出既带有专业性又带有商业性。

在勾栏瓦舍这类演出场所经常扮演说话、杂剧、南戏等市民喜闻乐见的文艺。流传至今的大量宋元话本、元代杂剧和南戏，以及元末明初成书的《三国演义》《水浒传》，当初都曾在这类场所露面。

城市中刻书业的盛行与书肆的繁荣，在文明史上是很有意义的。自从唐代发明印刷术以来，“唐末成都刻印书籍很多，当时印书铺可考的有西川过家印《金刚般若波罗蜜经》，剑南西川成都府樊赏家印历书，龙池坊卞家印《陀罗尼经》。”③到了宋代，城市中的刻书业便盛行起来，刻书的地区比唐五代更扩大了，刻印的书籍内容也更

① [宋]周密：《武林旧事》卷三，上海古典文学出版社1956年版，第376页。
② 见《重辑杜善夫集》，济南出版社1994年版，第67页。
③ 张秀民：《中国印刷术的发明及其影响》，人民出版社1958年版，第63页。

广泛了。在南宋京城内私人的书铺林立，除刻印出售佛经外，还包括经史子集以及俗文、杂书，其中有铺名可考的，据《张秀民印刷史论文集》统计就有十六家之多，如“临安府棚北睦亲坊南陈宅书籍铺”“杭州沈二郎经坊”“钱塘俞宅书塾”。[①]

“书肆”一词在扬雄《法言·吾子二》中已经出现，而市肆售书早在东汉已确有其事，《后汉书·王充传》：“家贫无书，常游洛阳市肆，阅所卖书，一见辄能诵忆。”[②]关于南北朝时期的书肆，唐刘肃《大唐新语》卷一二《劝励》第二十六有记载：“徐文远，齐尚书令孝嗣之孙，江陵被虏至长安，家贫，无以自给。兄林，鬻书为事。文远每阅书肆，不避寒暑，遂通五经，尤精《左氏》。”[③]到了唐朝，鬻书之事更为普遍，元稹《白氏长庆集序》说白居易的诗歌流传广泛：“至于缮写模勒，衒卖于市井，或持之以交酒茗者，处处皆是。……又鸡林贾人求市颇切，自云本国宰相每以百金换一篇。”关于书肆，唐代还有两条有趣的记载：刘禹锡《酬令狐相公早秋见寄》：“军士游书肆，商人占酒楼。”吕温《上官昭容书楼歌》序曰：“贞元十四年，友人崔仁亮于东都买得《研神记》一卷，有昭容列名书缝处，因用感叹，而作是歌。”五代以后随着印刷术的逐步改进，书籍的印刷越来越普及，城市中专门出售书籍的书肆就更多了。宋代有关书肆的记载很多，欧阳修《集古录跋尾》卷一〇：“右《黄庭》别本，续得之京师书肆。”《郡斋读书志·归叟诗话》：“宣和末京师书肆刻印鬻之。”《宋史》卷四三四《吕祖谦传》：“先是书肆有书曰《圣宋

---

① 张秀民：《张秀民印刷史论文集》，印刷工业出版社1988年版，第88—89页。

② 参见叶德辉《书林清话》卷二“书肆之缘起”。中华书局1957年版，第31页。

③ 见许德楠、李鼎霞点校：《大唐新语》卷一二，中华书局1984年版，第176页。据《旧唐书·徐文远传》，徐文远乃孝嗣玄孙，另据《新唐书·徐文远传》，其兄字文林。

文海》，孝宗命临安府校正刊行。”叶梦得《石林燕语》卷八：“《柳玭家训序》，言其在蜀时，尝阅书肆，云：‘字书、小学，率雕板印纸’，则唐固有之矣，但恐不如今之工。”[①]江少虞《事实类苑》卷三六：“一日阅相国寺书肆，得冯瀛王诗一帙而归。”书肆还有兼做编书工作的，《直斋书录解题》卷八《宝刻丛编》：“临安书肆陈思者，以诸家集古书录，用《九域志》京、府、州、县系其名物，而昔人辨证审定之语，具著其下。”从以上所引资料可以看出，这些书肆乃士人经常活动的场所。宋代的书肆并不限于京师，在一些刻书业发达的地区也有兼营刊书业务的书肆。张淏《云谷杂记》：“近时闽中书肆刊书，往往擅加改易。”岳珂《愧郯录》卷九“场屋编类之书”条：“建阳书肆方日辑月刊，时异而岁不同，以冀速售，而四方转致传习。”这些书肆适应参加科举考试的士子的需要，业务相当繁荣。就连一些比较边远的地区也有书肆，王辟之《渑水燕谈录》卷七：“张芸叟奉使大辽，宿幽州馆中，有题子瞻《老人行》于壁者。闻范阳书肆亦刻子瞻诗数十篇。”范阳也有书肆，而且能刻印苏轼的诗歌，由此可见当时书肆的广泛。元代以后书肆比宋代更加发达，所售书籍包括了许多通俗文学读物，如元至治年间建安虞氏刊《全相平话五种》，明嘉靖元年刻《三国志通俗演义》二十四卷。书肆在传播文化方面所起的作用更是非同一般了。

这些书肆是城市生活中的一道新的风景线，不仅促进了书籍的流通，成为文化传播的新途径，而且反过来促进了经学、史学、文学、艺术、宗教、哲学等各个领域的发展。

① [宋]叶梦得撰，宇文绍奕考异，侯忠义点校：《石林燕语》，中华书局1984年版，第116页。

三　文化承传者身份的转移

世族的衰落与庶族的兴起　庶族文人的济世情怀、谏诤品格与忧患意识　市民文化人的出现及其文化品格

门阀的衰落与庶族的兴起是这个时期重要的社会变革。从东汉开始形成的门阀世族，进入魏晋南北朝以后不仅居于社会的上层，在经济和政治上世世代代享受着特权，而且在文化上也几乎处于垄断地位，寒门庶族很难得到发展。“上品无寒门，下品无势族”[①]，这两句话概括地说明了在九品中正制之下，人物品第以及仕途中庶族和世族的不同境地。类似的描述在诗文中也有不少，其中许多是庶族文人的不平与抗议，例如左思说：“郁郁涧底松，离离山上苗。以彼径寸茎，荫此百尺条。”（《咏史》其二）“高眄藐四海，豪右何足陈。贵者虽自贵，视之若埃尘；贱者虽自贱，重之若千钧。”（《咏史》其六）“才秀人微”[②]的鲍照也发出“自古圣贤尽贫贱，何况我辈孤且直”（《拟行路难十八首》其六）的呼声。

到了唐代，由于实行科举制度，又因为武则天推行一系列打击世族的政策，情况发生了变化[③]。世族衰落，庶族兴起是当时的大势所趋。但这个过程相当长，旧世族的势力并没有很快消亡，社会上的门

① 见房玄龄等《晋书·刘毅传》，中华书局1974年版，第1274页。

② 锺嵘《诗品》卷中宋参军鲍照：“嗟其才秀人微，故取湮当代。”陈延杰注本，人民文学出版社1962年版，第47页。

③ 李斌城等所著《隋唐五代社会生活史》对这个时期的庶民地主有如下的概括：“庶民地主是地主阶级中人数最多的阶层。他们在法律上与农民大众同属编户齐民，原则上要交税服役，没有合法享有的政治、经济特权。这批人大致可以分为寄庄户形势户和工商地主三大类。”中国社会科学出版社1998年版，第20页。

阀观念更是延续很久。世族凭借其门第的优势、文化传统的优势，以及他们的家族长期所建立起来的关系网，仍然可以比较容易地跻身于政治上层。即使同样参加科举考试，他们由于有较好的家庭教养，也比庶族容易成功。但在唐代毕竟有一些出身庶族的士人通过科举的途径，登上政治舞台，有的还占据了高位，这和六朝相比，无疑是很大的变化。姑以姚崇、宋璟、张说、张九龄、房琯、李泌、杨炎、陆贽、裴度、李德裕等唐朝十位著名的宰相进行统计，出身于庶族的只有张九龄和陆贽两人，其余八人都出身于世族[①]。出身于庶族的虽然还是少数，但已经显示了一种重要的变化。再就唐玄宗和宪宗时期所有的宰相进行统计：

玄宗朝宰相凡三十四人，出身唐宗室者三人，出身世族者二十四人，出身庶族者三人，出身待考者四人。宪宗朝宰相凡二十五人，出身唐宗室者一人，出身世族者十九人，出身庶族者

① 宰相之身份，依据《新唐书·宰相表》认定："唐因隋旧，以三省长官为宰相，已而又以他官参议，而称号不一，出于临时，最后乃有同品、平章之名，然其为职业则一也。"(《新唐书》卷六一《表第一·宰相上》)至于皇子以宗室身份为三公者，其相位仅具象征性，且与考察主题无关，故从略。而宰相之出身，则依照两唐书本传，并对照《新唐书宰相世系表集校》，参考《新唐书·儒学传中·柳冲传》所录柳芳语、岑仲勉《元和姓纂四校记》及其他相关资料，加以勘定。姚崇见《旧唐书》卷九六、《新唐书》卷一二四、张说《故开府仪同三司上柱国赠扬州刺史大都督梁国公姚文贞公神道碑》。宋璟见《旧唐书》卷九六、《新唐书》卷一二四、颜真卿《有唐开府仪同三司行尚书右丞相上柱国赠太尉广平文贞公宋公神道碑铭》。张说见《旧唐书》卷九六、《新唐书》卷一二四、颜真卿《有唐开府仪同三司行尚书右丞相上柱国赠太尉广平文贞公宋公神道碑铭》。张九龄见《旧唐书》卷九九、《新唐书》卷一二六、徐浩《唐尚书右丞相中书令张公神道碑》。房琯见《旧唐书》卷一一一、《新唐书》卷一三九、李华《房丞相太尉房公德铭》。李泌见《旧唐书》卷一三〇、《新唐书》卷一三九、李繁《邺侯家传》(今存于《绀珠集》《类说》)。杨炎见《旧唐书》卷一一八、《新唐书》卷一四五。陆贽见《旧唐书》卷一三九、《新唐书》卷一五七。裴度见《旧唐书》卷一七〇、《新唐书》卷一七三。李德裕见《旧唐书》卷一七四、《新唐书》卷一八〇。

二人，出身待考者三人。[①]

以上统计大体可以说明，终唐之世在宰相的任命上，世族一直占据优势地位，但是世族垄断的状况毕竟已打破，庶族有了较多的进身机会，可以在朝廷和各级地方政府机构中发挥较大的作用。经过黄巢起义和五代十国的战乱，进入宋代之后，旧世族的政治地位才最终被取代。

然而在文化方面，唐代却早已呈现另一种情况：文化的主要承传者已经落在庶族士人身上，他们活跃在思想、文学、艺术等各个领域内，成为最具有创造力的人物，这种状况一直延续到宋代。例如，唐代最具有影响力的文学家多半出身庶族，其父祖辈多为地方上的县令或比县令还低的长史、司马、别驾之类小官。陈子昂是梓州的“富家子”，大概并没有官职（《旧唐书》本传）。王维的高祖任赵州司马，曾祖任扬州司马，祖父任协律郎，父亲任汾州司马（《新唐书·宰相世系表》）。李白家世不详，其高、曾、祖姓名均无考，其《与韩荆州书》自称“陇西布衣”，当系实况。杜甫的曾祖位终巩令，祖父（杜审言）位终膳部员外郎，父终奉天令（《旧唐书》本传），甫少贫，不自振（《唐才子传》）。白居易世敦儒业，皆以明经出身，祖父巩县令，父衢州、襄州别驾（《旧唐书》本传），他不是北齐五兵尚书白建

① 玄宗朝宰相凡三十四人，出身唐宗室者三人：李林甫、李适之、李麟。出身世族者二十四人：陆象先、崔湜、萧至忠、张说、姚崇、卢怀慎、薛讷、源乾曜、宋璟、苏颋、张嘉贞、王晙、李元纮、杜暹、萧嵩、裴光庭、宇文融、裴耀卿、陈希烈、韦见素、崔圆、房琯、裴冕、崔涣。出身庶族者三人：郭元振、张九龄、牛仙客。出身待考者四人：魏知古、刘幽求、韩休、杨国忠。宪宗朝宰相凡二十五人，出身唐宗室者一人：李夷简。出身世族者十九人，郑余庆、郑练、杜佑、武元衡、李吉甫、于嶠、裴垍、李藩、权德舆、张弘靖、韦贯之、裴度、李逢吉、王涯、崔群、李墉、皇甫镈、萧俛、段文昌。出身庶族者二人：韩弘、程异。出身待考者三人：杜黄裳、李绛、令狐楚。

之后裔，陈寅恪先生已有论断[1]。韩愈曾祖曹州司马，祖桂州长史，父秘书郎（李翱《韩公行状》）。李商隐虽自述与唐皇室同系，然支派已远，曾祖安阳县尉，祖邢州录事参军，父获嘉县令（《旧唐书》本传）。这些人的家庭地位不高，自己年轻时的境遇也不很好，但家庭有一定的文化修养，这使他们有可能通过科举考试进入仕途。他们在仕途上往往并不得意，但在文化方面却取得很高的成就。

庶族士人因为出身于中下层，有的还经历过较长时间的贫困生活，所以对社会状况有较深切的了解，他们往往怀抱着济苍生、安社稷的政治使命感。例如李白早年就怀有济世之志："申管晏之谈，谋帝王之术。奋其智能，愿为辅弼，使寰区大定，海县清一。"（《代寿山答孟少府移文书》）后来又说："东山高卧时起来，欲济苍生未应晚。"（《梁园吟》）直到六十一岁即去世的前一年，听到李光弼率大军征讨史朝义的消息，还请缨从军，半道因病而还。可见李白虽然一生遭遇坎坷，却始终没有放弃济世的抱负。杜甫曾用这样两句话概括自己的志向："致君尧舜上，再使风俗淳。"（《奉赠韦左丞丈二十二韵》）他和李白一样虽然未能施展自己的志向，但只要有机会总是不放弃表达自己的见解和愿望："朱门酒肉臭，路有冻死骨。"（《自京赴奉先县咏怀五百字》）"安得务农息战斗，普天无吏横索钱。"（《昼梦》）"安得广厦千万间，大庇天下寒士俱欢颜，风雨不动安如山。呜呼！何时眼前突兀见此屋，吾庐独破受冻死亦足。"（《茅屋为秋风所破歌》）他突破了儒家"穷则独善其身，达则兼济天下"的思想，不管是穷还是达，都不放弃兼济天下的志向。

---

① 见《唐代政治史述论稿》中篇。另见《元白诗笺证稿》"附论"，中华书局1962年版，第308页。

他们站在国家整体利益的立场上，针对政治弊端直言极谏，甚至不怕触怒皇帝和权贵。谏诤过程中表现出来的刚正不阿是这些士人普遍的品格。初唐诗人陈子昂便是一位直言极谏之士，他屡次上书议论军国机要、军国利害，并就西蕃边州安危、雅州讨生羌、措刑、任贤等问题提出中肯的意见[①]。颜真卿在安史之乱当中及其后的一系列表现，充分显示了他的操守。他多次得罪于权贵，屡屡遭到贬黜，却始终"立朝正色，刚而有礼，非公言直道，不萌于心"(《新唐书》本传)。李绛的《论谏臣》针对宪宗认为谏官多讪谤朝政，欲谪其尤者以儆其余，答道："陛下此言，似非圣意。恐有邪佞之人，以误天心。……小臣昼度夜思，将有上谏。本欲陈谏十事，至时已除五六，逮于缄封上进，又削其半。其得上达者，十无二三。何哉？启忤意之言，干不测之祸，顾身无利，相时避祸也。……所以明主须宥其过，恂恂纳谏。切言者赏之使必进，极谏者褒之使必行，然后圣德明光，大化宣畅。"[②]元稹有《论谏职表》《论教本书》，一再向皇帝申述纳谏之重要。[③]《旧唐书·白居易传》载："吐突承璀为招讨使，谏官上章者十七八，居易面论，辞情切至。继而又请罢河北用兵，凡数千百言，皆人之所难言者，上多听纳。唯谏承璀事切，上颇不悦，谓李绛曰：'白居易小子，是朕拔擢致名位，而无礼于朕，朕实难奈。'绛对曰：'居易所以不避死亡之诛，事无巨细必言者，盖酬陛下特力拔擢耳，非轻言也。陛下欲开谏诤之路，不宜阻居易言。'上曰：'卿言是

① 陈子昂有《上军国机要事》《上军国利害事》《上西川边州安危事》《答制问事·请措刑科》《答制问事·重任刑科》等。

② 周绍良主编：《全唐文新编》卷六四五，吉林文史出版社2000年版，第7276—7277页。

③ 周绍良主编：《全唐文新编》卷六五〇，吉林文史出版社2000年版，第7344—7346页。

也。’由是多见听纳。”[①]刘蕡可谓唐代直言极谏的代表人物，《新唐书·刘蕡传》载：大和二年，举贤良方正能直言极谏，帝引诸儒百余人于廷，刘傈对曰：“至于上所忌，时所禁，权幸所讳恶，有司所与夺，臣愚不识，伏惟陛下少加优容，不使圣时有谠言受戮者，天下之幸也。”接着他陈述了国家的忧患，很中肯綮。但是第策官畏中官眦睚，竟不敢取。而士人读其辞，至感慨流涕者。河南府参军事李郃上疏曰：“陛下以直言召天下士，蕡以直言副陛下所问，虽讦必容，虽过当奖，书于史策，千古光明。使万有一蕡不幸死，天下必曰陛下阴杀谠直，结雠海内，忠义之士，皆惮诛夷，人心一摇，无以自解。况臣所对，不及蕡远甚，内怀愧耻，自谓贤良，奈人言何！乞回臣所授，以旌蕡直。”帝不采纳。此后七年果有甘露之变。宦人深嫉蕡，诬以罪，贬柳州司户参军，卒。[②]李商隐还为此写了《哭刘蕡》《哭刘司户蕡》《哭刘司户二首》，以表达他对刘蕡的敬仰痛惜之情。

庶族士人的这种济世情怀、谏诤意识以及在政治生活中表现出来的刚正不阿的品格，可以追溯到汉代乃至先秦，孟子、屈原便是这方面的典范。进入唐代之后，因为政治相对开明，庶族士人的济世抱负有较多实现的机会，又因为有了唐太宗和魏徵之间君臣关系的范例，谏诤意识明显地得到发扬。唐太宗与魏徵的关系，成为有唐一代及其后各个朝代君臣关系的典范，后人对他们的追忆与赞许，表现了扩大政治开明度的要求，成为值得特别提出来加以描述的文化现象。庶族士人的谏诤活动，乃是在当时的条件下向专制独裁进行斗争，以推动政治开明，进而推进文明进程的可行方式。

① ［后晋］刘昫等：《旧唐书》卷一六六，中华书局1975年版，第4344页。
② ［宋］欧阳修、宋祁：《新唐书》卷一七八，中华书局1975年版，第5293—5307页。

在宋代由于内忧外患频仍，士人除了济世情怀、谏诤品格之外，忧患意识显得特别突出。范仲淹所谓“先天下之忧而忧，后天下之乐而乐”(《岳阳楼记》)，特别为宋代士人所认同。他们在表达个人的抱负时，比较拘谨、收敛，像李白、杜甫那样的豪情壮志在宋人的诗文中并不多见[①]。即使有也往往表现在杀敌报国挽救危亡方面，生活在南宋的陆游，早就有志于“上马击狂胡，下马草军书”(《观大散关图有感》)。但这壮志一直到晚年未能实现，他仍念念不忘：“当年万里觅封侯，匹马戍梁州。关河梦断何处？尘暗旧貂裘。胡未灭，鬓先秋。泪空流。此生谁料，心在天山，身老沧洲。”(《诉衷情》)

值得注意的是中唐以后特别是到了宋代，随着城市的发展和市民的兴起，文化的重心再次下移。市民阶层在文化上也产生了他们的代表人物。这些人在某种程度上具有新的精神气质、价值追求和美学趣味，并给文化带来新的面貌。

在唐代，市民文化主要是城市中流行的曲子词、俗讲、变文、百戏等。参与这些文化创造的本是城市中的大众，或下层的艺人，如唐代擅长参军戏的李仙鹤、曹叔度、刘泉水、范传康、上官唐卿、吕敬俭、冯季皋[②]，唐会昌年间在长安俗讲的法师海岸、体虚、文溆等人[③]，宋熙宁、元祐间首创诸宫调古传的孔三传[④]，宋咸淳年间善讲诸史的王六大夫[⑤]，元锺嗣成《录鬼簿》所载许多杂剧作者，如关汉卿、马致

① 参见袁行霈主编《中国文学史》第三卷“绪论”，高等教育出版社1999年版，第7页。本“绪论”执笔人莫砺锋。

② [宋]陈旸：《乐书》卷一八七引《乐府杂录》。

③ 见日僧圆仁《入唐求法巡礼行记》卷三。

④ 见宋王灼《碧鸡漫志》卷二。

⑤ [宋]吴自牧：《梦粱录》卷二〇“小说讲经史”：“又有王六大夫，元系御前供话，为幕士请给讲，诸史俱通，于咸淳年间敷演《复华篇》及《中兴名将传》，听者纷纷。”此条所录不止王六大夫，还有谭淡子、翁二郎、戴书生、周进士、张小娘子、宋小娘子、归和尚、马定斋等，兹不赘叙。

远、王实甫、石君宝、郑光祖、乔吉，以及罗贯中、施耐庵等等。还有的人原是士人，因为各种原因投入市民之中，学习市民文化并提升了市民文化，成为市民文化人的代表。如唐代的温庭筠，出身于宰相之家，是温彦博的后代。虽然到他这一代已经衰微，但门第毕竟还是高的。但是他习近市井文艺和市井艺人，能逐弦吹之音，为侧艳之词，恃才诡激，以文为货，而不容于当道者，以至终身坎坷[①]。温庭筠以词著称，写有许多艳词，内容多是代歌伎抒情。他的诗一方面学习齐梁绮丽的诗风，另一方面又带有词的侧艳。再如北宋的柳永无意于仕进，多游狭邪，善为歌词，凡有井水饮处即能歌柳词。妓者多以金物赠之，去世时靠了歌妓集资才得以安葬[②]。可见柳永也是一位市井文化的代表人物。

市民文化的代表人物，具有和庶族士人不同的另一些品格。他们因为不能进入仕途或虽进入仕途但不能有任何作为，而远离政治，当然也就不再执著于忧国忧民、谏诤讽喻、拯救生民于涂炭的种种想法。他们所关心的是下层社会特别是城市下层居民的生活状况，以及他们的欢乐和疾苦。庶族士人往往站在清官的立场上，揭露民生疾苦，而他们则是站在普通民众的立场上，反抗权豪势要，呼唤清官

① 《旧唐书·温庭筠传》说他："士行尘杂，不修边幅，能逐弦吹之音，为侧艳之词，公卿家无赖子弟裴诚、令狐缟之徒，相与蒱饮，酣醉终日，由是累年不第。"《旧唐书·李商隐传》说："文思清丽，庭筠过之。而俱无持操，恃才诡激，为当途者所薄。"《唐诗纪事》卷五四说他："才思艳丽，工于小赋。……而士行玷缺，缙绅薄之。"《唐才子传校笺》卷八：说他善"鼓琴吹笛"，"有弦即弹，有孔即吹"。"后夜尝醉诟狭邪间，为逻卒折齿，诉不得理。"《唐摭言》卷一一说他："罕拘细行，以文为货。"

② 柳永身后殡葬事，其说不一。宋人祝穆《方舆胜览》卷一一"柳耆卿"条、元谢应芳《龟巢稿》卷一一《与乡友邹钧显论合祀忠公书》及明徐伯龄《蟫精隽》卷一四"崇安柳七冢"条皆称"卒于襄阳，死之日，家无余财，群妓合金葬之"云云；王士祯《池北偶谈》卷二一及《分甘余话》卷一则言之凿凿，称"卒于京口，王和甫葬之"，不知何据?此处从宋元人说。

的出现。他们并没有在儒家思想之外找到其他足以支撑自己的思想资源，但是对“义”的强调，已成为他们团结和保护自己的重要思想武器。此外，对封建礼教的叛逆和对爱情婚姻自由的追求，是他们具有突破性的思想倾向。

总之，文化重心的下移，也就是文化从世族垄断的状态转向庶族士人的活跃，再转向市民文化人的出现和活跃，这是从隋唐到宋元文化发展的大趋势。

（本文为《中华文明史》第三卷“绪论”，北京大学出版社2006年版）

文化的馈赠

今年北京论坛的主题“文明的和谐与共同繁荣”，表达了我们追求的目标。我所谓“文化的馈赠”则是为了达到这个目标应当采取的态度和行为方式。我是研究中国古典文学的，近年来特别关注中华文明的发展历程，今天我愿意从中华文明史讲起。

如果追溯世界上几个古老文明起源的年代，中华文明不能算是最早的，但中华文明是唯一从未中断过的文明。中华文明的组成，既包括定居于黄河流域和长江流域的较早以农耕为主要生活来源的华夏文明，也包括若干以游牧为主要生活来源的少数民族文明。汉族不断与周围的民族相融合，形成由五十六个民族组成的大家庭。中华文明的演进过程，不是互相灭绝，而是互相融合。中华文明的演进过程，在很大程度上可以视为不同地域的文明以及不同民族的文明，在交往过程中整合为一体的过程。多元一体的格局最晚在西周就建立起来了，此后虽然历经战乱与分裂，不断有新的文明元素加入进来，但没有任何一种文明的分支分裂出去，所以这个大格局始终保持着完整性而没有打破。因此，中华文明的发展史从一个侧面看来就是民族融合的历史。

中华文明和域外异质文明的接触，促进了中华文明的发展。印度佛教对中华文明的影响表现在思想观念和生活习俗等等许多方面，而佛教与中华传统文化相融合便出现了禅宗，禅宗成为中华文化的一个重要组成部分。西方文明从明代末年开始传入中国，但在相当长的一段时间内还只是对传统的中华文明的局部补充。鸦片战争之后，在救亡的呼声中，中国的知识分子纷纷介绍和学习西方先进的文明，魏源编纂《海国图志》，提出“师夷长技”的方针，便是一个带有标志性的变化。此后，向西方学习经历了从科学技术的层面到政治、人文层面的深化过程。废科举、兴学校，留学、办报，种种新的事物迅速出现，形成一种新的时代潮流，促使中华文明继续前进。

然而，中华文明是在一个相对封闭的地理环境中发育成长起来的，周围的天然屏障，一方面保护着中华文明较少受到外族的入侵而能够独立地连续地发展；另一方面也限制了中华文明与其他文明的交流。总的看来对外文化交流的机会毕竟不多，交流的地域也不广。当中华文明发展到鼎盛期后，特别是当世界上其他地区的文明实现了近代化的转变之后，中华文明急需吸取其他文明的优秀成果以丰富发展自己。可是在这个历史的关头，清朝统治者却采取了闭关锁国的政策，固步自封，不图进取，丧失了历史机遇，遂使中华文明逐渐被排斥到世界文明发展的主流之外，并处于落后的地位，甚至沦落到任人宰割的地步。这是我们回顾中华文明史的时候不能不深感悲痛的，也是我们应当牢牢记住的一个惨痛的历史教训！

近代以来，中华文明发展的趋势可以简单地概括为打开大门与走向世界，一切有识之士的种种呼号与努力，无非以此为中心。直到今天，打开大门与走向世界，仍然是尚未完成的历史任务。打开大门，是在保持自己民族优良传统的同时，吸取世界上其他民族创造的优秀文明成果；走向世界，是带着自己民族的优秀传统，融入世界文明的主流之中。

当前世界形势发生了空前的变化，经济全球化深刻地影响着人类文明的进程。但这种状况不应当也不会导致民族文化特色的消亡。我在1998年北大举办的汉学研究国际会议上，提出“文化的馈赠”，得到许多学者的响应。文化的馈赠是双向的，是一种极富活力和魅力的文明交融和创新的活动，各个民族既把自己的好东西馈赠给别人，也乐意接受别人的馈赠。馈赠的态度是彼此尊重，尊重别人的选择，决不强加于人。馈赠和接受的过程是取长补短、融会贯通。馈赠和接受的结果是多种文明互相交融、共同发展，以形成全球多元文明的高度繁荣。因为不同的文明本来就各具本色，吸取外来文明的内容、分量和方式又不相同，交融之后出现的人类文明仍然是千姿百态，我们的世界仍然是异彩纷呈。

一切有良知的学者，在这个关系人类命运和前途的重大问题上，应率先采取互相尊重的态度，担负起文化馈赠的任务，并影响自己的政府寻求不同文明的和平共处，以保持文明的多样性。中国的经济正在腾飞，中国的综合国力逐渐强大，但中国的腾飞和强大不会对别人构成威胁。我是从学者的角度说这句话的，根据我多年研究所得到的认识，中华文明本质上是一种和平的文明，中华文明有能力在外来威胁下保存自己，但没有兴趣威胁别人。这样一种文明对于未来世界的稳定是不可缺少的。

在经济全球化的大趋势中，中华文明的未来是我十分关心的问题。2002年我曾在北大文科论坛上，就这个问题发表过三点意见，请允许我在这个更高、更广的北京论坛上加以重申：

首先，我们要欢迎伴随着经济全球化而来的、更加广泛和深刻的文化交往，积极吸取人类文明的一切优秀成果。过去，中华文明在与外来文明的接触中，既然能够吸取改造它们以丰富发展自己，今后必然能够做得更好。

其次，中华文明应当更主动地走向世界。中国对世界的了解虽然还很不够，但是世界对中国的了解更少、更肤浅。牛津大学教授雷蒙·道森在1967年出版了《中国变色龙——欧洲中国文明观之分析》(Raymond Dawson: *The Chinese Chameleon: an Analysis of European Conceptions of Chinese Civilization*, London: Oxford University Press, 1967, pp.1-8.此书有中文译本,《中国变色龙：对于欧洲中国文明观的分析》，常绍民、明毅译，北京时事出版社1999年出版）这部名著。这部书详尽而具体地介绍了西方对中国的种种看法，并总结说：在西方人眼中，中国的形象似乎在两个极端间变化：或者是理想的王国，或者是停滞与落后的象征。中国时而被描绘为富裕的、先进的、聪明的、美好的、强大的和诚实的，时而被描绘为贫穷的、落后的、愚蠢的、丑陋的、脆弱的和狡诈的。从这本书中可以看出，西方对中国的认识与中国的实际有相当大的距离。我们深切地感到，在经济全球化的过程中，中华文明具有广阔的空间，可以在世界上充分展示自己的真面目。随着经济的全球化，特别是中国经济的日益繁荣，世界更需要了解中国；中华文明也会得到更多的途径走向世界。经济全球化对中华文明来说，机遇大于挑战。我们应当清醒地认识这种形势，把握这个历史机遇，培育和弘扬民族精神，为人类文明的进步作出更大的贡献。

再次，要坚持文明的自主。无论是引进世界文明的优秀成果，还是走向世界，都是我们自主的意识和行为。回顾历史，汉唐人对外来文明的开放胸襟与拿来为自己所用的宏大气魄，即鲁迅称之为“闳放”的那种态度，便是自主性的很好表现。西方近代文明，从明朝末年逐渐传入中国，鸦片战争之后大量涌入，影响着中国百余年来的历史进程，但中华文明并没有失去自主的能力。到了今天，我们更有条件加强文明的自主性，自己决定自己文明的命运。

在经济全球化的趋势中，我们一方面要采取坚决的切实的措施，努力保持中华文明的民族特色，另一方面也要看到民族特色是因比较而存在的，越是有比较就越能显示自己。还要看到文明的民族特色不是一成不变的，在与其他文明交流的过程中，有些因素会凸显出来，有些因素则会逐渐淡化乃至消失。应当创造条件促成适应时代发展的新的特色逐步形成。

总之，与经济全球化同时到来的，既不是单一的全球文明，也不是文明的冲突，而是文明的自主、馈赠，以及多元文明的繁荣。这种新的文明生态的出现和确立，是人类进化到更高阶段的一个重要标志。中华民族必能抓住这个历史的机遇，实现伟大的复兴。中华民族必能以高度的文明重塑自己在世界上的形象。具有几千年历史而从未中断过的中华文明，必将在世界未来的文明进程中再现自己的辉煌，并对全人类的文明进步作出更大的贡献！

2004年8月25日

（本文为在2004年北京论坛闭幕式上的演讲）

中国诗学的特点与民族诗学的建立

一

所谓“诗”原来专指《诗三百》而言，后来渐渐成为一种文体的名称，包括了四、五、七言和杂言的古近体诗。当词兴起之时，它或称曲子词，或称长短句，或称诗余，本来是不和诗相混的，后来也纳入了广义的诗的范围之内。然而在中国，“诗”的概念始终没有像西方那样广泛。

中国文学的长河，是以诗歌为主流的。中国诗歌的历史源远流长，如果从最早一部诗歌总集《诗经》算起，至今已有三千多年了。而古希腊荷马的《伊利亚特》和《奥德赛》大约产生于公元前九世纪到公元前八世纪之间；古印度蚁垤的《罗摩衍那》则是公元前三世纪到公元二世纪之间的作品；古印度的另一部史诗《摩诃婆罗多》的成书已在公元纪元以后。它们的时代都比中国的《诗经》晚。《诗经》之后，出现了众多优秀的诗人和优秀的作品，诗歌的优良传统一直没有中断过。唐诗和宋词，是中国诗歌史的两个高峰。那时的诗坛和词坛，恰如“众星罗秋旻”，给人以美不胜收之感。清代康熙年间编纂的《全唐诗》，搜集了两千二百多位诗人的四万八千多首诗。今人唐圭璋先生所编的《全宋词》录入词人一千三百三十余家，词作一万九千九百多首。这并不是唐诗和宋词的全部，但从不完全的统计中已经可以想见唐宋两代诗词繁荣的盛况。所以，中国人常以唐诗和宋词为自己的骄傲。

诗歌对其他文学体裁以及艺术的许多门类都具有重要的影响。诗歌对文章的影响最为明显，中国特有的文体骈文便是在诗歌的影响下产生的。大致说来，骈文发轫于魏晋，在南朝随着新体诗的兴起而臻于完善，并十分盛行，不但叙事、抒情用骈文，议论也用骈文，就连诏令、奏议、书启等应用文也都用骈文。刘勰的《文心雕龙》这样一部文学理论著作竟然也是用骈体文写成的。骈文讲究对偶、声律，句式整齐，带有明显的诗歌的艺术特征，遂亦具有诗歌的美感。

和诗歌的悠久传统相比，中国的小说、戏剧是迟开的花朵。它们很晚才汇入文学的长河之中。小说到唐代出现传奇才算进入了成熟时期，那已经是八世纪的事了。戏剧到宋金时期才渐趋成熟，元代才达到兴盛阶段，那已经是十三世纪了，比古希腊的悲喜剧晚了十八个世纪，比中国的《诗经》晚了二十四个世纪。中国小说、戏剧的出现不仅远远地落后于诗歌，而且它们都有一种向诗歌靠拢的倾向，或者说有一种诗化的倾向。从小说的发展史来看，唐代以前的古小说只是粗陈故事梗概的“街谈巷语”，还不算自觉的文学创作。是在诗歌高度繁荣的唐代，小说吸取了诗歌的营养，才成长为具有鲜明人物形象和完整故事情节的文学作品。唐代传奇小说那种秀异的意绪，瑰奇的想象，华赡的词采，清新的风格，应当说是受了唐诗的影响和启发而形成的。唐传奇的许多作者本身就是诗人，他们以诗人的眼睛观察生活，用小说的形式抒发感情，达到了前人所不能达到的高度。像《长恨歌传》《李娃传》《莺莺传》《柳毅传》《霍小玉传》，这些唐传奇的代表作无不洋溢着浓郁的诗意。宋元以后的白话通俗小说，也同诗歌有密不可分的关系。宋代说话分为四家，其中，小说、说经、合生三家都是有说有唱，那些唱词就是诗。所以有的话本又叫“诗话”或“词话”。讲史一家虽然只说不唱，但有的讲史话本中也穿插了许多诗。至于文人创作的白话小说，如《红楼梦》《镜花缘》，借助诗歌艺术的地方也是不胜枚举的。中国的戏剧本来就起源于民间歌舞。有人指出屈原的《九歌》是中国古代一出原始的歌舞剧，不是没有道理的。唐代诗歌和音乐的高度繁荣，为戏剧的诞生准备了充分的条件。而宋金的鼓子词和诸宫调等说唱文学，则直接导致了元杂剧的产生。在组成戏剧的各种因素中，唱词占有十分重要的地位。有的戏情节相当简单，主要靠唱词取胜。这些唱词就是诗。所以中国的戏剧乃是诗剧，离开诗歌就没有戏剧的存在了。关汉卿、王实甫、白朴、马致远、高明、汤显祖、洪昇、孔尚任等大剧作家，哪一位不是才华横溢的诗人？《窦娥冤》《西厢记》《梧桐雨》《汉宫秋》《琵琶记》《牡丹亭》《长生殿》《桃花扇》等著名的剧作，哪一部不是华美的诗篇？

诗歌对于散文、小说、戏剧的渗透和影响，说明诗歌在中国文学中居于主导的地位，诗歌是中国文学的主流。[①]

至于“诗学”二字，在中国古代具有多种含义。汉代有“经学”，但当时并未将《诗经》之学称为“诗学”。宋代以来，宋人开始将“经学”里关于《诗经》的部分独立出来称为“诗学”。[②]大约

① 袁行霈：《中国文学概论》第一节“诗是主流”，高等教育出版社2006年版，第10—17页。

② 如北宋《崇文总目》卷一载：“《毛诗正义》四十卷，唐国子祭酒孔颖达撰……诗学之家，此最为详。”南宋陈振孙《直斋书录解题》卷二载：“《诗学名物解》二十卷，知枢密院莆田蔡卞元度撰。”《宋史》卷二〇二《艺文志一》载：“范处义《诗学》一卷。”

同时稍晚，在谈到作诗之法时也开始将其称为“诗学”。[①]“诗学”的这两种含义一直沿用到清代。此后，随着西方学术进入中国，“诗学”的使用更加普遍，其含义又相应有所变化，例如朱光潜先生翻译亚里士多德的*Peri Poietikes*，书名就用了这两个字。杜国清先生翻译刘若愚先生的*The Art of Chinese Poetry*也译作《中国诗学》。不过大家对“诗学”二字的理解并不一致，例如就有学者指出亚里士多德*Peri Poietikes*一书应译为《论诗术》。[②]在这里有必要对我们所谓“诗学”加以大致的界定，简单地说，“诗学”就是指关于诗的理论与品评，我们写的这部《中国诗学史》是要对中国历代关于诗的理论和品评作一番搜集、爬梳、整理和总结的工作。中国是一个诗的国度，这不但表现在诗的创作上，也表现在诗的理论与品评上。中国有不同于其他国家的独特的诗的传统，也有不同于其他国家的独特的诗学。认真总结中国的诗学，既有助于理解中国的诗，也有助于丰富中国的文学理论，乃至世界的文学理论。这是一项很有意义的工作。

二

要讲中国诗学的特点，当然可以着眼于它的内容，归纳出中国诗

---

① 如南宋蔡梦弼《杜工部草堂诗笺跋》称赞杜甫“自唐迄今余五百年，为诗学宗师，家传而人诵之”。南宋俞文豹《吹剑录外集》：“近时诗学盛兴，然难得全美，聊随所见。摘录一二。”元刘因《静修集·续集》卷三《叙学》：“学诗当以六义为本，《三百篇》其至者也。……魏晋而降，诗学日盛，曹、刘、陶、谢，其至者也。隋唐而降，诗学日变，变而得正，李、杜、韩，其至者也。周宋而降，诗学日弱，弱而后强，欧、苏、黄，其至者也。”元刘祁《归潜志》卷三：“诗学当自《三百篇》始，其次《离骚》、汉魏六朝、唐人。”

② 关于亚里士多德*Peri Poietikes*一书书名翻译的争论，可参见刘小枫《“诗学”与“国学”——亚里士多德〈诗学〉的译名争议》，《中山大学学报》（社会科学版）2009年5期。

学主要是讲了哪些问题，强调了哪些思想。[①]但我们觉得这只是分解的做法，不是总体概括的做法，还不足以说明中国诗学总体的特点。我们尝试着从总体上看，于是得出以下三点：

（一）实践性。所谓实践性是说诗学批评密切结合诗歌创作和诗歌鉴赏的实践，既是创作活动和鉴赏活动的经验总结，又是指导创作和鉴赏的。这从我们讲的第一部分所介绍的各类资料就可以看出，中国的诗学多半是就具体的作品展开的，或者是评论其风格，或者是评论其技巧，或者是评论其构思，或者是评论其遣词造句，讲的很具体，读者只要熟悉作品或者有一些创作的经验，就很容易理解。我们前面也指出，“诗学”一词在脱离“《诗经》学”的意义后，一开始就是指的作诗之法。我们甚至可以这样说，中国诗学就其主要部分而言，是为了教人创作和鉴赏的。离开创作和鉴赏实践的抽象理论并不多，即使有也不那么抽象。中国诗学虽有系统的理论，但缺少系统性很强的理论，或者说中国的诗学理论性不很强。最有系统性的就算《文心雕龙》了，它开了一个好头，但后来没有再出现这种水平的著作。即使《文心雕龙》也是密切结合创作和鉴赏实践的，而且是用骈文的体裁写的，骈文容易显示作者的文采而不容易发挥论证，可以说刘勰写作《文心雕龙》也是当成文学创作的实践来对待的。实践性是中国诗学的长处，而理论的不够发达则是其短处。中国诗学的不足之处，需要我们加以补充。研究中国诗学不能满足于只介绍古人的说法，也不能硬是把古人的并不具有系统性的理论说成是系统的理论，

① 如李泽厚、刘纲纪主编的《中国美学史》的“绪论”里讲到中国美学思想的基本特征，有以下几点：第一，高度强调美与善的统一；第二，强调情与理的统一；第三，强调认知与直觉的统一；第四，强调人与自然的统一；第五，富于古代人道主义精神；第六，以审美境界为人生的最高境界。他们是就美学思想而言的，可供我们研究中国诗学参考，但还不是一回事。

避免“其言论愈有条理系统，则去古人学说之真相愈远”（陈寅恪《金明馆丛稿二编·〈中国哲学史〉审查报告》）的情况出现。而应该在介绍古人的说法之后，再结合古人的创作和鉴赏的实践活动由我们重新加以总结，提出我们的超过古人的系统的理论。

（二）直观性。所谓直观的反面是推论和演绎，直观是一种印象式的把握，更多地靠妙悟。在表述时往往略去思考的过程，跳跃式地直接端出结论。说一首诗好，并不作详尽的分析，而是三言两语点到为止，读者也不习惯去看长篇累牍的评论，而是靠了那三言两语的启发，自己领悟其中的三昧。读者的领悟可能和批评家的说法不完全相同，“作者之用心未必然，而读者之用心何必不然”（谭献《复堂词录·序》），这也没有关系。举例来说，锺嵘《诗品》评南朝谢灵运说：“譬犹青松之拔灌木，白玉之映尘沙”，用两个比喻，说得很形象，但这话怎讲？锺嵘并没有论证，他只是把自己的感觉说了出来，其中的奥妙全凭读者自己去体会。又如皎然《诗式》说诗有二要：“要力全而不苦涩，要气足而不怒张。”的确是经验之谈，作诗的人会觉得他说得好，但什么是力？什么叫苦涩？什么是气？什么叫怒张？力全和力不全有什么界限？气足和气不足又怎样区分？他都没说。又如《二十四诗品》中有一品叫“典雅”，全文如下：“玉壶买春，赏雨茅屋。坐中佳士，左右修竹。白云初晴，幽鸟相逐。眠琴绿阴，上有飞瀑。落花无言，人淡如菊。书之岁华，其曰可读。”这段文字本身就是一首诗，从各个角度写出典雅的种种表现，让读者从中体会诗的典雅究竟是一种什么况味。又如南宋敖陶孙的《敖器之诗话》评古今名人诗曰：“谢康乐如东海扬帆，风日流丽。”“孟浩然如洞庭始波，木叶微脱。”没读过诗的人摸不到头脑，读过的人觉得说得好，但究竟说的是什么意思，只能意会而不可言传。所以也可以说中国诗学批评是一种启示性的批评，研究它没有悟性不行，太死板也不行，把直观的感悟的印象式的语言转换成理论性很强的概念十分确定的语言，要特别小心，很容易失去其原意，也失去了原有的生动活泼的水灵灵的好处。

直观性的侧面其实是暗示性和启发性。冯友兰在《中国哲学简史》中就曾指出，中国哲学的特有表达方式是喜用名言隽语、比喻例证，这造成论证明晰不足而暗示有余，而前者从后者得到补偿。“富于暗示，而不是明晰得一览无遗，是一切中国艺术的理想，诗歌、绘画以及其他无不如此。拿诗来说，诗人想要传达的往往不是诗中直接说了的，而是诗中没有说的。照中国的传统，好诗‘言有尽而意无穷’。所以聪明的读者能读出诗的言外之意，能读出书的‘行间’之意。中国艺术这样的理想，也反映在中国哲学家表达自己思想的方式里。”①我们不妨再补充一句，中国艺术创作——包括诗歌创作——富于暗示性与启发性的理想与实践，自然也影响了中国艺术批评——包括诗学批评——的表达方式是富于暗示性与启发性的。②

（三）趣味性。欧阳修的《六一诗话》是最早的一部诗话，他自称写这诗话的目的是：“居士退居汝阴，而集以资闲谈也。”原来是为闲谈提供话题和谈料的。因此，趣味性就成为十分必要的了。中国诗学当然有严肃的探讨，甚至是激烈的辩论，也不乏剑拔弩张之

① 冯友兰：《中国哲学简史》，北京大学出版社1996年版，第11页。

② 在这个问题上，西方学者有类似的看法，值得参考，如余宝琳（Pauline Yu）带有述评性的论文“Metaphorand Chinese Poetry”（Chinese Literature: Essays, Articles, Reviews(CLEAR), Vol.3, No.2(Jul., 1981), pp.205-224）指出，“隐喻是诗人从一点联系（one link）而展开构建的整个世界（an entire world），是系联的网络（a web of correspondences）”，“中国诗学批评开始将兴趣转向隐喻”。她还认为，“高友工和梅祖麟的《唐诗中的意义、隐喻与暗示》（Meaning, Metaphor, and Allusionin T'ang Poetry）的主要旨趣就在于区分隐喻性的语言与分析性的语言”。

势。但趣味性的闲谈毕竟是其一大特点，一种轻松的气氛，一种读者可接受也可以不接受的豁达态度，我自说我的，说着好玩，信不信由你——这是常见的中国诗学的气度。在中国的诗学资料里有不少趣闻，如贾岛推敲撞上韩愈的故事（《隋唐嘉话》），王安石修改“春风又绿（到、过、入、满）江南岸”的故事（《容斋续笔》）等等，可以举出许多许多。

三

研究任何一门学问，首先都会遇到如何搜集文献资料的问题，研究中国诗学当然也是这样。《四库提要》专门列有“诗文评”一类，将这方面文献分为五类，“究文体之源流，而评其工拙”者如刘勰《文心雕龙》，“第作者之甲乙，而溯厥师承”者如锺嵘《诗品》，“备陈法律”者如皎然《诗式》，“旁采故实”者如孟棨《本事诗》，“体兼说部”者如欧阳修《六一诗话》。这的确涵盖了诗学文献资料的相当大部分。

《四库提要》的分类中，以“品”“话”“式”等命名的诗学书籍是重中之重。“品”是品评的意思，对作家品评高低优劣。“话”本是故事的意思，讲述作家作品的有关掌故，以资闲谈，后来也包括单纯的评论赏析之作，不一定讲掌故了。“式”是法则的意思，主要是从创作的角度讲作诗应当遵循的若干法则。这一大类著作中最早的是锺嵘的《诗品》。而欧阳修的《六一诗话》则是最早的一部取名诗话的书。其他如托名司空图《二十四诗品》、皎然《诗式》、王国维《人间词话》也是著名的著作。张炎的《词源》上卷论乐律，下卷论词的鉴赏和作法，也属于这一大类。这类著作有若干丛书，使用方便，如清人何文焕《历代诗话》，民国丁福保《历代诗话续编》《清诗话》，今人郭绍虞的《清诗话续编》，今人唐圭璋的《词话丛编》。还有一类书是将各种诗话打乱重新编排，分门别类，便于查阅。如北宋阮阅《诗话总龟》、南宋胡仔《苕溪渔隐丛话》、南宋魏庆之《诗人玉屑》。此外还有诗话的辑佚书，如郭绍虞的《宋诗话辑佚》，将已经失传的宋人诗话辑其佚文而成。

四库“诗文评”中还包含了诗纪事。这类书的编法是记录诗人的生平经历遗闻佚事、选录诗词作品并记载与这作品有关的事情和评论。最早的一部书是孟棨《本事诗》，但还不系统。自觉而又系统的著作始自南宋计有功的《唐诗纪事》。后来清人厉鹗编有《宋诗纪事》，清末陈田编有《明诗纪事》，清人叶申编有《本事词》。今人钱仲联编有《清诗纪事》。其中都有文学批评的重要资料，是研究文学批评的人必须重视的。

另外还有文学批评的专论和专书，这类著作所论范围不限于诗，然而诗无疑占有重要位置。其中最值得注意的是曹丕的《典论·论文》、陆机的《文赋》、刘勰的《文心雕龙》、叶燮的《原诗》。

但中国诗学的资料是否仅限于“诗文评”呢？这显然是不够的。中国诗学的资料范围要广泛得多，我们还可以补充以下几方面：

（一）诗文集的序跋。有的是作者本人写的，有的是别人写的。在这些序跋里常常表达重要的见解，有的还保留了重要的文学史料。例如《毛诗序》就是一篇十分重要的诗学论文。另外如萧统的《文选·序》，高棅的《唐诗品汇·总序》，张惠言的《词选·序》，魏源的《定庵文录叙》，黄遵宪的《人境庐诗草·自序》等，都是重要的以序跋形式写成的诗学论文。

（二）书信。古人常常在书信中谈论文学，因为书信往往是写给朋友看的，所以更容易表达真实的思想和自己创作的甘苦。而且书信的往来还可以互相辩难，不同的文学主张展开争论，是很有趣的资料。如白居易的《与元九书》，苏轼的《答谢民师书》，黄庭坚的《答洪驹父书》。又如何景明的《与李空同论诗书》和李梦阳的《驳何氏论诗书》，是明朝前七子中两个代表人物之间关于如何学习盛唐的争论的第一手资料。清人袁枚标举性灵说，其主张就是在《答沈大宗伯论诗书》《再与沈大宗伯书》等书信中提出来的。

（三）论诗诗。这是以诗的形式写的诗论，多用绝句，多为组诗。杜甫的《戏为六绝句》时代最早，是六首七言绝句。其中谈论庾信、“四杰”、屈宋、齐梁，都是围绕着对前人创作经验的态度来写的。杜甫之后，学习杜甫写论诗绝句的人相当多，从南宋戴复古，到清代赵执信、赵翼，都是表述诗歌理论。元好问《论诗三十首》则继承杜甫《论诗绝句》的另一面，品评前代诗人，而且是系统地品评，而第一首则笼盖全体树立准则。成组的绝句之外，还有许多单首的论诗之作，如杜甫的《春日忆李白》，韩愈的《调张籍》，陆游的《读近人诗》，也可以视为广义上的论诗诗。

（四）诗选和批注。从编选者的选目往往可以看到他的倾向和爱好，进而可以研究编选者的文学思想，乃至在他背后隐隐呈现出来的该时期的文学风尚。例如我们要了解唐人对自己那个时代诗坛的看法，而当时还没有产生诗话一类著述，这时一系列“唐人选唐诗”的诗歌选本就成为可以进行研究的系统而集中的资料，如元结《箧中集》、殷璠《河岳英灵集》、芮挺章《国秀集》、高仲武《中兴间气集》、姚合《极玄集》、韦庄《又玄集》、韦谷《才调集》等。各种批注本的批语也是重要的资料，例如，《陶渊明集》的评注本就很多，其中有一些是名家的批语，很值得研究。

（五）哲学和史学著作中的诗学资料。中国早期文史哲之间没有明确的界限，在哲学和史学著作中常有重要的诗学资料。儒家的文学理论见于《论语》《孟子》等，道家的文学理论见于《老子》《庄子》。但他们的文学主张散见于一些只言片语之中，有的并不是专讲诗学，往往和修身、修辞等问题混在一起，需要披沙拣金并从哲学和文学相结合的高度上去理解。在《左传》《史记》《汉书》《宋书》，以及唐人刘知几的《史通》、清人章学诚的《文史通义》等书中都有诗学的资料。又如《宋书·谢灵运传论》不仅评论了谢灵运一个人，还评论了历代诗歌，并提出了诗歌主张，就很重要。

还要特别指出的是，对文献资料需要持有一种辨析的态度。首先是文献的真伪问题。例如《二十四诗品》，学术界已经提出所谓作者司空图乃是伪托，这就需要慎重处理，一方面注意不能完全把此书视为晚唐司空图的观点，一方面又要考虑到此书在明清以降的诗学发展过程中造成了较大的实际影响。考虑到古人不重署名的著述习惯（参见余嘉锡《古书通例》），文献真伪问题的考辨，有时候实际上是指对文献的溯源。换句话说，文献本身无所谓真伪，只看阅读者是否把它放在了正确的历史时间点上。将《二十四诗品》置于唐宋如果不确，那么将它置于元明则成为真材料。又如，元人辛文房以《唐才子传》勾勒出有唐一代诗人群像，兹役甚巨，其开创之功不可没。但此书的传记内容与论赞文字，绝大多数都源于前人著述，辛文房往往只起到梳理缝合、擘绩补苴的作用。了解这一点，对《唐才子传》与辛文房就能有一个较为客观的评价。其次是作者态度的真伪问题。诗歌发展到明清，流派分出，门户之见愈加深重，党同者抬举吹捧，伐异者诋毁贬斥。前者之溢美往往见于诗文集的序跋，读这类资料而不读其作品，常使人误认为文学史遗漏了天才诗人；后者之刻薄常常出自私人书信，结合作品理解，有时候也会觉得偏见中不乏洞见。对这类褒贬趋向极端的资料，要注意体察作者写作态度随着场合不同而有所变化，区别虚伪的客套与真心的推崇、公正的月旦与敌意的排挤。总之，将文献的客观真伪与作者主观态度的真伪结合起来，对文献资料的理解应当可以更贴近历史的真相。

四

中国文学批评的分期一向以朝代划分，如先秦两汉的、魏晋南北朝的、隋唐五代的、宋金元的、明代的、清代前中期的以及近代的文学批评等。这不失为一种好的分期法。然而这并不妨碍我们尝试其他的分期法。袁行霈的《中国文学概论》就曾以文学体裁的演化作为分期的标准，对中国文学的发展提出了一种新的分期法。中国诗学同样可以不用朝代作为分期的界线，而寻找新的分期法。我试着以重要的具有划时代意义的论著来分期，这样可以分为六期：

第一期，从《尚书》到王逸《楚辞章句》，是中国诗学的发轫时期。《尚书》所谓“诗言志”及儒家诗教说，是这个时期诗学理论的核心。

第二期，从曹丕《典论·论文》到刘勰《文心雕龙》，是中国诗学相对独立的时期。随着文学进入自觉的时代，诗学也开始摆脱经学的束缚，总结诗歌本身的发展历史，多方面地深入探讨诗歌本身的特点和规律，提出了一些崭新的概念和理论，如“诗缘情”“神思”等。

第三期，从锺嵘《诗品》到司空图的诗学观（以及托名司空图的

《二十四诗品》)，是中国诗学独立发展的时期。这时期诗学虽有所发展，但其发展的速度滞后于诗歌创作。这期间诗歌是创作的黄金时代，肯定积累了许多创作经验，但还来不及从理论上加以总结。这期间能提出比较完整的诗学理论的，当数陈子昂和白居易了。但与唐代诗歌创作的丰硕成果相比，他们的理论成就毕竟显得单薄。然而《诗品》和《二十四诗品》堪称划时代的著作，因为它们接触到诗歌艺术的真髓。

第四期，从欧阳修《六一诗话》到严羽《沧浪诗话》，是中国诗学的高潮期。《六一诗话》问世后，诗话这种极有中国特色的灵活的形式便被诗论家们广泛采用，诗话著作大量涌现。这个时期诗学所包括的内容的深度和广度超过了以往任何一个时期，在诗歌艺术上提出许多精辟的见解，词学作为诗学的一个分支也建立了起来。

第五期，从辛文房《唐才子传》到叶燮《原诗》，是中国诗学建立理论体系的时期。这个时期诗歌流派众多，诗学主张各异，而复古与反复古的论争贯穿始终。

第六期，从王士禛《带经堂诗话》到王国维《人间词话》，是中国诗学理论趋向多元化时期，也是中国古典诗学的终结期。这时的诗学以更具理论性的姿态出现，如格调说、神韵说、性灵说、肌理说、境界说等等。随着社会的变革，新文化运动的冲击，有的学者如王国维尝试吸取西方的文艺理论，构建新的诗学理论，他遂成为总结古典诗学与开创现代诗学的里程碑式的人物。

五

中国文学批评的内容很复杂，能不能归并一下分成若干类别呢？

我们认为是可能的也是必须的。我们参考其他学者的分类法[①]，提出五类，即：创作论、源流论、鉴赏论、作家论、功用论。

创作论讲文学创作的过程和心理活动，包括创作前的准备、创作构思、技法语言，等等。这都是从作者的角度说的。源流论讲各种文体的起源演变，作家之间的承传，文学流派的演化，文学风格的继承演进，等等。这都是就文学的历史演变而言的。鉴赏论讲文学作品完成之后，读者的阅读过程和心理活动，包括对作品主题、思想的理解，对作品风格的把握，对作品的价值判断，阅读中或阅读后美感的有无与强弱，等等。这都是就读者而言的，鉴赏是读者的事，作者已无权干预。鉴赏是读者的再创作，是作者创作活动的延伸。没有鉴赏，作品的价值就无以实现。作家论是对作家本人的研究与评价，包括人格与诗格，作家的才、学、识对其创作的影响，等等。前三类都是围绕着作品来讲的，作家论则是围绕着作家这个人来讲的。作品和作家当然有很密切的关系，但作品和作家也往往分离或相矛盾。中国文学批评中的作家论往往是对作家的总体品评，而作品论则单就某一作品立论，重点有所不同。以上四类都是就文学本身而言的，第五类功用论则是讲文学对社会所起的作用，这是文学以外的。如儒家所讲的兴观群怨、讽谕教化等等。

至于中国诗学的派别，可以大略分为功利派和非功利派。这当然是很粗略的区分，但似乎比任何别的分法都确切。因为文学史讲的韩孟诗派也好，竟陵诗派也好，格调派也好，还有所谓山水诗派也好，

---

① 刘若愚《中国的文学理论》归纳为六类：形上论、决定论、表现论、技巧论、审美论、实用论。他还强调了这“并不意味有六种不同的批评学派存在。事实上，中国批评家通常是折衷派或综合主义者”。中国大陆作过这方面尝试的是贾文昭、程自信主编的《中国古代文论类编》，分为创作论、文源论、因革论、文用论、鉴赏论、作家论，也是六类。

都只是局于一时、一地、一种主张、一种题材，这样分来分去，即使分十派二十派，也不能囊括所有文学派别。更有概括性的派别区分，就是功利派和非功利派。这是作家对自己创作的两种不同要求，也是批评家对文学的两种不同期望。功利派强调文学的致用，非功利派不大强调文学的致用。前者好像为人生而文学，为文学之外的另一个崇高目的而文学；后者好像为文学而文学，或者为作家自己而文学。儒家属前者，一些偏离儒家的诗学批评往往可以划入后者。

六

基于以上对中国诗学的理解，我认为研究中国诗学需要注意以下几个方面：

（一）要从诗歌创作的实际出发，结合作品理解各种诗歌主张的背景及其针对性，进而把握其真正的含义；而不是从概念到概念，脱离创作实际作无端的演绎。这就要求研究诗学的人必须同时研究诗歌作品和诗歌史。对诗歌作品没有艺术的领悟，对诗歌史没有真正的了解，就不能深入理解诗学理论。反过来说，研究诗歌史的人也应当研究诗学理论，不了解当时的诗学思想、诗学潮流，也不能深入理解诗歌创作。中国诗学理论与诗歌创作并不是同步发展的。在诗歌创作的高潮期诗学理论不一定繁荣，而诗学繁荣的时期诗歌创作的成就又不一定很大。诗学超前或滞后的现象都曾出现过。唐朝诗歌达到繁荣昌盛的顶点，但唐朝三百年诗学理论却比较沉寂；明朝诗歌创作成就不高而诗歌理论却很发达。研究中国诗学不能不注意这类问题。

（二）必须具有中国哲学史、艺术史的修养。许多诗学理论的著作出自哲学家之手，而且是以其哲学思想为根基的，或者说是从其哲学思想引发出来的，其表述的方法也往往是哲学式的；还有许多诗学理论就包含在哲学理论当中，甚至将哲学的命题直接引入诗学，所以如果不了解中国哲学思想和哲学思考的方式，就很难深入了解中国的诗学。中国的诗学理论和艺术理论又有许多相通的地方，诗论、画论、乐论互相参照才能有新的开拓。

（三）要注意中国诗学的特点，也就是要了解中国诗学的特殊思维方式和表达方式。中国诗学可以上溯到《尚书》，其下限到王国维，大都反映着古人的思想。研究者的大忌是将古人现代化！具体地说，就是不顾古人本来的意思如何，用现代人的一些概念比附古人的思想。把古人没有的东西强加给古人，或者把原来并不系统的思想硬是系统化。特别是诗学中的一些概念，“气”“骨”“意境”“兴趣”等等，古人的用法很灵活，并不确定，不同的人有不同的用法，它们的含义相当模糊。我们当然希望有一种明确的解释，但应特别注意别把我们自己的东西加到古人身上。我们可以采用古人的某一概念结合当时的创作实际加以新的阐发，以构建我们自己的理论，但应当说明这是我们自己借鉴了古人的理论而形成的自己的理论。

（四）要有世界文学的眼光，把中国诗学放到世界文学的大格局中来研究。有了世界的眼光才能更清楚地看到中国诗学的特点，包括长处和短处，才能进一步融汇外国的经验来发展中国自己固有的理论。

总之，中国诗学是伴随着中国诗歌发展起来的，有浓厚的中国特点。有一些概念恰恰是西方诗学中没有的，如“意境”“兴趣”。在借鉴西方的理论和方法以重新审视中国诗学的同时，向西方介绍中国诗学，使之成为全人类的精神财富，正是跨世纪的一代学者的历史任务。

（《北大中文学刊2011》，北京大学出版社2011年版）

中华文化精神

人类发展到今天，已经能够从太空俯瞰地球了。在这浑然的星体上，在亚洲的东部，有一片九百六十万平方公里的广袤土地，这就是我们中华民族的家。

从青藏高原到太平洋的巨大跨度上，分布着大大小小几千条江河，长江、黄河宛如两条主动脉流贯中华大地。伟大的中华民族，背靠世界屋脊，自西向东，俯视着浩瀚的太平洋。

中华文化就是在这块土地上发祥的。

文化，就其广义而言，指人类在社会实践中创造的物质财富和精神财富的总和。中华文化虽历经劫难，却经久不衰，显示出强大的生命力和凝聚力。中华儿女无论走到哪里，无论在天之涯、海之角，都不会忘记自己的根——故乡的山，故乡的水，故乡的四合院，故乡的竹篱笆。还有那端午的龙舟，中秋的月饼，重阳的登高，阴历年大门上贴的红纸黑字的春联。所有这一切都唤起游子们浓郁的中华情！

是什么把全世界的中华儿女联结在一起？是文化，是源远流长、博大精深的中华文化。

每个人都生活在一定的自然环境和文化环境中。文化环境对人的影响，往往更大、更深远。我们从出生的那一天起，就受到中华文化的熏陶。当我们喊出第一声“爸爸”“妈妈”的时候，当我们开始学会称呼自己姓名的时候，当我们第一次拿起筷子吃饭的时候，我们就参与了自己民族的文化行为，并以自己的言论和行为显示着这个文化的特点。

那么，从总体来看，中华文化的特点有哪些呢？

中华文化包含着强烈的人文精神。“人文”这个词起源很早，《易·贲卦·彖辞》说：“观乎天文，以察时变；观乎人文，以化成天下。”将人文与天文置于对等的地位，可见对人文的重视程度。概括地说，中国古代的人文精神有两层涵义。一是对人的尊崇。《老子》把人和道、天、地并列，称之为四大：“故道大，天大，地大，人亦大。域中有四大，而人居其一焉。”（第二十五章）《孝经》记载孔子的话：“天地之性，人为贵。”（《圣治》）认为人在天地所生的万物之中最为尊贵。《左传》里有这样的话：“夫民，神之主也。”并说应该先办好人的事，然后再致力于神的事（桓公六年）。《左传》里又有这样的话：“民之所欲，天必从之。”（襄公三十一年）连上天也要顺从人的愿望。中国虽然也有宗教和神学，但是宗教和神学没有取得至高无上的地位。中国没有国教，没有教皇，更没有宗教裁判所。中华文化所崇拜的是祖先，注重的是祭祖，或者崇拜那些为民族的生存以及民族文化的发展作出非凡贡献的人。孔子、李冰父子、司马迁等，都有祭祀他们的庙宇。所以中华文化是以人为中心的文化，以人为主体的文化，以人伦为核心的文化。人和人的关系，远比人和神的关系重要。人文精神还有一层涵义，就是重视人的节操和修养，注重人之所以成为人的那些道德素质，进而追求人格的完美。孔子说：“朝闻道，夕死可矣。”(《论语·里仁》)又说“杀身以成仁”(《论语·卫灵公》)。孟子说：“舍生而取义。”(《孟子·告子上》)孟子还有一段名言：“富贵不能淫，贫贱不能移，威武不能屈。”(《孟子·滕文公下》)在古代，道德和智能完善的人，就是圣贤。例如孔子被称为圣人；他的三千弟子当中有七十二位最好的，被称为贤人。中华文化以人为中心，在众人之中又以圣贤为中心，只要认真修养，“人皆可以为尧舜”(《孟子·告子下》)。这是中华文化中十分可贵的内容。

中华文化是尚群的文化。小到家庭，大到国家、民族，都是群，而群就是公。《礼记》中所说的“天下为公”(《礼运》)，已经成为至理名言。至于公和私的关系，应以公为先；人和己的关系，应以人为先，正如孔子所说：“君子贵人而贱己，先人而后己。”(《礼记·坊记》)范仲淹所说：“先天下之忧而忧，后天下之乐而乐”(《岳阳楼记》)也体现了这种精神。中国有句古话：“敬业乐群。”(《礼记·学记》)“乐群”这两个字很能代表中华文化的特点。荀子阐发孟子的人伦说，提出“群居和一”之道(《荀子·荣辱》)，作为人类生活的基本准则。他认为人能从事有秩序的伦理生活，所以才能驾驭自然物，个体也就得以生存和发展，因而维系群体利益自然就成为一种美德。

中华文化是尚和的文化。“和”的本义是声音相应，也就是声音的和，引申为和谐、和平、和畅、中和、融和、祥和等意义。《老子》说：“万物负阴而抱阳，冲气以为和。”(第四十二章)《中庸》以“致中和”为修养的最高境界。孔子说做人要兼顾文和质两方面的和谐，“文质彬彬”，才称得上君子(《论语·雍也》)。“和”是中华文化的精髓之一。

中国古代哲学家们讲“天人合一”，包含着人和大自然和谐相处的意思。张载说："民吾同胞，物吾与也。"（《西铭》）人是大自然的一部分，一草一木，一山一水，天上飞的鸟，水里游的鱼，都是人类赖以生存的伙伴。人类虽然是万物之灵，但不要做大自然的掠夺者。不仅如此，还应当在心灵上和大自然相通，从大自然中体悟人生的真谛，进而达到内心的和谐。"和"的文化精神，渗透到人和人的关系中，便是注重和睦相处，以达到人际关系的平衡。多元一体的中华民族本身就是多个民族和谐相处的大家庭。

在今天这样的竞争时代，应该怎样理解"和"的精神呢？"和"是多样性的统一。动听的音乐，美味的菜肴，都是多样性的统一。"和"并不是善恶不分，是非莫辨，不是简单的混同。正如孔子所说："君子和而不同。"（《论语·子路》）竞争要在公平、公正的原则下进行，通过竞争相互促进、共同提高，以达到"和"的境地。

中华文化还有一个重要特点，就是注重整体思维。《周易·系辞下》提出"三材之道"，视天地人为一整体，认为宇宙中各类事物都存在普遍联系，彼此相互影响。人们应从整体上把握事物的性质、事物之间的关系及其发展规律。中国古代的科学家以相感相通和相生相克的整体思维，考察自然现象的性能及其变化过程，从而在天文学、气象学、医学、化学、地学、物理学和生物学等领域作出了自己的贡献。例如，中医就是把人的身体看作一个有机的整体，虽然是局部的病症，却往往着眼于全身进行治疗。中国的文艺创作、文艺鉴赏也是注重整体的把握，所谓"气象""神韵""格调"等等，都是文艺作品给予欣赏者的总体感受。

随着近代自然科学的兴起，分析的方法在西方发展起来。分析的方法要求把事物分割成尽可能小的部分，分别加以考察。分析方法的发展以及学科分工的细密，曾经促使科学长足发展，是人类文明史上的一大进步。但分工过细，以致互相割裂，只见树木，不见森林，未必能发现事物的普遍规律，有时候倒需要从总体上把握，这样才更准确。随着科学的进一步发展，边缘学科、交叉学科越来越受到重视，西方的科学家和哲学家们也越来越感到整体思维的重要。中国科技史权威英国学者李约瑟推崇中国古代哲学所使用的“通体相关的”思维方法，特别赞扬庄子、周敦颐、朱熹等人的贡献，他说：“也许，最现代化的‘欧洲的’自然科学理论基础应该归功于庄周、周敦颐和朱熹等人的，要比世人至今所认识到的更多。”(《中国科学技术史》第二卷)他的话值得我们深思。

中华文化是自强不息而又开放兼容的文化。中国古代哲人早就看到大自然运行的一条重要规律，并由此引申出人生的准则：“天行健，君子以自强不息。”(《周易·乾卦》)天道是刚健的，君子效法天道，也应以刚健立身，自强不息。中华文化之所以经久不衰，一个重要的原因就是具有自强不息的精神。

然而，自强不息并不是自我封闭。《老子》说“容乃公”(第十六章)，能兼容才称得上是公，唯公才能久。中国人常用“海纳百川”来形容一个人的气度胸襟，这四个字也可以用来形容中华文化的品格。中华民族敢于、乐于也善于吸取外来的文化，吸取其中的营养，使它们变成自己文化的一部分。佛学传入中国以后，与中国固有的文化相结合，形成中国特有的禅学，便是一个很好的例证。唐朝的都城长安是当时最大的国际都会，在八世纪前半叶，人口已经达到百万之多，居住着不少任职于唐朝的外国人、留学生、学问僧、求法僧、外国的艺术家，以及大量外来的商贾。大食、天竺、真腊、狮子、新罗、日本等许多国家的使臣络绎不绝。在宗教方面，除了道教和佛教，伊斯兰教、祆教、景教和摩尼教也都得以传播。唐朝的长安充分展示了中华文化开放兼容的特点。

今天，我们回过头来重新审视自己民族的文化，好像走进一座巨大无比的宝库。我们要认真清理先人留给我们的文化遗产，弘扬优秀的中华文化精神，吸取那些至今仍然有助于社会前进的东西，以增进民族凝聚力，提高民族自信心。

中华儿女不能断了自己民族文化的乳汁！

然而，我们也清醒地看到，传统文化是在古代创造出来的，不可避免地带有局限性。清理遗产，包括剔除糟粕这个艰巨的任务。抱残守缺、复古主义，和全盘西化、民族虚无主义一样，都是没有前途的。

中华文化既有光辉的历史，也有灿烂的未来。我们只要坚持吸取中华文化中的精华，同时吸取世界各民族文化中的优秀成分，不断开拓创新，就必定能使具有悠久历史的中华文化永葆青春。具有几千年历史而从未中断过的中华文化，必将再现自己的辉煌，并对全人类的进步作出更大的贡献。

（本文为电视系列专题片《中华文明之光》第一讲）

中华文明的历史启示

我讲这个题目是出于以下考虑：北京大学国学研究院组织校内三十六位教授，用六年多的时间，撰写了一部《中华文明史》。我作为这个项目的负责人和此书的主编之一，在撰写过程中不断思考这样一个问题：中华文明的历史究竟能给二十一世纪的人类什么启示？我想趁北京论坛召开之际，向来自世界各地的学者们报告我的一些粗浅想法。

中华文明的历史启示之一，就是选择和平、和谐。

中华文明植根于东亚大陆一片广袤的土地上，中华民族安土重迁，热爱和平。中华文明本质上是一种“和”的文明，“和”的观念在经典中多次出现，《老子》说：“万物负阴而抱阳，冲气以为和。”（第四十二章）这是从哲学的高度解释“和”，用“和”来概括万物之间相互依存的关系。《论语》：“子曰：‘君子和而不同，小人同而不和。’”（《子路》）这虽然是从做人的角度解释“和”，但“和而不同”也可以视为一种维系社会的准则。《论语》：“有子曰：‘礼之用，和为贵。先王之道，斯为美。’”（《学而》）这是从礼的角度解释“和”，“和”不仅是礼之所用，也是为政之道，而且是一种美。

《礼记·中庸》以“和”为“天下之达道”，能“和”则能四通八达，无往不利。又说：“致中和，天地位焉，万物育焉。”达到“中和”，天地才得以正，万物才得以育，这就将“和”的意义提到了很高的地位。

中华民族深知和平对文明的保障作用，也深知战争对文明的破坏作用。西晋统一全国后，在文献整理、史书编纂、学术积累，以及文学创作等方面，都已出现繁荣的端倪，是战争，打乱了文明发展的进程，在北方造成多年的文明断裂。宋代是中华文明史上的一座高峰，科技处于世界领先的地位，是战争，打乱了原来的趋势，延迟了文明的发展。

和谐与和平都基于一个“和”字。和谐是和平之上的一种更高、更美的境地，包括人与自然的和谐、人与人的和谐，以及个体的人自身的和谐。关于人与自然的和谐，重点在于：既改造自然以适应人的需要，也调整人的生活方式，以适应自然的规律，这就是所谓“天人合一”的要义。关于人与人的和谐，重点在于：既尊重自己也尊重别人，既考虑局部的利益更顾全整体的利益，以达到整体的协调发展。关于个体的人自身的和谐，包括身心两方面的协调，重点在于通过实践和自省以提升自己的人格和道德。中华文明中关于和谐的观念，对于解决当前中国和世界面临的种种问题，无疑具有很大的参考价值。

中华文明的历史告诉我们：文明的发展离不开和平、和谐，唯和平才能使文明的成果得以保存，唯和谐才能使文明稳步发展。

中华文明的历史启示之二，就是选择包容。

包容，是中华文明固有的思想，早在《尚书》中就有这样的话：“有容，德乃大。”(《周书·君陈》)意思是：有所包容，所成就的功德才能巨大。《老子》也说：“容乃公，公乃王，王乃天，天乃道，道乃久”（第十六章），意思是：有所包容，就能臻于“公”，进而臻于“王”，臻于“天”，臻于“道”，臻于“久”。这虽然都是针对统治者而言，但在中华文明中具有普遍的意义。中华文明是一种包容性很强的文明，中国人常用“海纳百川”来形容一个人的气度胸襟，这四个字也可以用来形容中华文明的品格。

越来越多的考古资料证明，中华文明的发祥地，不只是黄河流域，还包括长江流域。越来越多的考古资料又证明，除了黄河流域和长江流域，还有许多上古的文化遗存散布在全国各地。中华文明的组成，既包括定居于黄河、长江流域的，较早以农耕为主要生活来源的华夏文明，也包括若干以游牧为主要生活来源的少数民族文明。中华文明的演进过程，是多种文明因素的整合。整合的模式是以华夏文明为核心，核心向周围扩散，周围向核心趋同，核心与周围互相补充、互相吸收、互相融合。汉族和汉族以外的五十五个少数民族，都为中华文明作出了重要的贡献。我们引为骄傲的山西应县木塔那样精美的建筑，便是契丹族所建立的辽代的杰作。蒙古族所建立的元朝，首次开辟了南北海运航线。满族所建立的清朝，出现了康乾盛世，为中华文明增添了精彩的一页。

我还想举战国和唐代为例进一步加以说明。战国时代儒家、墨家、道家、法家、名家、阴阳家等不同的学说和流派多元共存，自由争辩，这已是人所共知的事实。我想强调的是，这种包容不只是统治者的包容，也是整个社会的包容，孔子有弟子三千，“杨朱、墨翟之言盈天下”（《孟子·滕文公下》），其他各家也各有自己的信徒或同道，这说明社会的包容度很大。包容，也是唐代文明鼎盛的一个重要标志，这表现在许多方面，例如儒、释、道三家并用；政府机构中各民族的人才都有施展的机会，以科举考试选拔人才的制度，使大量出身庶族的士人进入仕途；文学艺术的题材和风格多种多样，等等。仅以政府的将军为例，如哥舒翰、高仙芝、李光弼等都是少数民族。而日本的阿倍仲麻吕（晁衡）、新罗的崔致远都曾在唐朝任职。

中华文明的历史告诉我们：文明的发展需要包容，“山不厌高，海不厌深”，唯包容才能百川汇海，唯包容才能不断壮大。

中华文明的历史启示之三，就是选择开明。

开明的核心有四点：一是民为贵，孟子说：“民为贵，社稷次之，君为轻。”（《孟子·尽心下》）这已成为经典性的话语。二是广开言路，从谏如流，班彪说：“从谏如顺流”（《文选·王命论》），这是明君的必要条件。三是举贤授能，《礼记》说：“尚有德，尊有道，任有能，举贤而置之。”（《礼器》）这是治理国家的重要举措。四是以法为准，唐太宗说：“法者，非朕一人之法，乃天下之法。”（《贞观政要·公平》），其中包含了一定程度的法治思想。

中国人往往将“盛世”与“开明”联系起来，称之为“开明盛世”。汉代的文景之治，唐代的贞观之治和开元之治，这些盛世都是比较开明的。以唐代为例，太宗对太子说：“舟所以比人君，水所以比黎庶，水能载舟，亦能覆舟。”（《贞观政要·教戒太子诸王》）太宗问魏徵：明君和暗君的分别，魏徵回答说：“君之所以明者，兼听也；其所以暗者，偏信也。”（《贞观政要·君道》）太宗深以为然。先天二年，玄宗任命姚崇为相。姚崇针对当时存在的问题，提出“十事”，从施行仁义、不求边功、停止宦官和外戚干政、免除杂税等十个方面申述了自己的意见，玄宗从谏如流，取得很好的效果。姚崇罢相时，推荐刚正极谏的宋璟继任相位。宋璟继续贯彻姚崇的政策，使得赋役宽平，刑罚清省，百姓富庶。

宋代的政治设计也有一定的开明性。宋代健全了一整套文官制度，皇帝和大臣、中央和地方、行政和监察，既相配合也相制约。就以皇帝与大臣的关系而言，陈亮引仁宗的话：“措置天下事，正不欲专从朕出。……不若付之公议，令宰相行之。行之而天下不以为便，则台谏公言其失，改之为易。”（《龙川集·论执要之道》）仁宗表示，处理天下事不专由自己一个人决定，便是一种相当开明的态度。

中华文明的历史告诉我们：文明的发展需要开明，唯开明才能广得人心，唯开明才能云蒸霞蔚。

中华文明的历史启示之四，就是选择革新。

中华文明在世界四大古老文明中，虽不是最早的，却是唯一没有中断过的。其中的原因很多，我在《中华文明史》的总绪论中作过一些说明。现在只想强调一点，就是中华文明中包含着变易的思想，具有自我更新的能力。《诗经》赞美周文王说：“周虽旧邦，其命维新”（《大雅·文王》），便是对“维新”的赞美。《周易》说：“日新之谓盛德，生生之谓易”（《系辞上》），指出不断的变易是事物发展的普遍规律。《周易》又说：“穷则变，变则通，通则久。”（《系辞下》）变，是从穷到通的关键。其实，《周易》的这个“易”字，就是变易的意思。关于中国哲学中的变易思想，张岱年先生举了孔子、老子、庄子、张载、程颢、程颐、王夫之、戴震等一系列哲学家的言论，总结说：“中国哲学有一个根本的一致的倾向，即承认变是宇宙中之一根本事实。变易是根本的，一切事物莫不在变易之中，而宇宙是一个变易不息的大流。”（《中国哲学大纲》）这种变易的思想，常常被用来作为变法的依据。近代的康有为托古改制，他说：“故至变者莫如天。夫天久而不弊者，为能变也。”（《变则通通则久论》，见上海时务报馆光绪二十一年版《南海先生四上书记》）这段话既符合传统的思想，又服务于其变法维新的主张，可以视为他对中华文明历史经验的总结。

验之以中华文明的历史，几千年来不知经过多少次大大小小的变革。就带有全局性的制度而言，从分封制到郡县制，从察举制到科举制，从城市的里坊制到街巷制，每一次变革都带来文明的长足发展。从分封制到郡县制，巩固了大一统的政治局面；从察举制到科举制，促成了新型士人的成长；从里坊制到街巷制，推动了城市经济的发展。如果就文学体裁这一个局部而言，从古体诗到近体诗，再到词和曲；从文言小说到白话小说；从杂剧到传奇，每一次变革都带来文学的突飞猛进。

毋庸讳言，中华文明中也包含着因循守旧的因素，所谓“祖宗之法具在，务行故事，慎所变改”（《宋史·王旦传》），诸如此类的话不胜枚举。回顾历史，凡是革新的力量占据主导地位的时候，文明就得以健康发展；凡是因循守旧的势力占据上风的时候，文明的发展便受到阻碍。

中华文明的历史告诉我们：革新是文明发展的必由之路，只有不断革新才能不断前进，只有不断革新才能保持旺盛的生命力。

中华文明的历史启示之五：就是选择开放。

中国的汉唐盛世，都是开放的朝代，中外文化的交流十分活跃。汉代通西域，带来了中亚和西亚的文明。公元前二年，佛教传入中国，在思想观念、生活习俗和文学艺术等许多方面，对中国固有文化产生了深远的影响。例如：佛教传入之前中国只有今生此世的观念，是佛教带来了三世（前世、今世、来世）之说，把思维的时间和空间都扩大了。反切的产生和四声的发现与佛经的翻译有关。随着佛经的翻译，汉语的词汇扩大了，文学观念也多样化了，诸如“空”的观念、“境界”的观念，都与佛教有关。更值得注意的是，佛教与中国传统文化相融合而形成的禅宗，已经成为中国本土文化的一个重要部分。至于唐代，对外文化交流更加频繁。丝绸之路开通，形成双向交融的文化格局，唐代文化既得以向外广泛传播，同时也从外面得到很大的补充。当时的长安、洛阳、扬州、广州等大都市，都是中外文化交汇的地方。长安是当时最大的国际都会，在八世纪前半叶，人口已经达到百万之多，居住着许多外国的王侯、供职于唐朝的外国人，以及留学生、学问僧、求法僧、外国的音乐家、舞蹈家、美术家，以及大量外来的商贾。大食、天竺、真腊、狮子、新罗、日本等许多国家的使臣络绎不绝。在宗教方面，除了道教和佛教，伊斯兰教、祆教、景教和摩尼教也都得以传播。唐太宗设立的十部乐，其中四部来自唐朝境内少数民族，四部来自国外。到了明代，一个具有标志性的对外交流活动，就是郑和下西洋，其足迹远达东南亚、南亚、西亚、东非，密切了中国与一些国家的外交关系，成为中华文明对外开放的壮举。

中外文化的交流有利于双方的文明发展。中国的造纸术和印刷术传入欧洲，对西方文明的伟大贡献已是公认的事实。明末以利玛窦为代表的西方传教士用科学作为传教工具，激起中国一部分士大夫对西方哲学和科学的兴趣，这包括古希腊哲学、伦理学、语言学、逻辑学、地理学、医学、生物学、数学、历算，以及美术、音乐、火器、水利、建筑等等。而在哥伦布发现新大陆以后，十六世纪至十九世纪的三百年间，玉米、甘薯和马铃薯等美洲作物的传入和推广，对中国开发地广人稀的山区，满足对粮食的需求，从而发展生产力，起到了关键的作用。

很可惜，当欧洲科学技术突飞猛进，工业革命带动西方社会迅速发展之际，中国的统治者却安于现状，闭关自守，以致中国在不长的时间内就明显地落后了。这是一个惨痛教训！鸦片战争之后，中国的有志之士为了救亡图存，纷纷介绍和学习西方先进的文明，魏源编纂《海国图志》，提出“师夷长技”的主张，便是一个标志。此后，向西方学习经历了从科学技术的层面到政治、人文层面的深化过程。种种新事物迅速出现，中华文明开始逐渐融入世界文明的主流之中。直到今天，打开大门与走向世界，仍然是尚在继续的历史任务。

中华文明的历史告诉我们：开放是文明发展的重要条件，唯开放才能吸取其他文明的长处，唯开放才能自立于世界民族之林。

以上所讲的：和平、和谐、包容、开明、革新、开放，就是回顾中华文明史所得到的主要启示。凡是大体上处于这种状况的时候，文明就繁荣发展；而当与之背离的时候，文明就会减慢发展的速度甚至停滞不前。我相信，上述各点对今日之中国有借鉴意义。也许，其意义会超出中国的范围，供更多的人参考。

最后请允许我从中华文明的历史启示出发，就二十一世纪全人类的文明生态重申我的观点。

经济全球化在不平静中向前推进，看来已是大势所趋，而文化能不能或者要不要全球化呢？这关乎人类生存方式的选择，对此我们必须做出清醒的判断。

经济全球化促进了各国的经济往来，必定会在一定程度上减少各民族文化的差异，在一定程度上使人类生存方式趋同。但是，一个民族的文化传统是几千年或更长的时间积累的结果。文化，是一个民族的灵魂和尊严，是一个民族区别于其他民族的标记。要将世界上各民族长期形成的、千差万别的文化变成单一的文化，是不可想象的。那种失去了多姿多彩的单调的文化，也是我们不愿意看到的。

因此，我主张不要笼统地提“全球化”，或者笼统地提“全球化时代”，应当对全球化加以分析。在经济的层面，全球化是大趋势。在科学技术的层面，那些给人类的生活带来方便的先进科技，更容易在全球推广。但是在精神的层面，因为涉及宗教信仰、民族心理、生活习俗、思维方式、语言习惯等等，要想凭借强大的经济力量和军事力量，将某一种文化强加于人，是不可能的，也是不明智的！

我们清醒地看到，不同文明之间的隔阂是普遍而深刻的。以自我为中心而形成的种种偏见，会遮蔽人的智慧，而实际的利害关系又会迷惑人的良知，再加上语言交流的障碍，在不同文明之间，即使是互相理解、互相尊重都不容易，至于互相包容、互相吸收就更困难了。然而时至今日，人类已经能够遨游太空，为什么不能放弃种种狭隘、固执和偏激的想法，以广阔的胸襟，对待文明的差异呢？为什么不能在平等的基础上，展开文明的对话和交流呢？为什么不能充分尊重各个民族或国家自己的选择呢？我相信：二十一世纪的人类，可以运用大智慧，展现大手笔，在不同文明之间找到密切沟通之路，搭起畅通无阻之桥，以促成不同文明的和谐相处，以造就世界的永久和平。

在当今世界上，孤立的民族文化是难以存在的，单一的全球文化也是不可思议的。不同文化只能以开明开放的态度互相包容，只能和平和谐地相处，以期达到共同发展、共同繁荣的目标。

总之，经济全球化与文化多元化，这就是我们对二十一世纪人类生存方式的正确选择。

2006年10月27日

（本文为在北京论坛开幕式上的主题发言）

国学的当代形态与当代意义

一

我国古代所谓“国学”，是指国家设立的学校[①]。这与近代以来所谓“国学”的涵义不同。近代以来所谓“国学”一词，有学者认为源自日本，江户时代中期日本思想界一部分人，如荷田春满等提倡对日本的古代典籍进行研究，以探明本土固有的文化，遂有“国学”之称。“明治维新后，日本政府推行欧化政策，导致社会出现彻底洋化的偏激倾向。1888年，三宅雪岭、志贺重昂等人成立政教社，鼓吹国粹思想，以求扭转偏向。”[②]或许是受这种思潮的影响，1902年秋，梁启超曾与黄遵宪等人商议，拟在日本创办《国学报》。1904年，邓实发表《国学保存论》[③]，论述了保存“国学”的重要性。1905年，邓实、黄节等人在上海成立了国学保存会，以“研究国学，保存

① 《周礼·春官·乐师》：“乐师掌国学之政，以教国子小舞。”

② 参见桑兵《晚清民国时期的国学研究与西学》，《历史研究》1996年第5期。当时的代表人物荷田春满、贺茂真渊、本居宣长、平田笃胤等，有国学四大家之称。

③ 见《政艺通报》第3期。

国粹”为宗旨[①]，出版《国粹学报》，撰稿人除了邓实、黄节，还有章炳麟、刘师培、陈去病、黄侃、马叙伦等[②]，他们或为中国同盟会会员，或倾向民主革命。提倡“国学”与他们从事的革命活动大方向是一致的，而“国学”的“国”字，则包含了爱国的情结。1906年，章炳麟在日本鼓吹反满革命，同时提倡研究国学。留日青年成立国学讲习会，请他讲授国学，鲁迅就是学生之一。1922年4月至6月间，章炳麟在上海讲“国学大概”和“国学派别”。1934年，章炳麟在苏州创办章氏国学讲习会，对国学做了总结性的讲解。章炳麟上述几次演讲经过记录整理，出版了《国故论衡》《国学概论》《国学演讲录》等书，在二三十年代影响很大。《国学演讲录》分为“小学略说”“经学略说”“史学略说”“诸子略说”“文学略说”五部分，由此可以看出他对国学范围的界定。此外，胡适、顾颉刚、钱穆等人也有关于“国

---

① 见《国学保存会简章》。

② 邓实，字秋枚，广东顺德人，1877年生于上海。庚子后，痛感亡国无日，于1902年在上海创办《政艺通报》，1905年发起成立国学保存会，刊行《国粹学报》，宣传排满革命，是国粹理论的主要提倡者之一。黄节（1873—1935）原名晦闻，顺德人。清末参与创立国学保存会，创办《国粹学报》，提倡排满革命。民国成立后加入南社，反对袁世凯称帝。任北京大学文学院教授、清华大学研究院导师，对魏晋文学研究精深。章炳麟（1869—1936）原名学乘，后改名绛，字枚叔，号太炎，浙江余杭人。清末民初民主革命家、思想家、著名学者。曾参加维新运动，与蔡元培共同发起成立光复会。任同盟会机关报《民报》主编。后期政治态度保守。刘师培（1884—1919）江苏仪征人。1904年在上海与章炳麟交游，倾向革命，著有《中国民约精义》，抵制专制。后期思想趋向保守。陈去病（1874—1933）江苏吴江人。光绪二十四年（1898）在家乡组织雪耻学会，响应维新运动。后与柳亚子等创办南社。1913年，参加讨伐袁世凯的“二次革命”。1917年，随孙中山赴粤“护法”。1922年，孙中山督师北伐，陈去病任大本营前敌宣传主任。后曾任南京东南大学教授。黄侃（1886—1935），湖北蕲春人。著名语言文字学家。在日本师从章炳麟，加入同盟会。后曾任北京大学等校教授。马叙伦（1885—1970）浙江杭州人。辛亥革命前参加同盟会，民国后任清华大学、北京大学等校教授。1946年在上海发起组织中国民主促进会，致力于民主爱国运动。新中国成立后，曾任政务院文化教育委员会副主任，教育部、高等教育部部长，全国人大常委会委员，全国政协副主席，中国民主促进会中央主席，中国民主同盟中央副主席。

学”“国故”“国粹”的种种论述①。各家的说法颇有分歧，在这里无须详加辨析，若就其大致相同的方面而言，可以说“国学”即中国固有的学术，以及研究中国传统的典籍、学术与文化的学问。

清末民初国学的兴起，与当时的社会思潮有密切的关系。1840年鸦片战争以后，中国的一些有志之士努力向西方寻找救亡图存之道，西学东渐成为社会的潮流。在这过程中一部分学者担心自己国家固有的学术文化衰微，于是提倡国学。考察他们的初衷，明显地带有救亡图存的意思，以及弘扬中国传统文化的愿望。

国学的提出虽然与西学东渐的刺激有关，但是从国学研究的实绩看来，还是或多或少地吸取了西方的理念和方法。特别是二十世纪以来，中国学术界在吸收世界各国的思想、文化、科学、技术的同时，也以新的眼光审视自己国家数千年来固有的传统。胡适在《国学季刊》发刊词中明确地说，“我们现在治国学，必须要打破闭关孤立的态度”，要向欧美日本学者学习。此时的“国学”和以前的汉学、宋学、乾嘉考据学相比，论范围已经远远超出，论观念已经几度更新，论方法已经更加科学化、系统化。我们不妨以章炳麟所谓国学的五类略加说明。小学，本来是以通经为宗旨的学问，在接受了西方语言学的滋养后，已经发展为以描述语言文字发展规律为宗旨的汉语语言学和文字学。经学和诸子学，也有了很大的变化，中国原先虽有《宋元学案》《明儒学案》之类讲述某一朝代儒学师承和派别的著作②，但没有以近代方法编写的中国哲学通史，胡适在北京大学的讲义《中国哲学史大纲》(上卷)是发轫之作。这种哲学通史已不再局限于经学，而是

① 以上关于“国学”的追溯，以及国学、国故、国粹等说法，参看罗志田《国家与学术：清季民初关于“国学”的思想论争》，生活·读书·新知三联书店2003年版。

② 《宋元学案》清黄宗羲、黄百家、全祖望等人合著。《明儒学案》，黄宗羲著。

将儒家经典与诸子著作、佛学典籍进行综合的研究，描述了历代思想、哲学的变化发展，从而成为经学和诸子学未能包括的一门新的学科。在史学领域，用新的方法撰写的通史、断代史，以及政治制度史、文化史等侧重于某一方面的历史著作蔚为大观；中外交通史、中国科技史引起重视，并成为新的学科；传统的舆地学发展为历史地理学；金石学发展为现代考古学。古史辨派的代表人物顾颉刚关于“层累地造成”古史的学说，影响了一代史学研究；王国维提倡以“地下之新材料”“补正纸上之材料”[①]，这种“二重证据法”为史学打开了新的局面。考古学的新成果，如殷墟卜辞的发现、汉简的发现、敦煌莫高窟藏经洞的发现，引起史学、文学、文字学、语言学、宗教学等众多学科的巨大变化，敦煌学进入了“国学”的疆域。在文学方面，王国维《宋元戏曲史》的出版，将戏曲纳入文学史研究的范围；1920年鲁迅应蔡元培校长之邀在北京大学讲授中国小说史，从此，被视为“小道”的小说登上了大雅之堂，他的讲义《中国小说史略》成为中国小说史的开山之作。于是，戏曲和小说的研究也进入国学的领域。凡此种种，都使国学出现了新的面貌。在继承传统的同时所发生的这些变化，足以使我们将二十世纪以来的“国学”和以往的学术区别开来。

二

今天我们又面临一个新的继往开来的时代，这是一个经济全球化和文化多元化的时代，是一个科学技术突飞猛进的时代。此时，我们所研究的“国学”也应当以一种新的、富有当代特色的形态出现。我

① 见《古史新证——王国维最后的讲义》，清华大学出版社1994年版，第2页。

之所以提出“国学的当代形态”这个命题，就是要强调：研究“国学”不是复古倒退，也不是抱残守缺，而是具有革新意义的、面向未来和世界的学术创造活动。这表现在以下几个方面：

（一）当代的国学应当立足现实，服务于振兴中华、增强民族凝聚力，实现现代化的伟大历史任务。

上面说过，国学是在清末救亡图存的呼声中提出来的。中国的近代史已经证明，真正挽救了中国并引导中国走向现代化的不是国学。但这并不是说国学无用，只要我们研究的态度正确，在中国走向现代化的进程中，国学可以起到促进作用。因为现代化不等于全盘西化，必须充分重视中国的国情，国情既包括中国的现状也包括中国的历史和文化传统。我在1993年发表的《国学研究发刊辞》中有这样一段话：“不管愿不愿承认，也不管是不是喜欢，我们每天都生活在自己国家的文化传统之中，并以自己的言谈行为显示着这个传统的或优或劣的特色。而国学作为固有文化传统深层的部分，已经渗进民众的心灵，直接间接地参与现代生活。”[①]我重申这段话是想进一步说明：应当自觉地把国学放到中国实现现代化的历史任务中，放到世界的大格局中加以研究，使之与当代社会相适应、与现代文明相协调，为中国的现代化和全人类文明的进步作出应有的贡献。现在越来越多的人已经认识到，在中国传统文化中有许多宝贵遗产，值得加以挖掘整理，使之转化为当代的资源。例如关于和谐的思想；关于天人合一的观念；关于忧国忧民的情操；关于尚善的态度和通过修身养性以达至高尚人格的追求；关于敬业乐群的意识，以及“先天下之忧而忧，后天下之乐而乐”的人生准则；关于整体思维的思想方法等等，都值得我

① 见《国学研究》第一卷，北京大学出版社1993年版。

们认真研究大力弘扬。此外，还有丰富的历史经验和教训，可以给我们深刻的启示；还有众多美不胜收的文学作品和艺术作品，可以陶冶我们的性情，美化我们的心灵。可见，国学研究天地广阔，只要以实事求是的态度踏实认真地去做，以学者的态度去做，是可以为提高全社会的人文素养，增强民族凝聚力，弘扬民族精神，构建和谐社会、和谐世界贡献一份力量的。

（二）当代的国学应当建立在对古典文献和出土文物认真整理的基础之上，并在此基础上建立具有中国特色的理论体系。

国学是一门博大精深的学问，详尽地占有原始资料，从资料出发，进行实事求是的整理分析，是国学研究的基础工作。随着国内外所藏古籍善本调查工作的进展，一些原来秘不示人的善本已经公开，各种善本可以更方便地被研究者所利用，古籍的整理工作可以做得比前人更加完善，从而使国学研究建立在更坚实的基础之上。二十世纪以来特别是近几十年来大量的出土文物，又为国学研究开拓新的局面提供了充分的条件。例如临沂银雀山汉墓出土的竹书，长沙马王堆汉墓出土的帛书，荆门郭店战国楚墓出土的竹简，上海博物馆藏战国楚竹书等，为国学提供了大批极为宝贵的新资料。由于这些新资料的出现，许多亡佚已久的先秦古籍重见天日，一些传世的先秦古籍有了更早的古本，古籍中的一些错误得以纠正，古籍中的一些难点得到解释，一些被疑为汉代以后伪作的古籍被证明不是伪作[①]。将传世古籍与出土文物结合起来进行研究，就有可能对中国古代史、古代思想史、古代文学史等许多学科得到新的认识。这是以前的学者无法想象的，是时代给予我们的眷顾。

---

① 参看裘锡圭《中国出土古文献十讲》，复旦大学出版社2004年版。

然而我们不能满足于资料的整理，应当在此基础上建立理论的体系，从而对中国古代学术、文化的发展规律，以及中国文化的未来有一种理性的认识。这种理论自觉，不仅有助于当代中国的文化建设，也必将对世界文明的健康发展产生积极的影响。

（三）当代的国学应当注意普及，在广大人民群众中弘扬中华民族优秀的传统文化。

经过“文化大革命”的十年浩劫，中华民族优秀的传统文化面临断裂的危险，中国人的身份认同感以及民族自信心、自豪感都亟待加强。近年来人民群众对传统文化的热情持续升温，海外华人华侨寻根的愿望十分强烈。在这种形势之下，国学研究义不容辞地应当担当起普及优秀传统文化的任务。国学能不能走出象牙之塔，在广大人民群众中得到认可，是国学研究能否顺利开展的关键之一。当代的国学应当具有提高与普及相结合的品格，应当在群众中得到检验，找到知音。

弘扬传统文化，可以利用各种传媒手段，特别是群众喜闻乐见的形式，应当落实到提高人的素质上，让传统文化的营养像春雨一样沁人人的心田。这是一个相当长的过程，不可急功近利，尤其不可进行商业炒作。用商业的方式炒作国学，甚至用国学来牟利，从根本上违背了学术的宗旨。

（四）当代的国学应当吸取人类一切优秀的文化成果，同时要确立文化自主的意识与文化创新的精神。

人类文明的历史表明：一个民族的文化，如果不借鉴和吸收其他民族的文化，就很难得到发展，甚至还会逐渐萎缩，中华文明也是如此。中国与外部世界的交流开始得相当早，汉武帝时期，张骞出使西域，开通了著名的“丝绸之路”；汉和帝时期，另一位使者甘英的足迹，已经抵达波斯湾，与古罗马帝国（时称“大秦”）隔海相望。到了唐代，中外文化交流更加广泛，长安是当时最大的国际都会，在八世纪前半叶，人口已达百万之多，居住着许多外国的王侯、供职于唐朝的外国人，以及留学生、学问僧、求法僧、外国的音乐家、舞蹈家和商贾。大食、天竺、真腊、狮子、新罗、日本等许多国家的使臣络绎不绝。到了明代，随着航海技术的进步，郑和率领庞大的船队七下西洋，途经东南亚、南亚、西亚各国，最远到达东非沿海。明末清初，以来华传教士为媒介，中国又与欧洲一些国家建立了文化交流关系。

中外文化的交流，不但使中华文明得以弘扬，也使中华文明得到滋养；这种弘扬与滋养，涵盖了物质文明、政治文明及精神文明各个方面。中国的造纸术和印刷术传入欧洲，对西方文明的伟大贡献已是公认的事实；中国的瓷器、丝绸、茶叶以及园林建筑，营造了十八世纪弥漫于欧洲的“中国情调”；而中国的孔孟儒学、科举制度、文官体系以及文学艺术，不仅在日本、韩国等亚洲近邻国家落地生根开花结果，还曾远渡重洋，成为十八世纪欧洲启蒙思想家的重要学术资源。与此同时，中华文化也从外来文化中吸取养分。明末以利玛窦为代表的西方传教士用科学作为传教工具，激起了中国一部分士大夫对西方科学的兴趣，包括古希腊数学、地理学、物理学、生物学、天文学、机械工程学，以及火器、水利等等；而在哥伦布发现新大陆之后，十六世纪至十九世纪的三百年间，玉米、甘薯和马铃薯等美洲作物的传入和推广，对中国开发地广人稀的山区，满足人口大国的粮食需求，进而发展生产力，起到了关键的作用；中国人发明的印刷术与造纸术，西传欧洲，经过改造后又传回中国，再次促进了中国文化的发展与传播[①]。

① 参看袁行霈、严文明、张传玺、楼宇烈主编《中华文明史》，北京大学出版社2006年版。

回顾历史，中华文明曾居于世界领先的地位。令人痛惜的是，在十八世纪末至十九世纪初期，正当西方文明实现了向近代化的转型，中华文明急需吸取其营养奋起直追的历史关头，清朝统治者却采取闭关锁国的政策，故步自封，不图进取，丧失了历史机遇，中华文明遂被排斥到世界文明发展的主流之外，处于落后地位，而中国这样一个文明古国甚至沦落到任人宰割的地步，这是我们应当牢牢记住的惨痛历史教训！

现在，中国发生了翻天覆地的变化，在和平发展的道路上突飞猛进，经济总量已经跃居于世界前列。在这种情况下，如何更加自觉地发展与我国地位相称的、与时代发展相适应的先进文化，是一个带有战略意义的重大问题。如果没有文化自主的意识，如果没有文化创新的精神，我们就很难在这个竞争剧烈的世界中立足和生存。科技要自主创新，文化也要自主创新。一味地照搬古人和照搬外国，都是不足取的。继承传统文化，要有所取舍，不能复古倒退；吸取其他民族的文化成果，要取舍由我，不能不分优劣，全盘西化。复古倒退和全盘西化都丧失了文化自主创新的立场，都是没有前途的。自觉地创造我们自己的、具有时代性和前瞻性的新文化，乃是中华文明复兴的关键所在。

在这里，我想特别强调中国传统文化“走出去”的历史使命。阅读明清以降的中西文化交流史，常常给人留下这样的印象，即西方人眼中的中国形象，大多来自西方人自己的著作，如传教士的书信及报告、冒险家的游记等等，或褒或贬，都未能反映出一个全面的真实的中国。截止到目前，我们对世界的了解固然还很不够，但是世界对中国的了解则更少、更肤浅。这就迫切需要我们以主动的姿态，充分利用各种途径和方式，将中国传统文化的精华，真诚地介绍给世界各国人民。现在中外文化交流，呈现明显的入超状态，有人统计，文化的进出口比例为14：1，这未必是精确的统计，但值得我们注意。随着经济的全球化，特别是中国经济的日益繁荣，世界更迫切地需要了解中国。我们在广泛吸取世界上一切优秀文化成果的同时，有责任使优秀的中华文明走出去，让各国人民与我们共享。

总之，国学研究既要保持其传统性与本土性，同时也要彰显它的时代性与世界性。当代的国学已经具备了各方面的有利条件，足以使之成为不同于以往的新国学。换句话说，现在已经是重建国学的时候了。

三

国学的当代意义是与国学的当代形态联系在一起的，国学如果没有新的发展，其意义必然受到很大局限。国学的当代意义是围绕着弘扬中华民族优秀传统文化这个宏伟目标来实现的。我曾经说过：不要以实用主义的态度对待国学。如果仅仅从国学中寻找对工商管理、金融、经济、公关等等有用的技巧和方法，那就太简单化了。有人问我：国学究竟有什么用？要说没用也真没用，既不能当饭吃，也不能教人如何投资赚钱。但其精华部分能丰富我们的精神世界，增强民族的凝聚力，协调人和自然的关系以及人和人的关系，能促使人把自己掌握的知识和技术用到造福于人类的正道上来，这是人文无用之大用，也是国学无用之大用。试想，如果我们的心灵中没有诗意，我们的记忆中没有历史，我们的思考中没有哲理，我们的生活将成为什么样子[①]？

① 参见拙文《国学与二十一世纪》，《光明日报》2006年1月10日。

国学的当代意义，在很大程度上取决于我们的研究态度。我们研究国学，应以承传中华民族优秀传统文化为己任。传统文化是一个民族的根，是一个民族的标志，也是一个民族的骄傲。传统文化关系到每个民族对自己身份的认同感、归属感，以及伴随这种认同感和归属感而来的文化尊严感。传统文化又是民族凝聚力的源泉，一个民族的疆土被人用武力占领了，还可以收复；一个民族的文化被人灭绝了，或者自己抛弃了，则万劫不复！国学作为传统文化中深层的、学术性的部分，与中华民族的复兴密切相关。在经济全球化的大趋势中，拥有几千年文化传统的中华民族，必须自觉地维护自己的根，这样才能自立于世界民族之林。

从二十世纪九十年代以来，国学已经逐渐引起社会的重视，目前又一次出现了“国学热”。在这种情况下，我们必须更加清醒。我要强调的是：对待国学应当抱三种态度，即分析的态度、开放的态度、前瞻的态度。所谓分析的态度，就是要分清国学中的精华和糟粕，吸取其精华，剔除其糟粕。所谓开放的态度，就是要处理好中外的关系，不能把自己封闭起来。既要吸取世界上各民族优秀的文化成果，也要让自己民族的优秀文化走向世界。所谓前瞻的态度，就是要正确对待古今的关系，立足当前面向未来，建立具有当代形态和前瞻意义的新国学。我们也应清醒地看到，国学研究是严肃的学术工作，不可满足于泛泛的议论，而应沉潜下来，认真钻研，将切实的成果贡献给社会。

“中国悠久的文化传统不是一潭止水，它宛若滚滚不尽的江河，不断吸纳支流，或直或曲，或速或缓，或涨或落，变动不居。国学也是这样，汉有汉学，宋有宋学，今后则必有以今之时代命名的学派。历史悠久的国学只有不断以新的形态代替旧的形态，才能永葆青春。”这段话是我在1993年《国学研究发刊辞》中曾经说过的，我想以此作为这次发言的结尾。我还想强调一句：国学只有与现实生活密切结合，在人民群众中发挥积极的作用，才能充分实现其价值，并永远保持强大的生命力。

中央文史研究馆愿意跟各地的文史研究馆密切合作，跟中国港、澳、台的学者们一起，为国学研究的健康发展，为弘扬中华民族优秀传统文化，为振兴中华，贡献自己的力量！

（本文为在中央文史研究馆主办的“国学论坛”上的主旨报告）

《新编新注十三经》刍议

一

今传《十三经》有一个漫长的形成过程，其间经过多次变动。兹将《十三经》的形成过程作一简要的论述：

孔子有“六艺”之说，指《诗》《书》《礼》《乐》《易》《春秋》[①]；湖北荆门郭店楚墓出土竹简《六德》，讲到《诗》《书》《礼》《乐》《易》《春秋》[②]，也并未总称为“六经”。到西汉有“五经”之说，陆贾《新语·道基》篇：“礼义不行，纲纪不立，后世衰废；于是后圣乃定五经，明六艺，承天统地，穷事察微，原情立本，以绪人

① 《史记·滑稽列传》：“孔子曰：‘六艺于治一也。《礼》以节人，《乐》以发和，《书》以道事，《诗》以达意，《易》以神化，《春秋》以义。’”（［汉］司马迁：《史记》，中华书局1982年版，第3197页。）至于《庄子·天运》篇：“孔子谓老聃曰：‘丘治《诗》《书》《礼》《乐》《易》《春秋》六经，自以为久矣，孰知其故矣；以奸者七十二君，论先王之道而明周、召之迹，一君无所钩用。甚矣夫！人之难说也，道之难明邪？’老子曰：‘幸矣，子之不遇治世之君也！夫《六经》，先王之陈迹也，岂其所以迹哉！”（郭庆藩：《庄子集释》，中华书局1961年版，第531—532页）其中讲到了“六经”，但此篇属于《庄子》之外篇，其时代难以确定，仅录以备考。

② 《郭店楚墓竹简·六德》：“观诸《诗》、《书》则亦在矣，观诸《礼》《乐》则亦在矣，观诸《易》《春秋》，则亦在矣。”文物出版社1998年版，第188页。

伦……”[①]汉武帝时正式将“五经”立于学官，《汉书·武帝纪》：“（建元）五年（前144）春……置《五经》博士。”[②]五经的排列顺序通常是《诗》《书》《礼》《易》《春秋》或《易》《书》《诗》《礼》《春秋》[③]。东汉又有“七经”之说，见《后汉书·张曹郑列传》：张纯“乃案七经谶、明堂图……欲具奏之。”章怀太子注：“《七经》谓《诗》《书》《礼》《乐》《易》《春秋》及《论语》也。”[④]

唐太宗贞观七年（633）颁《新定五经》，是经学史上的一件大事[⑤]。此后，太宗又诏孔颖达等撰修《五经正义》，书成，因太学博士

① 王利器：《新语校注》，中华书局1986年版，第18页。

② ［汉］班固撰，［唐］颜师古注：《汉书》卷六，中华书局1962年版，第159页。又《汉书》卷一九上《百官公卿表上》：“武帝建元五年初置《五经》博士，宣帝黄龙元年稍增员十二人。”（第726页）《汉书》卷八八《儒林传》赞：“自武帝立《五经》博士，开弟子员，设科射策，劝以官禄，讫于元始，百有余年，传业者寖盛，支叶蕃滋，一经说至百余万言，大师众至千余人，盖禄利之路然也。”（第3620页）

③ 《庄子·天下》篇：“《诗》以道志，《书》以道事，《礼》以道行，《乐》以道和，《易》以道阴阳，《春秋》以道名分。”（郭庆藩：《庄子集释》，第1067页）或疑此六句为注文，误入正文。《史记·儒林列传》在“及今上即位，赵绾、王臧之属明儒学，而上亦乡之，于是招方正贤良文学之士”这段话后所列《五经》也是这个顺序（《史记》，第3118页）。而《汉书·艺文志》所列顺序则是《易》《书》《诗》《礼》《春秋》。《白虎通·五经》曰：“《五经》何谓?《易》《尚书》《诗》《礼》《春秋》也。”（陈立：《白虎通疏证》，中华书局1994年版，第448页）《史记·司马相如列传》载相如《封禅文》云：“轩辕之前，遐哉邈乎，其详不可得闻也。五三《六经》载籍之传，维见可观也。”司马贞《索隐》：“胡广云：‘五,五帝也。三,三王也。’案:《六经》,《诗》、《书》、《礼》、《乐》、《易》、《春秋》也。”（《史记》，第3064—3065页）周予同《群经概论》云：“六经的次第，今文学派主张（1）《诗》，（2）《书》，（3）《礼》，（4）《乐》，（5）《易》，（6）《春秋》。而古文学派主张（1）《易》，（2）《书》，（3）《诗》，（4）《礼》，（5）《乐》，（6）《春秋》。”（见《周予同经学史论著选集》，上海人民出版社1996年版，第211页）《乐经》不存，故实际只有五经。

④ ［宋］范晔撰，［唐］李贤等注：《后汉书·张曹郑列传》，中华书局1965年版，第1196页。又，东汉熹平石经，或云五经，或云六经，或云七经，文献记载不同。王国维《魏石经考一》云：“当为《易》《书》《诗》《礼》（《仪礼》）《春秋》五经，并《公羊》《论语》二传”，见《王国维遗书》二，上海书店1983年版，第376—377页。

⑤ 《旧唐书·太宗本纪》，中华书局1975年版，第43页。又，《旧唐书·颜师古传》：“太宗以经籍去圣久远，文字讹谬，令师古于秘书省考定《五经》，师古多所厘正，既成，奏之。太宗复遣诸儒重加详议，于时诸儒传习已久，皆共非之。师古辄引晋、宋已来古今本，随言晓答，援据详明，皆出其意表，诸儒莫不叹服。于是兼通直郎、散骑常侍，颁其所定之书于天下，令学者习焉。”（《旧唐书》，第2594页）

马嘉运驳之，诏更令详定，功竟未就[①]。高宗永徽间又经考正，于永徽四年（653）始颁行[②]。此外，唐代还有“九经”之称[③]，“九经”包括《易》《书》《诗》《周礼》《仪礼》《礼记》《春秋左传》《春秋公羊传》《春秋穀梁传》。文宗太和四年（830）郑覃以经籍讹谬，请召宿儒奥学，校定六籍，勒石于太学，从之[④]。文宗太和七年（833）筹备，至开成二年（837）告成，用楷书刻《周易》《尚书》《毛诗》《周礼》《仪礼》《礼记》《左传》《公羊》《穀梁》《孝经》《论语》《尔雅》十二经于长安太学，并以唐张参《五经文字》、唐玄度《九经字样》为附丽，共650252字，这就是《开成石经》，今藏西安碑林。宋赵希弁《读书附志》经类，列《石经周易》《石经尚书》《石经毛诗》《石经周礼》《石经仪礼》《石经礼记》《石经春秋》《石经公羊》《石经穀梁》《石经论语》《石经孝经》《石经孟子》《石经尔雅》，曰：“以上石室《十三经》，盖孟昶时所镌，故《周易》后书：‘广政十四年岁次辛亥五月二十日。’唯《三传》至皇祐初方毕，故《公羊传》后书：‘大宋皇祐元年岁次己丑九月辛卯朔十五日乙巳工毕。’”《石经孟子》下著录：“右《孟子》十四卷。不题经注字数若干，亦不题所书人姓氏。”[⑤]另

① 《旧唐书·孔颖达传》：“先是，与颜师古、司马才章、王恭、王琰等诸儒受诏撰定《五经》义训，凡一百八十卷，名曰《五经正义》。太宗下诏曰：‘卿等博综古今，义理该洽，考前儒之异说，符圣人之幽旨，实为不朽。’付国子监施行，赐颖达物三百段。时又有太学博士马嘉运驳颖达所撰《正义》，诏更令详定，功竟未就。”（《旧唐书》，第2602—2603页）

② 《旧唐书·高宗本纪》：“（永徽四年）三月壬子朔，颁孔颖达《五经正义》于天下，每年明经令依此考试。”（《旧唐书》，第71页）

③ 《旧唐书·儒学传·谷那律传》：“谷那律，魏州昌乐人也。贞观中，累补国子博士。黄门侍郎褚遂良称为‘九经库’。”（《旧唐书》，第4952页）

④ 《旧唐书·郑覃传》：“覃长于经学，稽古守正，帝尤重之。覃从容奏曰：‘经籍讹谬，博士相沿，难为改正。请召宿儒奥学，校定六籍，准后汉故事，勒石于太学，永代作则，以正其阙。’从之。”（《旧唐书》第4490页）

⑤ 以上两条引文见宋晁公武撰、孙猛校证《郡斋读书志校证》下，上海古籍出版社1990年版，第1086—1087页。

据宋曾宏父《石刻铺叙》卷上所云："《孟子》十二卷，宣和五年九月帅席贡暨运判彭慥方入石；逾年乃成。"[①]可知《孟子》列入《十三经》，应当是北宋。南宋高宗绍兴十三年（1143）又刻石经，也增加了《孟子》。清康熙年间陕西巡抚贾汉复在开成十二经之外，又补刻《孟子》，统称《唐十三经》。十三经的顺序为《易》《书》《诗》《周礼》《仪礼》《礼记》《春秋左传》《春秋公羊传》《春秋穀梁传》《论语》《孝经》《尔雅》《孟子》[②]。

明代已有《十三经注疏》刻本。清乾隆四年（1739）有武英殿刻本《十三经注疏》；嘉庆二十一年（1816）南昌府学重刊宋本《十三经注疏》附阮元《校勘记》刻成。后者流传广泛，成为学者使用最广的本子。

粗略地回顾上述历史，我们由此可以得出三点结论：

第一，后来儒家所谓的"经"起初并未赋予"经"的名称和地位。大概战国中后期有学者尊称某些儒家典籍为"经"，如《荀子·劝学》谓学之数"始乎诵经，终乎读礼"（杨倞注："经，谓《诗》、《书》；礼，谓典礼之属也"）[③]。汉初学者陆贾等人以亡秦为殷鉴，进一步推尊儒家典籍为经。汉武帝"罢黜百家，独尊儒术"，

---

① 然据宋晁公武《郡斋读书志》"石经孟子十四卷"下所云："右皇朝席旦（一作'益'）宣和中知成都，刊石置于成都学宫，云伪蜀时刻六经于石，而独无《孟子》，经为未备。"《知不足斋丛书》本，中华书局影印本第4册，第182页。

② 乾隆《重刻十三经序》曰："汉代以来儒者传授，或言五经，或言七经。暨唐分三礼、三传，则称九经。已又益《孝经》《论语》《尔雅》，刻石国子学，宋儒复进《孟子》，前明因之，而'十三经'之名始立。"（《御制文》初集卷一一，《影印文渊阁四库全书》第1301册，台北：商务印书馆1986年版，第101页。）其所言未详。以上所述，笔者除查阅《郡斋读书志》及《读书附志》外，又参考马子云、施安昌《碑帖鉴定》，广西师范大学出版社1993年版，第358页；孙钦善《中国古文献学史》，中华书局1994年版，第332—333页；王锦民《古学经子——十一朝学术史述林》，华夏出版社2008年版，第227页。

③ ［清］王先谦撰，沈啸寰、王星贤点校：《荀子集解》，中华书局1988年版，第11页。

儒家思想取得了国家意识形态的地位，“五经”立于学官。自此之后，《易》《书》《诗》《礼》《春秋》这五部书才被正式尊称为“经”。此乃取其“恒常”之义，《白虎通·五经》所谓“经，常也”①，《释名》所谓“经者，径也，常典也”②，代表了汉儒对于“经”的理解。后来刘勰《文心雕龙·论说》：“圣哲彝训曰经，述经叙理曰论”，是很有代表性的看法③。正如张舜徽先生在《汉书艺文志通释》中所云：“古之六艺，本无经名。孔子述古，但言‘《诗》曰’、‘《书》云’，而不称‘诗经’、‘书经’；但言‘学《易》’，而未尝称‘易经’。下逮孟、荀，莫不如此。……况经者纲领之谓，原非尊称。大抵古代纲领性文字，皆可名之为经。故诸子百家之书，亦多自名为经。”④我们对儒家所谓“经”不必过于拘泥。

第二，《十三经》是在很长的时间内逐渐确定的⑤。在汉代为五经、七经，到唐代扩充为“九经”。其他如《孝经》《尔雅》《论语》都是后来增加进去的。而且在宋朝，《春秋》《仪礼》《孝经》还都曾一度被剔出经部⑥。《孟子》十一篇在《汉书·艺文志》和《隋书·经籍志》中都属于子书，到了宋代才归入经书，从目录学的角度看来，所谓经书和子书的分类本来不很严格。既然如此，现在通行的《十三经》并

① ［清］陈立撰，吴则虞点校：《白虎通疏证》，中华书局1994年版，第447页。

② ［汉］刘熙著，毕沅疏证：《释名疏证·释典艺第二十》，《广雅丛书》本。

③ 范文澜：《文心雕龙注》，人民文学出版社1958年版，第326页。后来有“六经皆史”之说，见清章学诚《文史通义·内篇·易教上》，仓修良编注《文史通义新编新注》，浙江古籍出版社2005年版，第1页。

④ 张舜徽：《张舜徽集·汉书艺文志通释》（与《广校雠略》合刊），华中师范大学出版社2004年版，第177页。

⑤ 汉代以来五经、七经、九经、十二经、十三经的演变情况十分复杂，本文并非专论经学史，只就其大概而言。

⑥ ［元］脱脱等：《宋史·选举志》：“（熙宁四年）于是改法，罢诗赋、帖经、墨义，士各占治《易》、《诗》、《书》、《周礼》、《礼记》一经，兼《论语》、《孟子》。”（中华书局1977年版，第3618页。）

不是不可调整的。

第三，汉武帝将五经立于学官，乃是将五经作为学校的教科书。唐代实行科举考试，则五经或九经又成为科举考试的标准用书。那时的朝廷是将经书作为统一思想、治理国家、推行教化、选拔人才的依据。现在我们研究经书跟古代的出发点已有很大的区别，已不再需要那样一套钦定的教科书或考试用书，而是将它们作为中国传统文化的源头来研究，这是需要特别加以强调的。

二

今传《十三经》全部是儒家的典籍。形成这种状况，是汉武帝“罢黜百家，表章六经”①的结果。借用刘勰《文心雕龙》前三篇的标题，可以说《十三经》以原道、征圣、宗经为主线，道、圣、经三者关系密切。我们不禁要问：难道只有儒家的典籍才能称为“经”吗？我们可不可以突破这种局限呢？以笔者的愚见，当初编纂儒家的经典，自然以这十三部典籍为宜。如果不限于儒家，而是着眼于整个中国文化的原典，那就不应局限于现在通行的《十三经》。在儒家之外，道家、墨家、兵家、法家也有很重要的地位，应该纳入中国文化的经书范围之内。随着社会的进步和学术的发展，以弘扬中华民族优秀传统文化为宗旨，对现在通行的《十三经》中所收各书需要重新审视，加以去取。显而易见，我们今天研究中国传统文化不应当限于儒家，所谓“国学”并不等于“儒学”，现在早已不是“罢黜百家，独

① ［汉］班固撰，［唐］颜师古注：《汉书·武帝纪》班固赞语，中华书局1962年版，第212页。

尊儒术”的时代了！我们应当改变儒家独尊的地位，更广泛地吸取各家之精华，以更广阔的视野继承和弘扬中国优秀的传统文化。而这正是《新编新注十三经》努力的方向。从西周到春秋、战国的几百年间，是中华文明极其灿烂的时代，其多姿多彩的精神成果不仅体现在儒家典籍之中，也体现在儒家之外诸子百家的典籍之中。我们研究中国传统文化，要从多个源头清理中华文明的来龙去脉，广泛地吸取其中的精华。

基于以上的学术理念，我倡议对《十三经》重新编选和校注。计划中的《新编新注十三经》收入以下十三种典籍：《周易》《尚书》《诗经》《礼记》《春秋左传》《论语》《孟子》《荀子》《老子》《庄子》《墨子》《孙子》《韩非子》。保留原来《十三经》中的七种，替换六种。

我们充分肯定传统文化（包括儒家典籍）的重要价值，认为上述十三种书具有长远的意义，经过整理可以在今天充分发挥其作用。这是我们仍然沿袭“经”这个名称的一个重要原因。又因为“十三经”之称已经习以为常，如同《三字经》《百家姓》《千字文》《唐诗三百首》，无论学者还是一般读者久已习惯，而且中国本土文化中时代最早、可以称之为文化源头而又流传有绪的、带有纲领性的重要典籍，恰好可以选择十三种，仍然维持“十三经”的名称是适宜的。

我们所谓的“经”，与传统的“经”相比，涵义有所同也有所不同。首先，称“经”有以示尊崇之意，因此新编《十三经》，也就是选择那些在中国文化中具有重要地位的典籍，意在使读者能够藉此把握中国文化的要旨。其次，“经”有“恒常”的意思，表明这些典籍不仅在历史上具有重要的影响，而且其深刻、丰富的思想在今天有值得弘扬之处，在未来仍将具有不可忽视的影响力。再次，我们所谓的

“经”具有开放性和多元性，不再封闭于原来那十三种儒家典籍的范围之内，这样可以更全面地反映中华文化的丰富内涵。

接下来就将新增的六种经典作一简单的论述：

属于儒家的一种：《荀子》。

荀卿自称为儒，《汉书·艺文志》著录《孙卿子》三十三篇，归属于儒家，孙卿就是荀子。《韩非子·显学》篇说孔子以后“儒分为八”，其中“孙氏之儒”的“孙氏”就是指荀子[①]。但荀子的学说与孔子有所不同，他曾游学齐国的稷下学宫，受到道家、法家、名家的影响。荀子主张“法后王”，又主张人性恶，并在《非十二子》中对子思、孟子等儒家学者进行了激烈的批判。《荀子》未能列入《十三经》，可能与他的这种思想倾向有关。其实，《荀子》中有不少值得注意的思想资源。其“王道”观包含着丰富的内容，诸如“隆礼”“贤能不待次而举”“平政爱民”等，都值得重视。其宇宙观，主张“天行有常，不为尧存，不为桀亡。应之以治则吉，应之以乱则凶”，“制天命而用之”，也值得注意。其经济思想，提出“富国裕民”之道，很有意义。其他如“解蔽”之说，“虚壹而静”之说，以及其音乐理论、教育理论，也都值得进一步发掘整理。至于它对中国历史文化的影响，谭嗣同《仁学》所谓“二千年来之学，荀学也”一语[②]，足可见之。蕴含着如此丰富思想资源的《荀子》，列入《新编新注十三经》是适当的。

属于道家的两种：《老子》和《庄子》。

汉武帝“罢黜百家，独尊儒术”之后，总的看来道家的地位虽然

---

① 参阅［清］王先慎撰，钟哲点校《韩非子集解》，中华书局1998年版，第456—457页。

② 蔡尚思、方行编：《谭嗣同全集》（增订本），中华书局1981年版，第337页。

比不上儒家，但道家在中国传统文化中的地位仍然足以跟儒家相提并论，儒道互补成为中国传统文化的一个重要特点。在古代已有称之为“经”者，特别值得注意的是《隋书·经籍志》著录《老子道德经》二卷，周柱下史李耳撰、汉文帝时河上公注。作为道家之创始，《老子》一书中包含的朴素辩证法，关于人与自然关系的认识等，对中国文化的各个方面，如哲学、政治、文学、艺术等等都有深远的难以估量的影响。如果没有《老子》，就没有魏晋以后流行的玄学和唐代以后流行的禅学，中国文化就将失去不少多姿多彩的方面。道家关于清静无为的说法，在战乱之后社会需要休养生息之际尤能显示其在治国方面的重要意义。

郭店楚简中发现了三种《老子》抄本，抄写时间在公元前三百年左右，虽然均不完整，仍是目前所能见到的最古老的本子。湖南长沙马王堆三号汉墓出土了两种汉初的抄本，即帛书《老子》甲本和乙本，这是目前所能见到的较早的完整的本子。这些出土文献为《老子》一书的校勘注释和研究，带来了新的契机，已有许多新的研究成果问世。《新编新注十三经》收入《老子》，除原有的传世《老子》外，利用楚简本和帛书本及其研究成果，是可以做出新的成绩来的。

《庄子》一书乃是庄周及其后学的著作。其内篇所阐述的逍遥游代表着一种人生的理想，倡“无名”“无功”“无己”，以求无待，无待则可以得到精神的自由。其所主张的齐物论，有助于破除那种绝对、僵硬、呆板、滞塞的思维方式。作为与儒家相对立的学说，《庄子》丰富多彩而又富于机辩，极具智慧之光芒，使中国文化带上了灵动、活泼、通透的特点，具有充沛的想象力、创造力以及艺术感染力。在魏晋南北朝时期，庄子学复兴，《庄子》与《老子》《周易》并称“三玄”，是名士们研习的经典。唐、宋两朝，《老子》《庄子》还曾被尊为“经”，并置博士员，立于学官[①]。《庄子》应当和《老子》一并列入《新编新注十三经》之中。

属于墨家的一种：《墨子》。

墨家的创始人是墨翟。墨家在当时影响很大，《孟子·滕文公下》云：“杨朱、墨翟之言盈天下。天下之言不归杨，则归墨。”《孟子·尽心下》又说：“逃墨必归于杨，逃杨必归于儒。”[②]孟子的话虽不免有点夸张，但从中仍然可以看出墨学在当时是一种显学。《韩非子·显学》就明确地说：“世之显学，儒、墨也。”[③]《庄子·天下》篇云：“相里勤之弟子五侯之徒，南方之墨者苦获、已齿、邓陵子之属，俱诵《墨经》，而倍谲不同，相谓别墨。”[④]《吕氏春秋·仲春纪·当染》称孔子与墨子“此二士者，无爵位以显人，无赏禄以利人。举天下之显荣者，必称此二士也。皆死久矣，从属弥众，弟子弥丰，充满天下。王公大人从而显之，有爱子弟者随而学焉，无时乏绝”[⑤]。可见在《吕氏春秋》成书之际墨子仍然具有与孔子同等的地位。直到汉武帝罢黜百家之后，墨家才消沉下来，而且迄今未能得到广泛的重视。其实，《墨子》一书中有不少思想资源值得我们发掘，其尚贤、兼爱、非攻、节用、非命等方面的思想，在今天仍然值得重视，而其在逻辑学方面的贡献，在自然科学方面的论述，也值得注意。《新编新注十三经》应当列入《墨子》。

---

① 《旧唐书·仪礼志》：“丙申，诏……改《庄子》为《南华真经》。……两京崇玄学各置博士、助教，又置学生一百员。”（《旧唐书》，第926页）《宋史》：“丙戌，诏太学、辟雍各置《内经》、《道德经》、《庄子》、《列子》博士二员。”（《宋史》，第400页）

② 朱熹：《四书章句集注》，中华书局1983年版，第272页、第371页。

③ ［清］王先慎撰，钟哲点校：《韩非子集解》，中华书局1998年版，第456页。

④ ［清］郭庆藩撰，王孝鱼点校：《庄子集释》，中华书局2004年版，第1079页。

⑤ 陈奇猷：《吕氏春秋校释》，学林出版社1984年版，第96页。

属于兵家的一种:《孙子》。

《史记·孙子吴起列传》:"孙子武者，齐人也。以兵法见于吴王阖庐。阖庐曰:'子之十三篇，吾尽观之矣，可以小试勒兵乎?'对曰:'可。'。"[①]《汉书·艺文志·兵书略》于兵权谋家著录:"《吴孙子兵法》八十二篇。图九卷。"师古曰:"孙武也，臣于阖庐。"[②]中国古代典籍中兵家的著作是一大笔宝贵的遗产，而《孙子》是兵家中最重要的一部典籍。曹操《孙子序》指出其"审计重举，明画深图"的特点[③]，这已不限于用兵。《孙子》不仅有丰富的军事思想，也有深厚的战略思维，对人才、行政和经济的管理，乃至外交，都有启发借鉴的意义。1972年山东临沂银雀山西汉墓葬出土的竹简本《孙子兵法》十三篇，带动了《孙子》的研究，今天看来完全有理由将之列入《新编新注十三经》之中。

属于法家的一种:《韩非子》。

《汉书·艺文志》曰:"法家者流，盖出于理官，信赏必罚，以辅礼制。《易》曰'先王以明罚饬法'，此其所长也。"[④]在韩非子之前，法家的商鞅重法，申不害重术，慎到重势，韩非子综合法、术、势，成为法家的集大成者。《韩非子》一书也就成为《新编新注十三经》的必选经典。

此外，佛教自汉哀帝元寿元年(公元前2年)传入中国以来，经过魏晋南北朝这个战乱时期，在社会上逐渐传播开来，到唐代取得与儒、道两家并立的地位。新编《十三经》是否选入佛经，成为笔者反

① [汉]司马迁:《史记》，中华书局1959年版，第2161页。

② [汉]班固撰，[唐]颜师古注:《汉书》，中华书局1962年版，第1756—1757页。

③ [三国]曹操等注:《十一家注孙子校理》，中华书局1999年版，第310页。

④ [汉]班固撰，[唐]颜师古注:《汉书》，中华书局1962年版，第1736页。

复考虑的一个问题。然而新编乃着眼于那些中国本土文化中原生的、时代最早的、处于中国文化源头的、在当时或后代具有广泛深远意义的典籍。而佛经是从印度翻译过来的，唐代盛行的禅宗及其典籍虽然已经本土化，但时代晚了很多，因此佛经暂不入选为宜。将来如果有可能，我们会考虑适当选择佛典和其他重要典籍以扩充其范围。

三

《新编新注十三经》必须建立在学术研究的坚实基础上，参考古代的各家之言，充分利用新出土的文献资料，吸取最新的研究成果，使之成为值得信赖的学术著作。我们的宗旨是为读者提供中华文化的元典，便于读者从文献的角度追溯中华文化的源头，探寻中华文化的要义。编纂这套书是一项重要的文化建设和学术建设工作，对于弘扬中华民族优秀传统文化意义重大，而且现在编纂时机已经成熟。我们的原则是取精用宏、守正出新。取精用宏对于这套书来说格外重要，因为历代的版本和研究成果浩如烟海，我们既要充分掌握已有的资料，又要去伪存真，去粗取精。守正出新是我在1995年主编《中国文学史》时提出来的，实践证明取得了良好的效果。所谓守正就是继承优良的学术传统，所谓出新就是努力开拓新的学术格局，充分吸取新的研究成果，适当采用新的研究方法，使这套书具有时代的特色，以适应时代的要求。

近年来，古籍善本的普查和影印工作有了很大进展。以前的学者看不到的一些善本，我们有机会加以利用，这对我们选择底本和校本提供了很大方便，从而使新编工作有了坚实的基础。自汉代以来，学者们围绕这些经典所作的校勘、注释和研究工作很多，成就卓著，为

《新编新注十三经》提供了极其重要的依据。此外，自二十世纪以来特别是近几十年来出土了大量的文献和文物，又为经典的整理研究开拓了新的局面。例如临沂银雀山汉墓出土的竹书，长沙马王堆汉墓出土的帛书，荆门郭店战国楚墓出土的竹简，上海博物馆藏战国楚竹书等，都向我们提供了大批极为宝贵的新数据。由于这些新数据的出现，一些传世的先秦古籍有了更早的古本，古籍中的一些错误得以纠正，古籍中的一些难点得到解释[①]。充分利用这些新发现的资料，可以提高我们的工作质量。

二十世纪之后的学术是在中西文化交流的大背景下展开的。借用西方的哲学、宗教学、文学、史学和人类学等等方面的观念来解释中国的典籍，已经取得不少成绩。陈寅恪先生所谓“取外来之观念与固有之材料互相参证”[②]，已被证明是行之有效的方法。这也为《新编新注十三经》提供了广阔的空间，从而保证了“出新”的可能。

还有一点值得注意，以前的学者整理经书，各有其家法，而且经今古文之争十分激烈，各个门派互不相容；宋儒与汉儒又有所不同。今天我们重新整理，可以超越这类纷争，兼容并蓄，择善而从，从而取得新的成果。

当然，要想将这套书编好还存在许许多多的困难。一是数据浩繁，要花很多时间才能搜集完备并加以消化；二是每部书都存在不少难点，聚讼纷纭，要想取得进展，提出新见，并经得起考验，实在很难；三是这套书既定位为学术著作，又希望有较多的读者使用，如何在专家与普通读者之间找到平衡点，需要认真摸索。但是我们相信，

① 参看裘锡圭：《中国出土古文献十讲》，复旦大学出版社2004年版，第82—90页。
② 陈寅恪：《王静安先生遗书序》，见《王国维遗书》，上海书店1983年版。

依靠参加工作的各位学者刻苦钻研，虚心听取各方面专家的意见，集思广益、反复讨论，有希望达到预期的目标。

附　记

《新编新注十三经》已经由北大国学研究院经过反复论证，在2008年正式立项、启动，并且确定了文、史、哲等系十三位教授和副教授分别承担。国学研究院已制定体例，并开始对每一部经书所用底本及校注工作的指导思想和工作方案进行论证。中华书局承担全书的出版发行工作，并派资深编审参加讨论。本文在完成初稿后征求了一些编纂者的意见，得到他们的指教；程君苏东帮助我查找核对了资料，并提出意见，在此一并表示由衷的感谢！

2008年6月15日初稿，2009年3月9日定稿

（《北京大学学报》2009年第2期）

“五经”的意义与重译的空间

应邀参加这次会议，得与诸胜流共商“五经”的研究与翻译工作，我深感荣幸！

据《史记·滑稽列传》记载，孔子已有“六艺”之说[①]，指的是包括“五经”在内的六部经典。汉武帝建元五年（公元前136年）春，汉武帝将“五经”立于学官，置五经博士，从此确立了《诗》《书》《礼》《易》《春秋》的经典地位。

“经”的意思是什么呢？《白虎通·五经》云：“经，常也。”[②]《释名》云：“经者，径也，常典也。”[③]可见“经”是具有恒常意义的典籍。那么，“五经”的恒常意义究竟何在呢？

从西周到春秋、战国的几百年间，是中华文明极其灿烂的时代，也即西方学者所谓“核心时代”，其多姿多彩的精神成果很大一部分体现在“五经”之中。“五经”是中国本土原生的、属于中国文化源头的典籍。“五经”体现了中国古代对宇宙、人生、社会、历史、现

① ［汉］司马迁：《史记·滑稽列传》，中华书局1982年版，第3197页。

② ［清］陈立：《白虎通疏证》，中华书局1994年版，第447页。

③ ［清］毕沅：《释名疏证》，《广雅丛书》本。

实等各个方面的智慧，逐渐成为塑造中华民族精神的主要因素，并维系着中国悠久的文化传统。特别是其在维护社会和谐方面的价值，尊崇“仁”“义”“礼”“智”“信”和“德治”的意义，以及其中所包含的丰富的哲学思想，都值得我们从今天学术发展所达到的高度，结合现实深入研究。

我对经学的研究十分浅薄，在这里只能讲一点自己的体会，向诸位请教。我认为“五经”在教人如何做人方面，具有重要的普遍的意义。《礼记·经解》篇记载了孔子的一段话：

> 入其国，其教可知也。其为人也，温柔敦厚，《诗》教也。疏通知远，《书》教也。广博易良，《乐》教也。洁静精微，《易》教也。恭俭庄敬，《礼》教也。属辞比事，《春秋》教也。①

孔子在这里所说的都是关于如何做人的问题。而《春秋繁露·玉杯》更特别针对在位者云：

> 君子知在位者之不能以恶服人也，是故简六艺以赡养之。《诗》《书》序其志，《礼》《乐》纯其美，《易》《春秋》明其知。六学皆大，而各有所长。《诗》道志，故长于质。《礼》制节，故长于文。《乐》咏德，故长于风。《书》著功，故长于事。《易》本天地，故长于数。《春秋》正是非，故长于治人。②

① ［清］阮元校刻：《十三经注疏》，中华书局1980年版，第1609页。

② ［清］苏舆撰，钟哲点校：《春秋繁露义证》，中华书局1992年版，第35—36页。

中国人把修身、齐家、治国、平天下，视为一个完整的过程，首先要学会修身，进而学会齐家、治国、平天下，其出发点与核心在乃个人的修养，也就是君子人格的培养，“五经”的核心就在于此。这是中国独特的政治智慧，也是“五经”作为经典，能够穿越时空恒久地发挥其作用的地方。在物欲横流、金钱至上、信仰缺失、道德下滑，人类肆意毁坏自然，生物的多样性日渐丧失，文化的多样性也面临威胁的当今世界，中国必须自警并馈赠给人类的，这种“人格意识”乃是一个重要的方面。

中华文明有两点值得格外注意。第一，中华文明是唯一从未中断过的古老文明。今天生活在这片土地上的十三亿人就是那创造古老文明的先民之后裔，在这片土地上是同一种文明按照自身的逻辑演进、发展，并一直延续下来。同时，中华文明在发展过程中显示了巨大的凝聚力，不仅没有中断，也没有分裂；只有新的文明因素增加进来，而没有什么文明的因素分离出去成为另一种独立的文明。第二，中华文明是一个包罗万象的，涉及哲学、史学、考古、宗教、政治、文学、艺术、科技、工艺、民俗等等众多方面的、“文明总量”极其巨大的文明形态。直到现在，世界对中华文明的认识还很不全面，甚至连中国人自己对自己文明的认识还有不少片面和肤浅之处。而“五经”，作为中国长期以来起过重要作用的典籍，便是一把钥匙，可以帮助世界从一个重要的角度认识几千年中华文明的奥妙，并为今后人类文明的发展寻找可资借鉴的资源。

翻译中国经典是西方汉学界的学术传统，例如英国汉学家理雅各（James Legge，1815—1897）、德国汉学家卫礼贤（Richard Wilhelm，1873—1930），都取得了当时最高的成就。但以学术发展的眼光看来，仍有不少改进的空间。荷兰汉学家施舟人教授在中国国家汉办立项，充分利用当前的学术条件，邀请各国汉学家参与，在研究的基础上重新翻译“五经”，是很有必要的。我希望，今天，2009年7月27日，成为汉学史上一个值得纪念的日子；香山这座不高的山因为这次会议的召开，而成为人类文明交流史上的一个坐标。

翻译“五经”有三方面需要注意：

首先是底本的选择。底本的选择得当与否，对翻译的水平有很大的影响。近年来，古籍善本的普查和影印工作有了很大进展。以前的翻译者看不到的许多善本，我们可以方便地找来作为底本，从而使翻译工作有了超越前人的基础。此外，自二十世纪以来特别是近几十年来出土了大量的文献和文物，又为“五经”的整理研究开拓了新的局面。例如长沙马王堆汉墓出土的帛书，荆门郭店战国楚墓出土的竹简，上海博物馆藏战国楚竹书等，都向我们提供了大批极为宝贵的新数据。充分利用这些新发现的资料加以参校，可以提高工作的水平。

例如《诗经》的版本，《毛诗》和朱熹《诗集传》不同，如果选用《毛诗》作底本，则必须连同《诗序》一起翻译；如果选用《诗集传》作底本，则朱熹已经把《诗序》删去了。这不仅是底本选择的问题，还涉及对《诗经》的整体把握。我们既然承认《诗》是“经”，必然要对汉代《诗经》学尤其是毛郑之学予以充分的重视，尽管其中有许多按照儒家政治教化的需要，而加以穿凿附会之处，但汉儒的解说在历史上产生了长久而重要的影响，我们应当承认这个传统。同时，我们也要注意自宋代以来对《诗经》的解释发生了一个大的变化，一些学者不再拘守甚至猛烈抨击汉儒的解释，转而从文学的角度加以解释，欧阳修的《诗本义》、朱熹的《诗集传》、郑樵的《诗辨妄》堪称代表。宋儒的视角和成就为我们注释《诗经》提供了新的角度，对于这个传统我们同样应当继承。如何在这两大传统中找到平衡，是翻译《诗经》的一个难点。

《毛诗》的版本很多，在我看来以宋刊二十卷本《毛诗诂训传》为最佳，原藏常熟瞿氏铁琴铜剑楼，四部丛刊影印《毛诗》即用此本，现归中国国家图书馆。毛公诗学源于子夏，其书之章句训诂，多取自先秦典籍，其体例颇见条理。阮元《校勘记》引述毛诗版本，计有唐石经本、蜀石经本、宋小字本、相台本、明监本、闽本、毛本、考文古本等数种，而并未以此本为校本，阮元或未得见。现在《中华再造善本》有影印本，很容易得到。翻译《诗经》，我们还可以利用敦煌文献中保存的《诗经》白文、传笺、正义以及音注，利用1977年8月在安徽阜阳双古堆汉墓中发掘出的《诗经》残卷，做出新的成就。

其次是对内容的诠释。中国和外国的学者对“五经”的解说汗牛充栋，我们应当广泛参考吸收；同时又要站在今天的高度，提出我们自己的见解。如能在中国文化传统的基础上，以全人类的文化为参照系，吸取当代新的研究成果，就有希望解决一些过去难以解决的问题。

在翻译过程中，有许多疑点和难点是无法回避的。例如《诗经·关雎》究竟是颂美“后妃之德”呢，还是如《鲁诗》《韩诗》所说是刺康王后晏起呢，还是一首民间的情歌呢？“君子好逑”这一句中的“君子”，究竟是与“野人”对举，指统治者与贵族男子呢（如《孟子·滕文公上》：“无君子莫治野人，无野人莫养君子”①），还是泛指才德出众之男子呢（《易·乾》：“九三，君子终日乾乾”②），都是不能含糊的。

① ［清］阮元校刻：《十三经注疏》，中华书局1980年版，第2702页。
② ［清］阮元校刻：《十三经注疏》，中华书局1980年版，第13页。

第三是翻译的准确和译文风格与原诗的统一。严复曾经提出信、达、雅这三条翻译的标准（见《天演论·译例言》），要想做到信、达、雅，实在很难。两套话语体系之间，常常找不到对应的词语和表达方式，这背后还有思维方式的差异。“五经”各有各的难处，《诗》难在如何找到合适的诗歌形式，包括押韵、句式等等；还表现在如何传达其多义性。《书》难在语言的诘屈聱牙。《礼》难在典章制度难以找到对应的词语。《易》难在其联想性和暗喻性如何传达。《春秋》难在如何把事件的来龙去脉、前因后果交代清楚。

姑且以《诗经》为例，“窈窕淑女”这一句，“窈窕”，《毛传》：幽闲。“淑”，《毛传》：善。“窈窕淑女”所描绘的乃是一个体现了典型的中国传统审美情趣的女性形象：娴静、美丽、善良、含蓄。但是，在英译本中，这种形象很难表现，有的译作“a lass with nice and pretty look”，仅仅突出了“淑女”的外形美，对于其内心之美没有表现出来；理雅各则将其译作“The modest, retiring, virtuous, young lady”，用了四个形容词，在各种译本中是最接近原文的，但又略嫌繁复，像是注解，失去了诗意。又如，“君子好逑”中的“君子”，有的译者理解为“王”或“王子”（Our lord; Our prince），所以就将“琴瑟友之”当成了臣民对王后的欢迎仪式，而隐藏的主语也从“君子”变成了“我们”（We）。

《诗经》经常采用复沓的表现方式，如《关雎》篇“参差荇菜，左右流之”“参差荇菜，左右采之”“参差荇菜，左右芼之”，这三句只换了一个字：“流”“采”“芼”。这三个不同的字在三章中表现递进的意思：先是“求”，然后是“摘”，最后是“择”，妙趣横生。但是，在英译本中，这种递进关系如何表现，值得认真琢磨。英国翻译家韦利（Arthur David Waley, 1889—1966）在他的译本中将

“流”“采”“芼”分别译为“seek”“gather”和“choose”，应该说，前两者的翻译基本切合，但以choose译“芼”则不妥。《毛传》虽释“芼”为“择”，但是这个“择”与“choose”却并非同义，《毛传》中的“择”，孙炎曰：“择菜也”，孔疏云“拔菜而择之也”，乃是指清理、去除枯叶、腐叶之意，今普通话读作“zhái”，总之，与英文中“choose”绝非一词。

又如《芣苡》，用中文读起来节奏感很强，非常优美：

采采芣苡，薄言采之。
采采芣苡，薄言有之。
采采芣苡，薄言掇之。
采采芣苡，薄言捋之。
采采芣苡，薄言袺之。
采采芣苡，薄言襭之。

清方玉润《诗经原始》卷一曰：“读者试平心静气，涵咏此诗，恍听田家妇女，三三五五，于平原绣野、风和日丽中群歌互答，余音袅袅，若远若近，忽断忽续，不知其情之何以移而神之何以旷。则此诗可不必细绎而自得其妙焉。”[①]余冠英的白话翻译很传神：

车前子儿采呀采，采呀快快采些来。
车前子儿采呀采，采呀快快采起来。
车前子儿采呀采，一颗一颗拾起来。

① ［清］方玉润撰，李先耕点校：《诗经原始》，中华书局1986年版，第85页。

车前子儿采呀采，一把一把捋下来。

车前子儿采呀采，手提着衣襟兜起来。

车前子儿采呀采，掖起了衣襟兜回来。[①]

用外文怎样翻译才能将这种节奏和美感传达出来，还有很大的努力空间。

诸位女士、诸位先生，《五经》的翻译意义重大，重新翻译的空间广阔。这是一件惠及全人类的、功德无量的学术工作。在二十一世纪之初，在经济全球化的大背景下，在国际文化交流日益频繁的今天，有世界各国优秀的学者和翻译家参与，有充足的图书数据，有现代的信息处理手段，有中国国家汉办的大力支持，我们只要营造一种良好的学术气氛，以学者的态度，齐心协力，精益求精，就一定能够将施舟人教授提出的理想付诸实现。

我希望，在不远的将来，集世界各国汉学家之力翻译的"五经"能够顺利出版，并且在世界各国赢得读者的喜爱。我们要把那一天当作国际汉学家的节日隆重地庆祝，点起大红灯笼来，举起鲜花和美酒来，共同庆祝学术界这一盛举的成功！

2009年7月4日初稿，7月7日二稿，9日定稿

（本文为在"五经"研究与翻译国际学术委员会上的致辞，后刊于《周易研究》2009年第5期）

① 余冠英：《诗经选译》，人民文学出版社1985年版，第6页。